宫阙锦绵

灯火阑珊/著

中

金城出版社
GOLD WALL PRESS

第二章

狼烟惊变

大殿里香烟缭绕，不少人正在堂前跪拜礼佛、求签批命，其中尤其以各家小姐夫人为多，济济一堂。叶薰和雁秋排在后面，等了些许时候才轮到。

拿着签筒随意地摇了摇，叶薰捡起摇出的签子。是一根看起来颇为古旧的签子了，连上面的字迹都有些模糊，只能依稀分辨出是“风起九霄凰展翼，往复轮回大梦归”十四个字。猜不透是什么意思，叶薰又偏头去看雁秋的签文，她手里的签子却是崭新的一根，上面以工整的梅花小篆写着“一杆明月钓秋风，萧瑟不知何处去”两句签文。

“难得来一趟，少爷不求一签吗？”叶薰转头问沈归暮。

沈归暮犹豫了一下，走上前接过签筒，笑道：“那就求一签吧。”说着摇了摇签筒，落下一根签子来。

叶薰捡起来一看，也是两句诗文“坐看半枝春景，遥念三分尺素”她不禁摇摇头，三人求的这三支签，竟没有一支是上上的。

三人起身向解卦的侧殿走去。进了门却发现负责解卦的僧人不过两三位，但每一位面前都有十数位香客排队等候着。

在旁边静候了片刻，叶薰便有些不耐烦起来，她本来就对这些求签之类的迷信活动并不信服，不过当消遣玩闹而已，眼看还要等待许久，干脆建议道："我们先出去玩一会儿，等有时间再来好了。"

"好不容易求到了，等一等便是了。"雁秋反对道。

叶薰百无聊赖地左右看了一圈，忽然发现最里面的角落还有一个解卦座位前没有人等候。

"去那里看看。"叶薰大喜过望地拉着雁秋跑过去，到了近前一看，总算明白这边为什么没人来解卦了。

负责解卦的僧人正半躺半趴在那条长凳上，睡得连口水都流出来了。僧袍被他随意地披在身上，仔细看去，那僧袍料子是崭新的，却脏污地连颜色都分辨不出来了。至于僧人本身，年龄似乎很大了，眉须皆是白花花的，猛地看上去倒还挺像个得道高僧，前提是你要忽略眉毛上积了不知多久的污垢和那只红彤彤的酒糟鼻子。

"这个……"雁秋顿时迟疑了，这也是庙里的和尚？一看就靠不住嘛，连忙拉住叶薰道，"要不我们还是去别的座上等等吧。"

"……好吧。"眼看人家睡得这么香，似乎也不好意思打扰，叶薰依言转过身去。

两人刚走了几步，却听见身后传来一声急呼，"等等，等等，别走，两位姑娘先别走。"

两人转过身来："大师有何吩咐？"

"两位姑娘可是来解签的？"老和尚揉了揉睡眼惺忪的眼帘，长长打了个哈欠问道。

叶薰点头道："正是。"

"那就拿来吧。"老和尚毫不客气地向两人伸出手来。

叶薰依言将签子递到老僧人手上，老僧人却没有接过，反而脸上一寒，"谁问你要这个了？"

"啊？"叶薰拿着签子愣住了。

后面沈归暮走上前，将一锭白花花的银子适时递到他手里。僧人这才笑眯眯地接过来。

叶薰目瞪口呆地看着这个捧着银子放在嘴里咬了一口，然后笑眯眯打量着上面牙印儿的老头子，脑筋一时转不过弯儿来，这是出家人该有的行为吗？

老和尚把银子放在袖了上擦了擦，心满意足地揣进怀里，爽快地抬头道："现在可以了，把签子拿过来吧。"

雁秋在旁边看得气愤，本想转头走掉算了，但想了想，银子已经递上去了，总不能白花啊，无奈地将手里的签子递了上去。

僧人拿着签子，翻来覆去地看了几眼，问道："求什么的？"

雁秋脸上忽然升腾起一层红晕，低低答道："想问一下姻缘？"

声音小地如蚊子一般，解卦僧人伸长了耳朵这才听清楚她的话。他对着签文看了数遍，才慢慢说道："问姻缘啊……姻缘嘛……这个……呃……"话说了没一半就打了一个大大的酒嗝，一股酒臭味冲着娇羞无限的雁秋姑娘直扑过去，

可怜雁秋身子一晃，脸色顿时红上加红，也不知道是气的，是羞的，还是被那股子气味熏的。

僧人又连接打了数个喷嚏，方才摇头晃脑地说道："姑娘的姻缘，是好是坏，还是要看姑娘自己的选择了。姑娘心中所想，只怕难以为姑娘所得，须知所谓'镜中花，水中月，明月自照有缘人，秋风过境不留痕'啊，那个……怎么说来着，水中捉月费工夫，费尽工夫却又无。"说着老和尚擦了擦鼻子，"世事莫测，无法强求。只要姑娘能够放得下，看得开，自能保得一世平安，可若是姑娘陷入地太深，只怕……"老和尚摇了摇头。

眼前老头子滔滔不绝地说了这么一大通，拽文拼词，咬文嚼字，雁秋听得似懂非懂，更兼被他嘴里的酒气熏得头晕眼花，虽然知道说的都不是什么好话，但一向迷信的她却并未介意。也许因为早已认定他是个骗人的神棍，所以他说什么都不会往心里去了。

"嗯，反正姑娘是要小心的。"老和尚总结似的说着。

赶紧从老和尚手里抢过签子，雁秋如蒙大赦地匆匆离开了座位。

老和尚又向另外两人伸出手去。

转头看沈归暮，明显是一副女士优先的表情。叶薰便将手里的签子递上去。

老僧接过签子，只看了一眼，就抬起头，盯着叶薰仔细打量起来。

被他看了几眼，叶薰心里竟然有些发毛。他的眼神明明污浊不清，但被盯着的时候却又感觉那眼神是天下无双的通透明晰，如两盏暗夜里头的强光直直照进人心里去，让你无丝毫躲避之处。一时间叶薰愣住了。

“你到底解还是不解啊？”雁秋在旁边见老和尚迟迟没有动静，有些不耐烦起来。

“哎，解，怎么不解呢，银子都收了。”老和尚这才反应过来，恍然大悟地拿着签子瞥了两眼，却连叶薰要解什么都没问，就信口开河道，“风起九霄，所谓风起者，凤起也，九霄，可为九重宫阙，亦是天下九州，嗯，哈哈，”老僧大笑三声，然后一本正经地看着叶薰道，“姑娘可能要当皇后了。”

这句话一出，叶薰如闻惊雷，心神俱震。

他是随口乱说，还是……叶薰定神看去，老和尚依然满脸没睡醒的模样，怎么看都像是插科打诨、随口乱说的。

后面的雁秋也完全不以为然，如果是别的僧人解签解出这样的话，她必定大惊失色，但眼前这个胡言乱语、蒙人骗钱的神棍，就算他说叶薰是王母娘娘下凡，她也不会吃惊了。

老僧继续感慨道：“姑娘将来说不定会是影响天下大势的人啊。就像当年的……嗯，那个……那个前来这里求过一签的萧皇后。风起九霄凰展翼，凰者，皇也，是说将要有凰者依风循风，顺势而起，展翼翱翔，可成就乘风霸业，亦可成争凤之局。”说着老和尚压低了声音，笑眯眯地说道，“说不定，这大周的天下要变天了哦。”

一句话惊得后面沈归暮都禁不住变了脸色。雁秋胆战心惊地看向左右，幸好这附近没有人注意，刚刚老和尚的声音又低。不然岂不是要被这个无法无天的糊涂和尚害死了。

老和尚却似乎完全没有意识到自己刚刚说过什么，看了看手里的签子，又继续说道，“至于下半句嘛……”

叶薰心里猛地升起一股恐惧，大脑还没有反应过来，手已经有了行动。她一把将签子抢过来，打断道：“快别说了，我……”

话说到一半，却听见手里传来“咔嚓”一声轻响。叶薰低头一看，是那根签子，竟然被她用力一抢之下折断了。

这是什么假冒伪劣产品啊？！叶薰无语地看着从中间断成两截的签子，都古旧成这副模样了还继续使用，早就应该换新的了。

“姑娘就算不想听也不能和我们寺里的东西过不去啊？”老和尚一脸愁苦，“这么贵重的东西弄坏了，我又要被方丈叨念了。”

不过是一根破签子而已，有什么贵重的？叶薰黑线了，这贪财的老和尚明摆着是要勒索他们了。

正要开口分辩，想不到老和尚却摆摆手说道，“算了，反正这签子以后也用不到了。”

叶薰愣了愣，想不到这么容易就不追究了。

老和尚又向她身后的沈归暮伸出手去。沈归暮犹豫了一下，方才递上去。

接过签子看了一眼，老和尚眉头一皱，叹息道：“这位少爷天生血脉尊贵无比，可惜啊，看这命数，只怕有短命早夭之相。除非……”

“呸呸呸，说什么呢？！”听了这句话，沈归暮没有介意，雁秋却站不住了，一步冲上去，连声呵斥起来。

“哎，姑娘你可不要不信啊。老和尚我说的可是实话，不久之后，这位公子就有一劫，能不能过得去还得看……”

“呸，我们少爷尊贵着呢，用不着你的批语了。”雁秋气愤地说道，说罢转身建议道：“少爷，我们还是走吧。莫要听这个老和尚胡言乱语了。”

“那就走吧。”沈归暮看起来也是意兴阑珊，神色淡然地转身出了院门。

叶薰落后一步，跟了上去，走到门槛处，却还听见身后老和尚喃喃自语：“现在的年轻人啊，何必这样心急，唉。幸亏我有先见之明，先把银子要来了。”

本来心中还有重重的阴霾压着，听到最后一句话，叶薰反而忍俊不禁了。

“不过是江湖术士之言，公子不必相信。”出了庙门，雁秋安慰道。

沈归暮不置可否地应了一声。

山间阳光普照，天际弥散开合的云雾如五彩霞帔，映着四面浓艳欲滴的丹枫，灿烂锦绣。叶薰心情重新开朗起来，就算他真有几分神通，算准了自己那段倒霉的皇后命吧。不过他却没有算到自己魔高一丈，已经亲手将这段噩运逃过去了。已经过去的噩运，何必多头疼呢，叶薰随即把这段小插曲抛到一边。

三人刚走出门槛，堂内侧门打开，一个眉目庄严的僧人走入殿堂，殿内诸多僧侣纷纷躬身问候道：“方丈。”

崇明寺住持方丈点头示意，然后径直来到叶薰刚刚离开的座位上，对着又躺倒在长椅上的老和尚轻呼道：“师叔祖，您老人家怎么来这里睡觉了？西域那边的梵文典籍送到了，正想请您过去看看。”

“嗯。”老和尚慢腾腾地爬起来，披上那身皱巴巴的袍子。走了两步，又想起什么似的，在身上摸了摸，摸出那根断成两截的签子来，递给僧人，“差一点忘了，把这个放回去吧。”

主持莫名其妙地接过来，看了一眼，顿时大惊失色：“这不是萧皇后当年曾经抽中那只签子吗？可是……不是早已经好好收起来了，怎么会到师叔祖这里？难不成是谁不注意又混到签筒里面去了？”

“这个嘛……”老和尚笑眯眯地说道，“自然知道有缘人到了。”

“可是怎么弄断了？”

“呃，这个……”老和尚摸了摸头，不负责任地胡诌道，“也许是它知道天命已尽，所以自然就断了。”

尽兴游玩了足足一天，入暮时分三人才下了山，早有等候在山下的随从驱赶马车上前迎接。

叶薰正要提裙登车，却看到远处走来一队人马。几十个全副武装的骑兵打头，跟在后面的是一支长长的队伍，里面鱼龙混杂，却尽皆衣衫褴褛。每个人的手脚都被粗壮的麻绳紧紧捆绑着，串蚂蚱一样连成一串。

待走得近了，叶薰发现队伍里面竟然还有一些女人小孩。她不禁停住步子，疑惑地看着这支队伍。

“这些都是荒人了。”旁边驾车小厮看出叶薰的疑惑，解释道，一边说着，一边摸摸头道，“不过，就刚才那一小会儿，小的已经看见过去好几队了，也不知是去干什么的。”

这些就是荒人？叶薰将目光投向他们。以前大周征伐天下时俘虏来的战俘大多数都被当作奴隶发送往北方边疆开荒挖矿，还有建国之后数代难赦的罪犯，谋反叛乱中较轻的牵连者，北地出兵的俘虏等，也都被流放到边疆服苦役。这些人逐渐在那里繁衍生息，抚育后代，如今已经有不小的规模了，人口几乎不逊于大周一个中等城市，被称作荒疆。

对这些人，大周的刑律极为严苛，一律称之为贱民，严禁他们离开荒疆的范围，而且荒人是可以当作奴隶买卖的。平民被卖入奴籍，还可以赎身，荒人却不能。大周法律明文规定，主人打死奴仆，要负一定的责任，但主人打死了荒人，却只是损害自己的私人财产，并无过错。所以荒疆周围也有不少奴隶贩子在来往走动。荒疆隶属于凉州管辖，这里的开荒挖矿和奴隶贩卖也是沈家的一大经济来源。

正想着，那队人马已经走到近前，叶薰禁不住开口问道：“这是前去哪里？”眼前这些人，不像是刚刚被流放到北方。

当前的士兵见他们阻了道路，本想呵斥几句，但看到马车前壁挂灯上大大的描金“沈”字，到嘴边的话语立刻咽回了肚子，换上一副恭谨面孔道：“回姑娘的话，是押送这批人回荒疆的，前一阵子莱兹城那边城墙需要修补，所以抽调了这批荒人去干活儿。”

“原来如此。”叶薰目光扫过，队伍里大多都是身体粗壮的彪形大汉，却也夹杂着一些女人，便问道，“怎么会有女人呢？”

“这个啊，是带去……那个……做饭干活儿的。”士兵滞了滞，方才回答道。

叶薰低头看着那些女子孩童，都生得颇为白净秀气。心里忽然明白了什么，心中泛起一阵同情，却又有一种深深的无力感。

就算她同情这些人又能够怎么办？此时的她也不过是个比他们稍微高级一点儿的奴才而已。

正想狠下心转过头去，忽然身后传来一个清朗的声音：“姑娘，你的东西掉了。”

叶薰转头一看，地上一枚银光闪烁的物件，原来是她的耳坠。

出言提醒她的人已经上前弯下腰，将耳坠拾在手中。那是个年约十六七岁的少年，脸上有不少污泥黑灰，看不清容貌，一双眼睛却明亮得如星辰一般，眸光流转间透出锐利的锋芒。

见叶薰盯着他看，那少年展颜向她一笑，露出雪花石般白皙洁净的牙齿，伸手道：“拿着吧。”

叶薰连忙接过耳坠，笑道：“多谢了。”

“你们是凉川沈家的人吗？”少年的眼神掠过马车挂灯上的“沈”字，状似无意地问道。

叶薰点点头，想不到眼前这个少年是识字的，只是他询问这个干什么。

听到肯定的答案，少年的眼神越过她，径直落到后面的沈归暮身上，只扫了一眼，就若有所思地垂下视线。

沈归暮神色一动，上前一步问道：“你叫什么名字？”

“贱名不足挂齿，岂敢污了少爷清听。”少年挑眉一笑，随意地说道。

“岂敢这么和贵人说话！”旁边的士兵见沈归暮皱起眉头，有心讨好，立刻冲着少年呵斥道，同时扬起手中的鞭子。

“且慢！”眼看那一鞭子就要抽下去，叶薰连忙喝止，笑道，“这位军爷不必动怒，我们少爷也不过是随便问问而已。”

士兵只好无奈地放下鞭子，却狠狠瞪了少年一眼，喝道：“狗奴才，还不快回队伍里。”少年依令退回到队伍里，神态平淡自如。

沈归暮已经吩咐侍从将车驾赶到一旁，让这些荒人先过去。

经过马车旁边，少年忽然转过头，笑道：“我的名字叫做陆谨，好好记住了。”神态间自有一种难以言喻的傲气。叶薰禁不住心头一颤。

待队伍渐渐走远了，雁秋心有余悸地感叹道：“这么多荒人，看着真吓人，乍一看简直像是传说中的那些突厥蛮子了。”说罢担心地问道，“这么多荒人不会出事吧？”

沈归暮没有说话，忽然询问车旁的侍从道：“这些荒人经常出去干活儿吗？”

“是啊，这几年凉州内部各处城池的修筑，还有大宗矿山的开采，一般都是调荒人去的。”侍从回禀道。

“那些荒人，看起来有不少高鼻深目，不像中原人的样子呢？”沈归暮蹙眉说道。

“这些荒人的祖先，本来就有不少是太祖年间俘虏来的突厥人，这些年突厥内乱不止，又有不少失了帐篷和牲畜的突厥人活不下去，流亡到这边，再加上边关有时候打草谷虏获来的奴隶……详细追究起来，荒疆里面纯血统的汉人还真不多呢。”侍从说道。

“难怪看到不少人头发和眼睛都生得奇怪。”雁秋叹道。

叶薰也想起刚刚看到的少年，五官轮廓颇深，眼睛闪烁之间流动着淡金色的光彩，确实不同于汉人，

“那个少年……”沈归暮若有所思地说道，“刚才士兵要动手打他的时候，他身边不少人脸上都现出怒容，看起来竟像是这队荒人的首领一样。”

“这倒也平常。”侍从笑道：“前几年敦略可汗统一了东西突厥，手段狠辣，不少小部落都被他灭了，突厥近来又连年遭灾，活不下去的老弱妇孺和一些壮丁都逃到了荒疆那边，至少还有口饭吃。反正是便宜了我们大周，白送给我们劳动力，刚刚那一队人说不定就是哪个小部落的遗民呢，自然有他们的头领。”

沈归暮点点头，又问道：“这些荒人今晚会驻扎在哪里？”

“应该会在山脚下找片空地露宿吧。”

沈归暮脸上掠过一阵深思。

雁秋担忧地问道：“就在野外露宿？荒人那么多，如果有人要逃跑呢？那几十个士兵，怎么看守得过来啊？”

“雁秋姑娘多虑了。”侍从笑道：“荒人身上都烙着印记，任凭他们逃到哪里，大周只要逮着逃跑的荒人就是死罪，而且还要牵连家人的，除非……”

“除非什么？”雁秋着急地问道。

“除非他们能够逃跑到关外突厥那里，哈哈，不过突厥人向来只会把汉人当奴隶，逃过去不是一个样吗？”

雁秋松了口气。

“这些荒人都像是吃不饱的样子。”叶薰轻轻叹息道。

“今年各地收成都不好，边关那边突厥蛮子打得又急，粮草供应我们边关的将士都有所不及，怎么有余力给这些贱民呢？”另一个侍从笑道。

“那他们……”叶薰皱了皱眉。

“往年不都这么过来了吗，略少一些也饿不死多少人，反正荒人多得是。”侍从笑着安慰道。

叶薰转过头去，心中却有一片阴霾挥之不去。

入夜，叶薰躺在床上睡得正香，却被一阵急促的咚咚声惊醒了。

“是谁？”叶薰扬声问道，一边下床穿鞋子，干吗用这么大力气敲门？

“叶薰，叶薰，在里头吗？赶快起来！”雁秋颤抖的声音传进来，尖锐中带着隐约的哭腔。

“怎么了？”叶薰连忙打开门。

雁秋扑进来，惊慌失措地喊道：“是那些荒人围过来了！正围着我们庄子呢！”

“什么？！”叶薰悚然一惊。

她连衣服都来不及穿戴，直接拿起外衣胡乱套在身上，跟着雁秋往正堂方向跑去。一路上，满是无头苍蝇般乱撞的丫环仆从，人人脸上都带着难以置信的惊慌。突如其来的变故让长期生活在安逸中的人措手不及。荒人这种被他们压迫了几辈子的人，竟然会围困他们山庄!

叶薰跟着雁秋急匆匆奔到正厅。正厅外面人头涌动，更多的下人围绕在这里，等待着他们信赖的主人指给他们一条明路。

叶薰和雁秋挤过人群来到正堂门前。整个大堂周围都是精锐的随从在守卫着，见到两人跑过来，正要喝止，沈归暮走近，向她们招了招手，侍卫这才放两人进去。

两人低头敛襟进了厅里，悄无声息地站到角落屏风处。厅里诸人面色忧虑，也无人注意两个丫环。

沈夫人正一脸焦躁地来回走动，沈归暮和沈归曦分列左右，堂前还站着万总管和这次负责护卫工作的几位侍从统领。

“这些贱民到底是什么意思？竟敢这样胆大包天！”沈夫人咬牙切齿的声音传来，满头珠翠摇曳生响。

“只怕这些人是预谋已久了，不然也不会挑中我们祭祀的时候。”万总管脸上隐有忧色。

“这些人有什么好怕的？一群贱民而已，等我领着人杀出去，立刻就能把那群废物杀光！”不耐烦的声音响起来。

好气魄啊！叶薰撇撇嘴，会说出这种话的，当然是英武过人的沈二少爷。

没有搭理自家儿子有勇无谋的话语，沈夫人继续问道："那些荒人到底想要什么？要是只想要女子财帛，不如先将带来的丫环婢女、祭品金珠全部留给他们。等我们回了凉川城，再调动兵马围剿！"

听到这句话，雁秋的脸色一白，差点跌倒。

"不可！"沈归暮阻止的话语脱口而出。见众人目光尽皆转向他，他略一停顿，扬声道："今次我们只是出来祭祀而已，所带的钱粮金珠并不多。荒人的目的虽不明？但绝不可能仅仅是这些女子钱粮。如今他们尚且摸不透我们的底细，若是贸然交出去了，反而是向他们示弱了。更何况，这里是我们沈家宗祠祭祀之地，卑躬屈膝，降敌示弱，岂不辱没了沈家纵横北疆的不败名声？"

万总管赞许地点点头，"大少爷言之有理。"

沈夫人冷冷地哼了一声，不再说话。

一个护卫统领劝慰道："夫人不必心急。此次我们入山所带的人马尽皆是精锐高手，荒人不过乌合之众，无论有多少，属下等也能誓死保得三位主上平安。"

这些荒人是什么目的？怎么会忽然围困山庄？就算他们是想要粮食金银，也不应该打祭祀队伍的主意吧。祭祀所带的食物和器皿是供奉给祖宗享用的，精致珍贵有余，数量却并不多，根本不够这些荒人所用，而且山庄里头居住的是凉州城最紧要的人物，消息一旦传开，援兵不出三两天就能赶到，这些荒人再糊涂也不至于为了这点食物来送死吧。

或者，他们的目标一开始就是沈家这几位要人，这岂不是要谋反了？不对，他们既然敢围困这里，负责看守他们的士兵肯定被杀光了，这已经是谋反了。

叶薰正在思索，前厅的门猛地被推开，一个士兵快步冲进屋里，急促地禀报道："不好了，那些围在山下的荒人开始行动，看样子是要冲上来了！"

沈夫人脸色发白，身子晃了晃："这……这下怎么办？"

"只能立刻冲出去了。"万总管蹙眉说道，他转身问旁边的护卫问道："刚才吩咐的马车和人手都准备好了吗？"

护卫回禀道："已经准备妥当。"

"好，立刻把马车赶到山庄前。"万总管点点头，然后镇静地安排道："夫人，已经安排了您和两位少爷的替身。待会儿先让替身乘坐几位主上的马车由一队士兵护送着下山，吸引荒人的注意力。您和两位少爷请立刻改装，然后随属下寻找时机冲出去。"

"好的。"沈夫人脸色苍白地点点头，她对这些事情全无主见，只能够顺着万总管的安排了。几个侍女护着她进屋里换衣服。

沈归暮带着叶薰两人来到侧屋，转身温声安慰道："待会儿你们两个跟着我就好，不必太惊慌，那些荒人只是一些莽夫，手里又无足够的兵器，我们身边的侍卫不乏高手，必能护得我们周全。"

叶薰点点头，万总管的安排堪称完美，无论那些荒人的目标是不是沈家这三位，替身乘坐华丽闪耀的马车向下冲，必然会分散他们大部分的注意力，扰乱他们的队伍。一旦有了破绽，再由真正的高手护卫着几人向下冲，平安逃脱的机会大增。只要冲出了包围，荒人人再多，两条腿也及不上马匹的四条腿，很快就能够返回凉川找援军了。

这么想着，雁秋的脸色也缓和下来。叶薰心中却隐隐升起另一种不安，这些荒人难道不知道凭他们的能力根本拦不住沈家的亲随高手，这种行为简直和送死没有差别了，这场围困真的就这么简单？

这时小厮寻来几套不起眼的半旧仆人衣装，递了进来。沈归暮匆匆换上，叶薰看看自己衣冠不整的模样，干脆也把外衣脱了下来，换上一套小厮的服装。

沈归暮带着两人走出门，马车已经停在院子里了。几辆马车都是最平常的拉货用的旧车，看起来很陈旧，四壁横轴却都很坚固。

看到沈归暮身后跟着叶薰两人，万总管眉头皱了皱，最终却没有说什么。

沈归暮带着两人上了马车，叶薰四下一打量，就在这么短促的时间里，万总管竟然又派人将马车内壁钉上了一层铁皮，办事效率不由得让人称赞。

其实荒人兵器缺乏，顶多是些石块木棍之类的武器，若不是因为夫人和沈归暮都不会武功，不善骑术，也不用乘坐马车向下冲了。

这趟入山祭祀所带的马车很多，万总管早已安排分配妥当。在林列的车辆中间，几位重点人物的车驾并不突出。众多丫环仆役缩在马车里战战兢兢等待着命运的安排，也不知这些没有侍卫保护的马车有几辆能够幸运地避开荒人的拦截，平安冲到山下去。

沈归曦关上车门，阻断了叶薰的视线。马车一震，开始向前奔跑了。

三人忐忑不安地待在马车里，不一会儿就听见外面杀声震天，显然是和荒人遭遇了。只是车门车窗关地严严实实，看不见外面的战况。

随着时间的流逝，马车越跑越快，越跑越颠簸，车里三人险些被震下座位。

身下的颠簸程度让叶薰开始感觉不对劲儿，从山庄下山只有一条通道，经沈家多年修整，极为平坦宽敞，可此时马车却颠簸地几乎要翻过来，肯定不是在原路上了。

她忍不住扳住窗框，透过狭窄的缝隙向外看去，入目处明晃晃的刀光闪烁，血肉断肢横飞，惨叫声此起彼伏，刺鼻的血腥味透过狭窄的缝隙直冲鼻端。

战况竟然如此激烈？！完全不是叶薰事先想象的一面倒的屠杀。以万总管他们的实力，沈家应该占据绝对的优势才对啊？

叶薰正看得心惊，忽然“铿锵”一声凌厉的钝响擦过耳边，她惊异地转过头，是一只利箭，射穿了车窗，被铁皮阻住了迅猛的势头，卡在窗户上。尖削的箭头闪动着锋锐的光芒，微微颤动着。

雁秋吓得尖叫一声，叶薰有些呆滞，这些荒人怎么可能有这么精良的箭矢？荒人不都应该没有武器吗？就算是从看守的士兵那里抢来的，顶多也只有百十把刀剑而已。

还没反应过来，车门处传来一声巨响，是什么东西砸在了车门上。车子一个趔趄，险些整个儿翻过来，叶薰被震地从座位上摔了下去。雁秋也被震得摔下来，扑倒在一旁。

紧接着又是一声巨响，回荡在狭小的空间里，叶薰被震得头晕目眩，耳朵有瞬间的失聪。

随着这两声巨响，“呼啦”一下子，整个马车像是纸做的，破开了一个巨大的口子。车门如一片风中落叶，呼啸着被甩了出去。

靠近门旁的雁秋立刻因为惯性摔出车门，她条件反射地抓住了叶薰的衣角。

叶薰头晕脑涨地正要从地上爬起来，就被她猛地拽住，一个踉跄扑向车门。她眼明手快地死死扳住门框，才没有被摔出去。

叶薰半边身子悬空在车沿上，一个沈家侍从的尸首正倒在车门下，浑身插满箭矢。叶薰鼻子尖都要触到他身上汩汩留出的鲜血了，身边雁秋声嘶力竭的尖叫刺地耳膜生疼，就在极度的惊恐和紧张时，沈归暮及时从后面伸出手来，抓住她的手腕。连接用力，堪堪把两人拉回车里。

叶薰扶住门框缓过一口气，透过大开的车门，月夜下，荒野上血腥的厮杀映入眼帘，四面都是刀光剑影，血迹残肢。凸起的岩石间，无数破碎的车子残片上沾染着暗红的颜色，格外刺眼。

车子已经被逼到了一处陡峭的山坡上了。远处可以看见万总管骑着马正护在沈夫人车驾旁边，紧张担忧的目光不时向这边投过来。

眼见叶薰他们这辆马车被打破，更多的荒人向这边围拢过来，周围的护卫奋力抵抗。

叶薰扶着门框还没有松口气，车子一歪，是驾车的马匹被一个持斧头的荒人瞅准了时机一斧头砍下去。血喷溅地老高，残破不堪的车子终于倒下，立足未稳的叶薰被猛地甩了出去。

重重的摔在地上，叶薰只觉得浑身痛入骨髓，尤其后背和肩膀更是火辣辣地难忍。半爬起身来，眼角的余光就瞥见一道闪电向自己劈落下来。

是刀光！她豁尽全身力气向后翻滚，大刀砍在石头上，溅出数点火星。

叶薰终于避开了这一刀，手腕却传来“咔嚓”一声脆响。剧痛还没有传递入脑海，紧接着忽然感到身边失去了依托。整个身体一空，叶薰惊叫一声，就向着未知的深渊坠落下去。

“叶薰！”最后传入耳中的，是沈归暮急促的惊叫声。

第三章

寒露曦光

叶薰觉得自己好像站在一处冰原上，刺骨的寒风冻得她瑟瑟发抖，记忆仿佛回到了从萧家逃出的那个夜晚，阴冷的秋雨不停地打在身上，全身的血液像是要冻结了。想要睁开眼睛看看周围，眼帘却像是被什么东西死死粘住，四肢也僵硬不听使唤，双脚尤其重逾千斤。

不知道昏迷了多久，叶薰终于清醒过来，只觉得头疼欲裂，勉强抬起头看了看，四周一片鸟鸣枫红，一条明澈的溪流在面前潺潺流过，如镜的水面触手可及。低头一看，自己小腿以下都浸在水里，凉侵侵地刺骨，难怪昏迷时觉得这么冷。

叶薰摇摇晃晃地爬起来，向后退了两步，扶着旁边的石头坐倒在地上。放眼向四面望去，这里是一处山涧，景物颇为秀美，溪流的那边是重重的树林，幽深难测，而这一边就是自己滚落下来的陡坡了。幸亏秋天的时节这片向阳的陡坡上铺满了厚厚的枯草，才让自己死里逃生。叶薰活动了一下手脚，左手手腕好像扭伤了，略一动就痛得钻心，此外就是一些擦伤。从这么高的悬崖上掉下来，只受了这点伤，已经是奇迹般幸运了。

自己在这里昏迷了多久，看样子似乎是第二天了。上面怎么样了，荒人走了吗？叶薰侧耳倾听，一片寂静中只听见间歇传来的啾啾鸟鸣，不闻丝毫喊杀声。是战斗已经结束了，还是离地太远呢？

叶薰沿着陡峭的山坡尝试了几下，就明白这种角度接近直角的山坡不是自己的体力能够挑战的。

不能留在这里等死，只能沿着河流向前走了，既然有水源，前面一定有出路。叶薰简单收拾了一下，就顺着河边向前走去。

走了不一会儿，看到前面不远处河边伏着一个身影，花花绿绿的裙子在乱石堆里格外扎眼。

多半是和自己一样从上面摔下来的人，叶薰加快两步抢上前去，定神一看，立刻踉跄着连退了三四步，忍不住弯下腰，呕吐的感觉在胸口反复冲击着。

眼前的女子已经摔死了，头部以一个奇怪的角度软软折断在一侧，红红白白的东西流满了她狰狞恐惧的面容，惊鸿一瞥间，五官颇有熟悉，似乎是夫人身边那个叫月锦的贴身丫环。

叶薰抬头看向天空，这一片上方的山崖尤其陡峭，还有不少石块凸起。自己也是命大，跌下来的那片坡面还算平坦，顺着滚落下来，才没有摔死。

叶薰不敢细看，赶紧绕过去将尸首甩在背后。心中却忍不住开始担忧，沈归暮和雁秋他们逃出去了吗？

继续向前走了片刻，又见到有个人伏在河边，全身上下都被水浸透了，正脸朝下趴在地上，看衣着打扮，似乎是个随从。

不知道死了没有？叶薰小心翼翼地接近那人，周围的水明澈清纯，并没有鲜血晕开。她轻轻碰碰他，对方无意识地抽搐了一下。

人还没死！叶薰赶紧上前拽住他的衣服，翻过身子。待看清楚此人的面容，叶薰吓了一跳，险些把人重新丢回水里去。

俊美的五官上满是泥水，长长的睫毛下丹凤明眸紧紧闭合着，但叶薰依然一眼认出，竟然是沈归曦！

因为叶薰的动作，沈归曦无意地呻吟了一声。

不能让人就这么泡着，先拖上岸来再说。叶薰清醒过来，拽住他的肩膀，使劲儿向岸边拖去。

拖了两步路，叶薰就感觉手脚发软，兼左手手腕奇痛钻心。她禁不住叹了一口气，记得以前看过的电视剧里面，女主角救助男主角，总是镜头一转就到了目的地，仿佛女主角有一根无所不能（至少能够瞬间移动）的魔棒，挥一挥，就可以随着镜头转到自己要去的地方了，完全不用像眼下自己这样身体力行。

费尽九牛二虎之力，叶薰终于将他拖到了岸边草地上。人家是英雄救美，如今我倒是美女救狗熊了。喘了口气又看向四周，并没有发现马车残骸之类的东西，这位二少爷是怎么摔下来的？叶薰凑近了沈归曦仔细查看。却发现除了一些小擦伤之外，衣着上并没有多少血迹，只是在水里泡得太久，全身衣服都湿透了。

叶薰在他耳边呼唤道：“二少爷，二少爷，沈归曦……”

沈归曦像是死去了一样没有任何反应。难道是有什么内伤？叶薰犹豫了一会儿，伸手准备解开他的衣服查看，刚刚解开外衣，却忽然一只颤抖的手伸过来，阻止了她的动作。

叶薰吓了一跳，抬头看去，正对上一双恍惚失神的眼眸。是沈归曦不知何时醒了过来。

叶薰连忙问道：“你怎么样了？”

“你是……”沈归曦皱了皱眉头，仿佛意识依然在混沌之中，长吸了几口气，视线才慢慢明晰，他挣扎着要坐起来。

叶薰扶住他，又问道：“你感觉怎么样？有没有哪里受伤？”

沈归曦喘了几口气，像是在忍受什么痛苦一样，闭上眼睛，低声说道：“还好。”然后挥开叶薰的扶持，摇摇晃晃站起身来。

“上面怎么样了？”叶薰迫不及待地问道，“你怎么会摔下来？归暮少爷，还有沈夫人他们的车驾怎么样了？”

“我怎么知道？”沈归曦不耐烦地瞥了她一眼，说道：“摔下来之前，我还看到你和那家伙在马车里拉拉扯扯呢。”

就知道这小子没好话，叶薰冲他的背影翻了个白眼。听沈归曦的描述，他摔下来的时间比自己还早一步，自然不可能知道更多消息了。

叶薰看了看四周：“接下来我们怎么办？”

“当然是爬上去看看情况了。”沈归曦皱了皱眉头，理所当然地说道。

爬上去？叶薰抬头看了看眼前近乎直角的峭壁，然后无言地看着沈归曦，一脸等待二少爷展现绝世武功的表情。

沈归曦跟着她抬头看向峭壁，沉默了片刻，说道：“现在上去想必也没有人了，还是沿着河边走吧。”

叶薰正要说话，空气里传来一阵细微的“咕噜”声响，她立刻意识到一个糟糕的问题，她肚子饿了。

看天色已经过了中午，刚才一路走得匆忙倒也没有察觉，此时肚子一开始咕咕叫，就觉得全身酸软无力。上一顿饭还是昨天晚上吃的，经历了一路的奔波劳累，能量早已经消耗殆尽。

眼前的山涧一眼望不到头，只怕还要走很久才能够走出去，怎么找东西吃？

一只圆头圆脑的兔子蹑手蹑脚地从草丛里钻出来，大耳朵晃了晃，伸头啃向旁边翠莹莹的嫩草，忽然，一只小石子带着尖锐的破风声呼啸而至。兔子躲避不及，立时被石子击倒在地上，蹬了蹬腿就死掉了。

叶薰赶紧上前抓住兔子耳朵拎了回来。有武功就是方便啊，至少在荒郊野外的时候不用担心饿肚子。

兴冲冲地回了两人歇脚的岩石，叶薰紧接着发现了一个严肃的问题，这只兔子总不能生吃吧。

“赶快把这只兔子烤了。”沈归曦理所当然地吩咐道，完全是在府邸里吩咐丫环上茶的口气。

我还想把你烤了呢，叶薰暗暗冲着他翻了个白眼，没风度的小鬼，一点也不知道绅士礼节。将拎在手里的兔子摇了摇，叶薰实话实说道：“我不会。”

“你不会？”沈归曦一脸难以置信地看着她，像是听见了什么最不可思议的事情：“你连做饭都不会吗？”

谁说女人就一定要会做饭，而且野外烧烤和厨房里面做饭完全是两回事吧。叶薰无力地想着。算了，反正这小子是指望不上了，有那个力气和他分辩，还不如好好研究一下这只兔子怎么收拾呢。

没有回答沈归曦的疑惑，叶薰径自拎着兔子到一边研究起来。

野外烧烤，想想是很简单，但真正动起手来，才发现是一件多么艰难的事情。尤其当你面对的是原始状态食材的时候。

幸好萧若宸叮嘱过多次，染尘她一直贴身带着。叶薰手里拿着薄如蝉翼的短刃，对着兔子左右比划了数次，却始终做不出“杀兔分尸”这种令人发指的行为。扔下刀子准备手动拔毛，刚拔下一撮来，也不知是不是她心理作用，总觉得手里的兔子若有若无地抽搐了一下。

叶薰无言地看着兔子，身后沈归曦无言地看着她。

两两相看，沉默了半天。叶薰脑中灵光一现，想起以前听说过叫花鸡的做法，程序还记得大概，照葫芦画瓢做一只“叫花兔”应该不难。干脆也不用开膛破肚了，整个儿烤了吧。

叶薰立刻行动起来，先去河边挖了一堆河泥，将兔子连毛糊泥裹着，寻了一处干燥的地方，又捡来一大堆枯枝败叶，摸出身上的火折子，点上火焰。

烧了也不知道多久，不停地向里面添加着柴火，直到隐约闻到有焦煳的味道传出来。

“差不多了吧？”叶薰没信心地转头询问沈归曦的意见。

却见到沈归曦斜倚在石头上昏昏沉沉，似乎要睡过去的样子。听到叶薰的话语，他勉强回过神来，淡淡地“嗯”了一声。

叶薰赶紧掬来几捧水把火灭了，把兔子刨了出来。

“这种东西能吃吗？”看着叶薰拍掉泥层，露出来的黑黑兔肉，沈归曦忍不住怀疑道。

“这个……”叶薰其实也正在考虑这个问题，但听到沈归曦这么赤裸裸地问出来，脸上有些挂不住了，“荒山野岭，就不要要求太多了。”

沈归曦也明白这一点，认命地接过叶薰隔着火堆递过来的兔子腿。对着那根焦黑的东西打量了半天，送进嘴边咬了一口，他就忍不住皱起眉头。

叶薰没工夫理会二少爷的胃口，径自撕下另一条。小心翼翼地剥去焦煳的外层，里面的肉倒是细嫩白腻。咬了一口，咀嚼了几下，味道还不错，至少已经烤熟了，虽然有点糊。

很快把两只兔子腿啃完了，叶薰意犹未尽地抹了抹嘴角，遗憾的想着，这只兔子怎么不多长几只腿呢。因为没有去除内脏，叶薰不想动手撕别的部位，肚子还有些饿，正想着是不是让沈归曦再打一只兔子来。抬头却看到沈归曦斜倚在石头上一动不动，仿佛睡着了般。手里拿着的那根兔子腿也不知何时掉在了地上，上面还带着一个清晰的牙印儿。

叶薰看了看沈归曦，又看了看地上的半只兔子腿，第一个反应是有点黑线，有这么难吃吗？咬了一口就晕过去了。愣过之后却又发觉情况不妙，连忙上前扶住他。

刚刚忙着摆弄兔子，又隔着火堆，一直没有仔细看他，此时才注意到他的脸色变得纸一般苍白，带着一触即碎的脆弱。

连声呼唤，也不见反应，叶薰伸手在他额头上试了试，心里禁不住一沉。

他额头上烫得吓人，是发烧了。

对了，他在冰冷的河里泡了整整一夜呢！山间的夜晚又阴冷，难怪发烧了。叶薰伸手扶起他，触手之处却感觉有些不对劲儿。

捏了捏他的衣服，叶薰这才意识到他全身的衣服都湿透了，竟然一直没有干。

武功高手不是能够用内力烘干衣服的吗？小宸以前就能够做到这一点，以沈归曦的内力应该也能够做到才对。可是这么久了他的衣服却一直湿着。难道他已经伤得连这点力气也没有了？

可是身上并没有看到伤痕啊，叶薰上下打量着，从河里把他拉上来的时候也没有见到有血迹，难不成是内伤？

天气逐渐阴沉下来，是夜幕降临了。深秋的时节，山里的夜晚尤其寒冷，必须找个地方暂时避避风。

叶薰找了一圈，幸运地在不远处的山壁上发现一道夹缝，勉强算是一处山洞吧。

忍着手腕的疼痛，半拖半拽，将沈归曦弄进了山洞里。

匆匆在外面捡了一堆枯草，铺展在地上，又捡了一堆木柴，寻了一处避风的角落点上火焰。

火焰升腾起来，很快照亮了狭小的空间，也驱走洞内陈年的阴冷潮气。叶薰蹲到沈归曦旁边，探了探他的额头，越发烫地厉害了。

必须把衣服弄干，否则只会越烧越厉害。认识到这一点，叶薰动起手来，三下五除二将沈归曦身上的湿衣服脱下来。

脱下他的中衣，借着火光，叶薰这才发现他胸口部位一片青紫，晦暗的色泽触目惊心。她伸手轻轻按压了一下，仅仅是轻微的碰触，沈归曦就无意识地抽搐一下，疼痛的神色浮现在昏迷的面容上。

看这反应，像是肋骨摔断了，而且伤到的恐怕还不止一根。望着那大片青紫，叶薰暗暗心惊。转念又想到，他伤得这么重，刚才还发暗器去打兔子。想到这一点，叶薰微感歉意。

其实沈归曦也是不清楚自己的伤势才会动手去打兔子的。他从小娇生惯养，就算在习武打猎的时候也几乎没受过伤，刚刚清醒过来的时候只是觉得胸口又闷又痛，但见到同样摔下来的不会武功的叶薰都没有什么大碍，哪里想得到自己竟会伤得这么重。更何况以他的傲气又是不肯轻易在人前示弱的。

一阵冷风吹过，地上的沈归曦无意识地呻吟了几声，叶薰这才猛地意识到，眼前的人正半裸着躺在她面前，秀气的眉头紧蹙着，因为发烧，脸色红润异常。肌肤接触到阴冷的空气，他无意识地蜷缩着身子。再配合着那种若有若无的呻吟……简直……简直像是小说里面中了春药等着被人叉叉圈圈的小受，而且，还是个绝色的美人……

叶薰脸色憋得通红，努力端正心态，视线却不自觉地向某些地方瞄去。神啊，这简直是对她心脏承受能力的最大考验。

一边祷告着“阿弥陀佛”，一边默念着“色即是空”，同时在心里反复强调“眼前这位是重伤员，yy是不道德的”。叶薰一狠心，终于把他贴身的里衣也扒了下来。

飞快地抱起几堆干草扔到他身上，然后逃跑一样转过身去。叶薰长吸了几口气，狂乱的心跳才慢慢平缓。

摸摸自己的脸颊，滚烫得几乎不逊于某人的额头了。幸亏他现在是昏迷着，不然实在是太丢脸了。

叶薰一边想着，一边凑到火焰前，将手里的衣服展开，架到火上烘烤起来。

跃动的火光散发着灼灼的热量，衣服上的水汽蒸腾起来，烟雾般弥散开合，消失在空气里。

眼看衣服就要干了，叶薰随手翻动着，正要收起来，忽然外面传来一阵巨响，打破了寂静的气氛，正在聚精会神烤衣服的叶薰吓得一哆嗦。紧接着璀璨的闪电划破了漆黑的夜幕，风声也越发凛冽。

看这架势，竟然是要下雨了。真是屋漏偏逢连夜雨，叶薰暗暗抱怨了一句。却全然没有注意，就在她出神的瞬间，跃动的火舌已经咬住了衣服的下摆。

等叶薰回过神来，忽然觉得手上一阵疼痛，手不自觉地一松，衣服就掉了下去。

愣了愣，叶薰这才意识到发生了什么，大惊失色地跳起来。

然而已经晚了。火焰贪婪地吞噬着送到嘴边的食物，沈归曦真丝锦绣制成的衣装很快就在金色的火光中升华成了一堆灰烬。

一阵风过，吹起几点飞灰飘散在空气里，叶薰呆呆地看着地上的一片灰烬，又回头看看躺在草堆里的沈归曦，简直欲哭无泪。

阴冷潮湿的风扑进山洞，火焰跃动不止，缩在地上的沈归曦无意识地哆嗦了几下。

这样不行，就算是今晚用枯草遮掩取暖，可是明天怎么办？总不能围着枯草编成的围裙上路吧。

叶薰脑海里里不自觉地出现人猿泰山的画面，里面人猿的头颅替换成沈归曦的面容……实在是太惊悚了！这个图片闪烁了瞬间，叶薰就觉得毛骨悚然，赶紧将它驱逐出了大脑。

低头看着缩在稻草堆里的沈归曦。如果真要做这种打扮，估计眼前这位少爷会自杀吧？

不，他会不会自杀很难说，但是有一点倒是可以肯定，在他自杀之前，一定会先恼羞成怒地解决害得他这么丢脸的自己。到时候自己的小命……

必须给他弄一件衣服来。可是哪里有干衣服呢？

叶薰想了一圈，心念转到白天遇到的月锦的尸首上，她的衣服倒是干的，可是……要她去扒亡者的衣服……

外面传来一声又一声的惊雷，敲打在叶薰的心田上。马上就要下雨了，如果再不行动，只怕尸首上的衣服也要被雨淋湿了。

别无选择，叶薰终于咬咬牙，奔出山洞。

竭力不去看那张血肉模糊的面孔，叶薰一边将月锦的外袍脱下，一边低声祈祷着，“要使用你衣服的人是归曦少爷，你是夫人的丫环，一定不会不同意的，你放心，等明天我就过来安葬你，绝不让你葬身荒野……等以后的日子，我让沈归曦早晚三柱香地供奉你……”

胆战心惊地把外衣脱下来，叶薰一边祈祷，一边飞奔回了山洞。

扒开稻草，尽量不去看沈归曦的身体，叶薰就当自己是在给商场里面的模特套上样装，匆匆把那身刚刚从死人身上扒下来的女装套上。

换完衣服，坐倒在火堆旁，一阵风过，叶薰激灵灵打了个寒战，这才惊觉自己出了一身的冷汗。忍不住摇了摇头，这一趟换衣服可真是艰难啊。

又趁着雨还未下，匆匆跑到山洞外捡来一堆柴火，将火焰燃地旺一些，整理好这一切，叶薰气喘吁吁地坐倒在草堆旁边。

帅哥与美女一起跌落悬崖，这么恶俗的遭遇接下来应该会发生一些浪漫而又狗血的剧情，可是落到了自己身上，却是一如既往的苦力又倒霉。

力所能及的她都已经做了，剩下的就看他自己的运气和生命力了。

外面一阵闷雷，刺眼的闪电划破夜空，雨终于“哗哗”下了起来。

看着躺在地上的沈归曦，叶薰一阵气闷，仔细想起来，自己和他应该算是有冤无恩吧，现在却要因为他累地半死，甚至还要去扒死人衣服。

细数起来，你曾经放狗咬我；还害得我和小宸因为染尘丢失而担惊受怕，不得不几次冒险潜入翰碧园；你还殴打小宸，当然，那次我也敲了你一砖头，这个仇就不跟你计较了；还有好几次跑到兰蔷园里面挑衅恐吓我们，还有……叶薰扳着手指头细细数着，总之你的恶行是罄竹难书，而现在又来拖我的后退，反正遇到你几乎没有过好事。我竟然还这么辛苦地照顾你，这算不算以德报怨呢?

只是干吗这么好心？我应该扔下他自己走路，或者干脆把他扔进外面的大雨里去，让他自生自灭好了，叶薰满怀恶意地想着。在脑海里yy报复了半天，最终却也只能叹了口气，狠不下心肠啊。

凑近了仔细端详，睡着的时候，没有了日常的戾气，沈归曦秀美的侧脸竟然有一种出乎意料的可爱。尤其是精致平整的眉宇，时不时因为感受到身上的疼痛而蹙起，让人看着就觉得心疼。可惜只要一想到他平时的种种可恶，这点怜惜马上就烟消云散了。

至少也得报复他一下。现在他躺在地上任凭自己处置，这样的机会可不多啊。叶薰顽皮心起，伸手捏住他的脸颊，向两边一拉。看着某人俊美的脸孔在拉力的作用下变成一个胖嘟嘟的形状，叶薰禁不住“扑哧”一声笑了，心里的怨气渐渐消散。

算了，好歹我是拿你们沈家工资的员工，看在刚刚的兔子腿味道还不错份上，就照顾你一下吧。这么想着，叶薰停了手，倒在另一侧的枯草上。

山谷中凄冷的雨声敲打着大地，富有旋律感的音调从岩石河面上传来，阴冷的湿气扑入洞内，空气中淅沥生寒，一种孤单的感觉油然而生，仿佛天地尽皆化为虚无，仅存这一处狭隘的洞穴，像一只随时可能被滔天巨浪卷走的小船，沉浮无依。

沈归暮和雁秋他们怎么样了？还有小宸他怎么样了？他驻守边关，这次的荒人叛乱应该不会涉及边关吧。只要平安等到冬天，就可以姐弟团圆了。空闲下来，叶薰的心中又开始泛起深深的忧愁。

如果能够平安回到凉川，一定要立刻开始寻找属于自己的房子……她一边想着，一边向火堆靠了靠。满身的疼痛夹杂着疲倦潮水般涌上来，劳累了一天的身体很快进入了沉睡之中。

睡梦之中似乎有只小猫在舔她的脸颊，像是以前养的那只小黑猫，总喜欢在清晨的时候跳到床上，舔舔她的脸颊“喵喵”叫着，直到把她弄醒，然后用无辜的大眼睛看着她，期待主人起床为它准备早饭。

“嗯，别闹了，小黑……”叶薰眯着眼睛，一把将幻梦中的小猫揽进怀里，咦？手感好像不对劲儿，不是毛茸茸的温暖，而是……

意识刹那间清醒过来，睁开眼睛立刻看到一张俊美的容颜放得极大，嚣张地占据了她视线的全部。

清晨就受到这种惊吓，叶薰险些惊叫出声，这小子什么时候跑到自己怀里了！

一把将近在咫尺的人推开，迅速坐起身来。看了看四周，才发现不是他袭击自己，是自己钻进人家的怀里去了。

身边的火堆早已经在熟睡的时候熄灭了，估计是在睡梦中感觉到寒冷，就本能地向热源凑近。

沈归曦还处在昏昏沉沉的状态，被她一把推开之后，在枯草上翻了个滚儿，无意识地呻吟了几声。

幸好这小子一直昏迷着。叶薰暗暗庆幸地想着。

走出山洞，极目远望，天气已经放晴，晨曦照耀山间河流谷地，山林远处隐约有大雾缭绕，雨水洗礼过后的大地分外清新，连岩石上暗绿色的苔藓都鲜嫩了不少。

连唯一的劳动力也倒下了，必须自力更生寻找食物了，叶薰走出山洞左右看了一圈，视线放到眼前的河流上。

下了一夜的雨，河水涨了不少。叶薰脱下鞋袜放在岩石上，挽起裤腿就下了水。

秋日的河水冰凉沁骨，叶薰忍不住低呼一声，过了好一会儿方才适应河水的温度，低头仔细寻觅起来。

河里的鱼儿正是肥美的时节，因为长在深山，不见生人，反应也有些迟钝，只是鱼身又滑又腻，叶薰折腾好久，水溅湿了半身，才逮住三条，扔在岸上。

大概够早晨这一顿的了吧。叶薰拍拍手，直起腰来。转过身去，却意外发现沈归曦不知何时竟然起来了，正坐在山洞口向这边看过来。清晨灿烂的晨曦透过山涧投入狭隘的山洞里，给少年苍白病弱的脸色镀上一层淡淡的光晕。

打量了两眼，叶薰忍不住嘴角抽搐，忍笑忍得肚子疼。此时沈归曦正穿着一身女装，因为昨晚的睡眠，发髻早已散开，乌黑的秀发散落在肩膀上，精致秀美的眉目间隐带憔悴，乍一看上去，真像个娇弱堪怜的女子衣衫散乱，拥被而坐。

这一幕若是被某些好色的登徒子看见了，还不立刻垂涎三尺，兽性大发，哪里会想到眼前看似纯洁美味的小羔羊是公非母，雌雄莫辨。

竭力忍住笑意，叶薰向他招了招手，笑着问道："什么时候醒过来的？我捉了鱼，待会儿烤着吃。"

沈归曦还处在混沌状态，完全没意识到自己被换上了一身女装。看到叶薰提着鱼向自己走近，他的视线不经意地瞟过叶薰挽地高高的裤腿，低头落到她光裸的脚上，神色顿时有些发懵，紧接着有点不自然地把眼睛转到别处去，侧过的脸颊上隐约浮起一层红晕。

注意到他的视线，叶薰低头看了看自己的脚，在这个时代，似乎有教养的女子被人看见了脚是很不得了的事情，可叶薰当然不会在意这些。甩了甩脚上的水珠，不理会他的眼光，叶薰径自走到河边捡起捕获的猎物。将几只还在挣扎的鱼狠心向地上摔了几下，待它们一动不动了，找来尖锐的细木棍，穿透鱼身，架到火堆上，重新点起火，烤了起来。

"昨天我昏过去多久了？"沈归曦轻咳了一声掩住尴尬，恢复常态问道。

"就是一晚上而已。"叶薰一边翻动着烤鱼，一边安慰道。

抬头见沈归曦要站起身来，连忙阻止他的动作："你在发烧，先不要动弹了。"

沈归曦刚刚站起身子，就觉得一阵天旋地转，不得已又坐了回去，休息了一会儿，说道，"等吃完了东西，我们就继续上路吧。"

叶薰迟疑道，"可你的伤势……"

"没事。"沈归曦摆了摆手说道，却忍不住急促地咳嗽了几声，缓过一口气继续缓缓道："上面的战事应该已经结束了，当时摔下来的人不少，说不定会有荒人下来搜索呢。"

知道他的伤势距离"没事"的程度还差地很远，叶薰也没有戳破他的逞强。眼下确实不能继续留在这里了。沈夫人和万总管他们泥菩萨过江能不能保得住还是个问题，救援暂时是不能指望了。而那些荒人，稍微有点头脑的，就会在战事之后到这附近搜索一下。

鱼烤好了，食物的香气打断了叶薰的思绪，她灭了火焰，拿起一条烤得焦黄的鱼递给沈归曦，自己则拿起另一条送到嘴边。

没有任何调料的鱼肉吃起来像是嚼蜡，而且烤得火候也不太均匀。叶薰嚼了两口咽下去，简直和吃棉花一样，她皱起眉头，一边吃着，一边百无聊赖地打量着沈归曦。

沈归曦拈着鱼尾巴，小猫似的嗅了嗅鱼身，试探着放进嘴里咬了一口，然后强忍着什么似的勉强咽了下去。平时也不知道他是怎么吃东西的，但此时这副委屈的小模样，配合着这一身女装，更兼青丝散乱，粉面如玉，真有林妹妹般娇怯怯柔弱弱的大家闺秀气度。

看地太好笑了，叶薰胃口反而好起来。也许当胃口不好的时候，看到另一个比你胃口更不好的人，心情就会自然而然地放松。

山洞里没有镜子，叶薰又特意不去提醒他，沈归曦几乎全部的精力都用在压抑身体的疼痛上了，竟然一直没有发觉自己的衣服换了。他实在是没有什么胃口，勉强自己吃下一条鱼，脸色不仅没有好一些，反而更加苍白了。

吃完东西，叶薰站起来走到火堆旁，用地上的一块碎布片擦了擦脚。

沈归曦扶着旁边的石壁站起身来，眼神无意识地扫过地面，却在经过叶薰脚下的时候瞬间停滞了，他难以置信地看着那片怎么看怎么像是半截袖子的碎布，打量了半天忽然意识到什么，猛地低头看向自己身上。

花花绿绿的颜色铺天盖地映入眼帘，沈归曦只觉得一阵头晕目眩，刹那之间晃了晃身子，原本就苍白的脸色更加惨淡了。

叶薰看到他的反应，有些心虚地悄悄后退了一步。脚下的碎布，正是昨晚某人衣衫没有烧尽的残片，被叶薰废物利用地拿来当抹布了。

“我的衣服？！”沈归曦脸都绿了，一个字一个字地从牙缝里蹦出来，咬牙切齿地问道。

“你的衣服都湿透了，人又一直在发烧，我也迫不得已。”叶薰心虚地说道。你以为我喜欢给你换衣服啊？

“那衣服为什么会变成这样？！”沈归曦看着火堆旁那片丝织物灰烬，气势汹汹地逼问道。

“那个……你昨晚睡觉的时候不小心，滚到了火堆旁边，幸好我还没有睡着，眼看盖在你身上的衣服烧了起来，只好扔掉，然后给你换上这一身了。”叶薰信口胡诌道。

“真的？”沈归曦满腹怀疑地看着她。他昨晚处于昏迷之中，不省人事，但睡梦中确实感觉到身体越来越热，难道真是不小心翻滚到了火堆上，点燃了衣服……

“当然是真的了。”叶薰竭力保持脸上的平淡，诚恳地说道：“幸亏我发现得早，只是烧掉了衣服而已，不然万一烧伤了怎么办？”

沈归曦脸上还有疑惑，嘴唇动了动，却无话可说。

看到他气闷的模样，叶薰偷偷发笑，一没人证，二没物证，他纵然心里怀疑，也找不出破绽来。

沈归曦低头看了看那桃红色的裙摆，只觉得一阵刺眼。他激灵灵打了个寒战，觉得全身像黏住了糨糊一样，满身不自在。

随手撕扯着衣襟，脑中忽然又想起一个问题，昨晚是她给自己换上的女装和……他连忙伸手摸了摸衣领，脸色一白，竟然连里衣也被换了。

自己一个堂堂男子汉，竟然被她……想到这一点，“腾”地一下子，沈归曦的脸颊像是烧着了一样，变得通红通红，滚烫地几乎烧起来了。

她一个年轻女孩怎么能这么大胆？昨晚她是怎么……具体的细节他根本不敢想象。他素来厌恶女子，尤其讨厌眼前这一个，却偏偏几次三番地在她面前出丑。

他不禁抬头看看叶薰。此时的叶薰却是一脸轻松休闲，自顾看向外面的天色，盘算着动身的时间。

莫名其妙地，沈归曦心里更觉得别扭。

沈归曦这边正在纠结不止，叶薰那边却一无所觉，查看完天色，她回过头来，见沈归曦脸色又红又白，连忙问道：“你怎么了？”说着伸手就要向他额头上试探。

沈归曦受惊似的一把挥开叶薰的手，却因为动作过大，牵扯到伤口，闷哼了一声。长吸一口气，方低声说道，“我没事。”

不就是穿一次女装吗，用得着摆出一副生无可恋死不足惜的表情来吗？叶薰摇了摇头，收回手问道：“我们现在就出发吗？”

“嗯，”沈归曦点点头，抬起头来，眼神在叶薰身上转了一圈，忽然浮动起一丝欣喜：“先把你的衣服脱下来。”

“啊？！你说什么？”叶薰吓了一跳，连忙跳起来。跳起来之后又想到，自己反应有些过激了。沈归曦眼前的这个状态，就算是想干什么，那也是有心无力，自己一根指头就能撂倒他，只是你不要用这种暧昧的语调好不好。

看着叶薰一脸警惕继而放松的表情，沈归曦恼羞成怒，低吼道：“我是说……把你的衣服脱下来换给我。”

叶薰这才想起，离开山庄的时候，自己换了一套小厮的男装，此时换给他倒是刚刚好。

可是……叶薰上下打量着那件花花绿绿的女装，脑海中不自觉地浮现出昨晚看到的尸首。刚才趁着捕鱼的空当，她已经赶去那边用染尘挖了个浅坑，把月锦的尸首掩埋了，可是那扭曲变形的头颅和狰狞恐怖的容貌依然历历在目。

“不行！”拒绝的话语脱口而出，连商量的余地也没有。让她去穿死人的衣服，想也别想！

“你……”没料到叶薰拒绝地这么坚决，沈归曦微一愣，眼眸中随即闪烁起一丝怒气，气势汹汹地喝道：“我说换给我就得换，你听到没有！难道你敢不听命令？”

就是不听命令怎么了？你以为你还是沈家二少爷啊？这是对待救命恩人的态度吗？早知道让你小子在外面淋雨淋到死算了！叶薰不屑地瞥了他一眼，真想气势汹汹地吼回去。但想想还是算了，眼前毕竟是个重病号，再者，以后说不定还要在沈家打工呢。

“呃，这个……少爷，给你换上这身衣服是为安全着想啊。你想想啊，这次荒人来的蹊跷，说不定目标就是夫人和少爷您。如今也不知夫人他们逃出去没有。我们待会儿动身，很有可能遇见荒人。少爷您相貌出众，荒人之中想必也有见过您的人吧？万一被人认出来……穿成这样也为了隐瞒身份，只好委屈少爷您了。”叶薰侃侃而谈，有理有据，一副全心全意为少爷着想的诚恳表情。

沈归曦眉头皱起，他知道叶薰说的有道理，眼前的形势，敌人不明，改装易容是最安全的方式了。但是这身女装，他怎么看怎么别扭。

就在两人陷入僵局的时候，外间忽然传来一阵骚动。叶薰警惕地侧耳倾听，是马蹄践踏在河边沙地上的声音，隐约还夹杂着狗吠声。

两人相视一眼，双双变了脸色。

第四章

相濡以沫

璀璨的阳光透过繁复精美的西番莲缠枝花窗投射进马车里，马车看上去精美雅致，车门处悬挂的却是一张极不协调的粗糙草帘子，大大破坏了马车整体的富贵气息。

车辆行走间，草帘子荡起摇开，闪现出里面一坐一卧的两个身影。

叶薰正端着药碗坐在马车里，尝了尝温度，冷热适中，便低头对躺在身边的人笑道：“雁秋姑娘，起来喝药了。”一边说着，拍了拍缩在被子里的人。

棉被里的“雁秋姑娘”动了动，半晌才不情不愿地转过身来，没好气地低声吼道：“别这么叫我！”

“小声一点。”叶薰赶紧把食指放到嘴边，做了一个噤声的动作，低声说道：“车外面就有看守，你想让全世界的人都知道你的身份吗？”脸上的表情郑重其事，但眼眸中还是忍不住闪烁起几丝笑意。

沈归曦瞪了她一眼，坐起身来。

叶薰警惕地将车帘子拢了拢，遮蔽严实。

沈归曦接过碗来，一口气喝了个干净，却因喝得太急，连声咳嗽不止。

叶薰好笑地拍着他的后背，问道：“怎么样？好些了没有？”

沈归曦闷闷地把碗一扔，“还好。”

叶薰也不去介意他的态度，继续说道：“你说话的时候声音记得放尖细一点儿，不然很容易让人听出破绽来的。就算眼下车里只有我们两个，也要小心隔墙有耳。”知道自己只有这样才能够保命，沈二少爷“忍辱负重”地接受了穿女装的现实，每天窝在车里一副生不如死的模样。

沈归曦“哼”了一声，也不理会她的话语，径自躺倒在一边。

叶薰无奈地摇摇头，不去理会少爷脾气发作的某人，凑到车门口，掀开破落的草帘子向外看去。

正是黄昏的时候，晚霞铺陈在天幕一侧，宛如流光溢彩的锦缎，绮丽的色泽在天幕正中变得柔和，笼罩了大半个世界。沐浴在淡淡的金色光华中，空气里荒凉的寒意也透漏出丝丝暖色。

前后望去，首先映入眼帘的是长长的马车行列，依然是入山时候的那些车辆，奢华精美依旧，却明显潦倒破落了不少。很多车辆都是半残缺状态，不是缺了一面挡板，就是没了车门，有的甚至连车顶棚都不见了。相比之下，叶薰所在的这辆车子算是极完整的了。

车队旁边的护卫也不再是沈家精锐的侍从家丁，而换成了一支步兵骑兵掺杂的队伍，良莠不齐，老少兼备，穿的衣服更是五花八门，有的是大周士兵的官服，还有的是沈家侍从的打扮，而更多的则依旧是那身破败褴褛的衣着。单看这副形貌，就知道这是一支什么队伍了。

叶薰和沈归曦被带进这支荒人队伍已经三天了。

那天上午，他们在山洞里听见了荒人搜索接近的声音，本来想要逃走，奈何沈归曦伤势太重，挣扎着站起来，刚刚走了几步，就踉跄不稳险些跌倒。

而那些荒人的搜索队伍竟然还带着猎犬！当一个荒人发现新大陆一样高喊着“山洞里有人！”一边拉着几只冲着山洞狂吠的恶犬向这边跑过来的时候，叶薰就知道大势去矣。

谁说荒人只是一群乱民来着。激战完毕收拾战场就算了，竟然还带着猎犬？！这也太专业了吧！一边暗暗腹诽着，一边拉着沈归曦老老实实走出了山洞举手投降。

那些荒人前来搜索掉下山崖的人。万总管所安排的伪装成夫人和两位少爷的马车被荒人队伍阻截下来，荒人很快知道这些人是假货，而真正的沈夫人和沈少爷都改装易形了。只是山坡上追逐相杀的时候，局势一片混乱，他们一时之间也寻不到目标。

战事结束后，有被俘虏的沈家仆役招供说看见他们少爷掉下山崖，荒人便派人下山搜索山涧。

一路下来，真被他们寻到不少跌下来的人。有些幸运的，跌在了河水中、草丛上，受伤不重；有些不走运的，跌到了岩石上、沙地上，直接一命呜呼了。

叶薰虽然穿了小厮装扮，但发式首饰依然是女子，荒人一眼看出她是个丫环，而沈归曦“青丝散乱，花容憔悴”，荒人竟然也没有认出他是男儿身。

两个丫环自然不可能是他们要寻找的目标，匆匆喝骂了几句，就将两人驱赶到俘虏群中了。

被俘虏的沈家侍从都神色恹恹，愁云惨淡，对于新加入的两人并没有多少关注。沈归曦又一直低着头，直到走出山洞，竟也没有人认出眼前这位打扮得花花绿绿的人是沈家二少爷。

离开了山涧，众俘虏连同山庄里面搜刮来的诸多财货，一起被打发到了马车上，就匆匆上路了。这一路是走向哪里，等待着他们的又是怎样的命运，大多数沈家仆从都茫然无知。

叶薰正想得出神，车子一顿，停了下来。她回过神来看向队伍，所有的马车都停了下来。不一会儿，三三两两的荒人走出，开始搭建简朴的灶台。

看来今晚是要在这里宿营了，今天倒是意外地早，叶薰看着周围广阔的草地，暗暗思量着。她的视线穿过暮色，落到零散分布在草地上歇脚的荒人身上。负责押送他们这些战利品的荒人并不多，而且其中还有不少妇人孩童。按照这些天打听来的消息，精锐主力已经由那个陆谨带领，前去追击逃走的人了。沈夫人和沈归暮一直都没有消息，不知道他们能不能平安逃出去。

叶薰正满怀担忧地思量着，眼角的余光却瞥见一个高挑熟悉的身影向着这边走过来，叶薰连忙跳下车子迎上去，笑道："秦大娘，您怎么过来了？"

来人是个眉目慈和的中年女子。沈家的俘虏被驱赶进队伍之后，男女分开押送，负责看守照料她们这些丫环的正是眼前这位秦大娘。

秦大娘笑道："马上就是晚饭时间了，人手不够，过来找你帮一下忙，今天要准备的饭菜多一些。"

"好。"叶薰答应道，跳下了马车。

"对了，雁秋姑娘现在怎么样了呢？"秦大娘探头看向车里。

车子里面沈归曦的背影不自觉地颤了颤，似乎是被那一声"姑娘"给刺激到了。

叶薰瞪了他一眼，回头向秦大娘道谢道："已经好多了，多亏了您老前几天送来的药材。"

秦大娘的夫家曾经是乡里山村的大夫，长年夫唱妇随，她也学了不少的草药知识，荒寨里面是没有医生的，秦大娘因为家里犯了事，被流放到荒寨之后，经常帮荒人看病采药，这也是她一个无亲无故的寡妇却能够威望卓著的原因之一。

"举手之劳而已，不必客气。"秦大娘笑道。

叶薰不想让她的注意力落到沈归曦身上，转移话题问道："今晚要准备的饭菜多，是有人要回来吗？"

"是去追击沈家余党的陆头领要回来了啊。"

这句话入耳，叶薰心里一紧。这几天的言谈之中，她也从秦大娘口中打听到了不少消息。

那个陆谨确实是北域的少数民族出身，是混血儿，据说他的母亲就是从荒寨被卖到塞外去的奴隶。半年前，他所属的部族被突厥所灭，年纪轻轻的他继承了族长之位，为逃避突厥人，他带着残存的人马牛羊逃到了荒寨。荒寨对这种送上门来的肥羊一向是来者不拒，他们部族人数不少，而且大半都是青壮丁，很快就在荒寨里扎下了根。

陆谨年纪虽轻，行事却颇有一族之长的风范，举止果决，细心谨慎。这次荒人突袭沈家山庄的事情就是他领头策划的。

听了这个消息之后，叶薰就在心里为这个人物打上了一个高度危险的标签。

“为什么这个时候回来了？追到人了吗？”不知沈归暮他们是否平安逃出了包围，叶薰忐忑地问道。车里沈归曦也竖起了耳朵。

“似乎没有，是回来整顿粮草的。”秦大娘坦然回答道。

叶薰心下稍安，将车帘放下，对车里的沈归曦低声交代了几句，跟着秦大娘向营地中心走去。

一边走着，她忍不住问道：“大娘，叶薰有一事不明。”

“什么？”秦大娘问道。

叶薰咬咬下唇，终于忍不住问道：“陆头领为什么要领着荒人袭击沈家呢？”这是她一直困扰着的问题。

“为了粮食啊，我们都要没有饭吃了。”秦大娘并未隐瞒，坦率地说道，“自从粮食收上去，好几个月都没有送来粮食了，寨子里头已经饿死不少人。”一边说着，她神情黯淡下去。

不给荒寨粮食？叶薰皱了皱眉头，据她了解，为了防止荒寨的人私逃，粮草秋收之后，都是凉州官府派人将全部的粮食统一收缴，然后在根据荒寨的人口按月发放。虽然克扣一些是免不了的，但也绝不会到把人生生饿死的地步。

好几个月没有送去粮食了？叶薰心下一沉，她明明记得万总管说过，凉川城的粮草储备还算丰沛，这几个月的粮草都是按时送到了的。而且凉州官府也不可能这么昏庸，就算有人克扣也不可能到这么绝的地步。怎么会全部不见了呢？除非是有人在暗中捣鬼。

“荒寨那边，粮草那是年年缺乏，还不是这么过来了。”秦大娘脸上有些嘲讽怆然，随即摇了摇头，“只是今年……也缺的太厉害，我们荒人就算命贱，也不能坐等着活活饿死吧。”

叶薰心里一沉，随即不动声色地问道：“朝廷怎么会坐看着荒寨的粮草全部扣下呢？就算是凉州官府有这个胆量，像本地的豪门贵阀沈家之流也会阻止吧？”

“哼，那些高高在上的大家贵族，怎么会理会我们荒寨人的死活呢？”秦大娘的眼眸中闪过一丝恨意，幽幽道：“而且那个沈家，最是狠毒不过的。”

叶薰忍不住辩解道：“沈家没有那么糟糕吧……”

秦大娘转头看着她，有些奇怪地问道：“你不是也在沈家吃了不少苦头吗，怎么如今反倒说起他们的好话来了？”

叶薰一阵冷汗，她最初被押送入荒人的队伍里的时候，知道沈家人在荒人中肯定不受待见，所以她故意夸大了自己在沈家的遭遇，把受害现实（被某人放狗咬等）进行艺术加工，再加上一通胡编乱造，将自己讲成了深受沈家这个无良老板迫害的苦命童工，着实让以秦大娘为首的旁听荒人唏嘘了一阵子。同仇敌忾之下，叶薰才能够这么顺利地融入荒人的圈子，不受敌视。

此时听秦大娘问起，她也只好顺势点点头，然后试探着问道：“我入沈家也并不长久，就是一两年的事儿而已。不知道沈家在本地……”

“也难怪你不知道，你原本是南方人氏，哪里知道这些，”秦大娘叹了口气：“整个北方几乎就是他们沈家的天下，尤其是凉川城。想当年，我家那口子，就是被沈家那个二少爷给害死的。”

被沈归曦害死？！叶薰这次是真的惊诧了。秦大娘的夫君不是山村的医生吗？怎么会和那个骄横少爷牵扯到一起。

看出了叶薰眼中的疑惑，秦大娘苦笑一声，缓缓说道：“当年那个沈家二少爷是出了名的喜欢围猎，听说他们家又有姑娘在宫里头受宠，城中的官员还不争先恐后地拍沈家的马屁？为了给那位二少爷圈猎场，就把我们那个山村的地全部没收了，说要改成林子好放养狐狸。一户人给了十两银子，就算是买地的钱了。”

秦大娘缓缓说着，沙哑的声音带着淡淡的苍凉，“村里人种了一辈子地，离了地怎么活啊？我家那口子是个硬气人，忍不下这口气，不仅把银子扔出了门，又带着村里的十几位兄弟一起去了县衙，要讨回个公道来。结果……”秦大娘苦笑了一声，“门阀贵族之下，哪有我们平民百姓讲公道的机会？公道没有讨回，反而被扣上了刁民蛮横、无理取闹的帽子，人人都挨了一顿板子，我们家那口子因为是带头的，不仅挨了板子，又被判了个‘蛊惑百姓、聚众闹事’的罪名，投到了大牢里。在牢里也没有撑过几天，就……”秦大娘说着，声音低落黯淡了下去，最终叹息道，“之后连我也被牵连发配到了荒寨里头。”

叶薰在旁边听得冷汗直冒，这简直是赤裸裸的恶霸地主欺压无辜良民的真实版啊。她还真没想到秦大娘家经历过这样的遭遇。尤其想到害得他们全家家破人亡的罪魁祸首如今正坐在车里优哉哉地养病……

她真有些冲动要脱口而出告诉她：祸害你们的元凶就在车里，你们去把他打一顿吧。

说到伤心处，秦大娘神情黯淡。叶薰不由得低下头。她在沈家虽然是丫环身份，但也是锦衣玉食，哪里有机会真正接触这些世间万态、炎凉变故。

每一个时代，总是有无辜的民众遭受这种不幸。所谓的灾厄乱世与太平盛世，差别之处，也不过是这样的民众是多一些还是少一些而已。

说话之间，两人已到了营地正中，十几个荒人妇孺正围着几口大锅，里面有的煮着大米，有的熬着菜汤，见到叶薰几个人走近，热情地打着招呼。

叶薰提起精神，点头问好，上前帮着忙碌起来。

众人手脚麻利，晚饭不久就准备好了。工作结束，众人松懈下来，秦大娘盛了一碗米粥递给叶薰，笑道：“忙了大半天，先吃点东西吧。”

叶薰道谢后接过。米粥散发着浓浓的清香气，她小口小口地抿着，一边查看着周围。众人散落在草地上，喝着米粥，吃着干粮，一边谈论着什么，脸上洋溢着喜悦和满足。

叶薰心下有些伤感，今后这些人会怎么样？他们选择了这条道路，就是彻底断了退路。大周朝廷绝对不会放过他们的。可是看他们的神情，似乎全然没有担心以后的日子。是根本没有意识到这样做的后果，还是彻底孤注一掷，把性命也置之度外了呢？或者……他们有信心逃过后续的报复？

喝完一碗粥，负责分粥的妇人又递给她一碗，笑道：“趁着还热，快点给车里的病人端过去吧。”

叶薰道过谢，起身告辞了。

端着碗，心情复杂地回了马车掀开草帘，看着依然躺在车里的沈归曦，想到秦大娘的那一席话，叶薰忍不住一阵气闷，没好气地冲他喊了一句：“起来吃东西。”

沈归曦应了一声，爬起身来。

叶薰上下打量着他，心里忽然想到，那些荒人，应该算是农民起义的一种吧，记得上辈子学过的历史课本里，引经据典反复强调了无数遍，农民起义是正义的，是推动历史前进的，而地主恶霸阶级是邪恶的，是阻碍人类文明的。自己也算是受压迫阶级了，从小根正苗红地接受了十几年的社会主义教育，怎么到了这个时代，反而站在了剥削阶级的一边呢？

沈归曦坐起身来，见到叶薰一眨不眨地盯着他看。对视了两眼，他就觉得今天叶薰的眼神格外诡异。

以往叶薰打量他，总是似笑非笑，他知道那是她在嘲笑他的女装扮相，可今天的眼神却格外不同，总有种深长的意味，让沈归曦感觉心里有点发毛，面上却又不肯示弱，沉声问道：“怎么了？是不是那些贱民又要闹什么事了？还是……有人欺负你了？”

以往听到沈归曦满是不屑愤恨地用这种词语提起荒人，叶薰也懒得计较，但此时听起来却格外刺耳。

这些日子的相处下来，险些忘记了，这小子其实就是个剥削阶级，本质就是地主恶霸级别的，可怜我一受剥削阶级，怎么就跟他混在了一起，还要任劳任怨地伺候他呢？叶薰无语地想着，按照他以往做的孽，自己应该立刻把他丢出去，让他淹没在群众斗争的海洋里才对。

沈归曦被她越看越不自在，终于忍不住问道："干吗这么看着我？"

叶薰这才转开视线，算了，他年纪尚轻，本质说不定还不算太坏，就像那些官府擅自圈定猎场讨好他的事情，他也不可能知情。再说，总要给犯错误的同志一个改过自新的机会嘛。就算他根歪苗黑，为了凉州的未来，她也要把他扭成根正苗红，五讲四美的好苗子。

只是自己应该从什么角度入手呢？叶薰眼光一转，落到了眼前的白粥上，便开口问道："你知道这碗粥是什么吗？"

沈归曦被她问得莫名其妙，低头看了一眼，答道："碧玉粳米粥啊。"

"那你知道这碗粥的来历吗？"

"从沈家山庄里面抢来的呗。"

"呃……"叶薰话语一滞，她本来想要点醒他如今吃的是荒人为他准备的食物，他是在受这些被他鄙薄的荒人的恩惠，所以以后不应该和荒人太记仇。却没有想到这一层。

叶薰随即转过话题继续说道："就算是沈家的粮食，也是荒人辛苦栽种的，整年的汗水辛劳所得……"

"碧玉粳米不是江南皖州的特产吗？"沈归曦听得莫名其妙，打断她的话问道，"你到底想说什么？"

朽木不可雕也。懒得进行迂回教育了，叶薰直接沉声说道："我就是想要告诉你，以后不许再这么称呼那些荒人。"

沈归曦只以为她是生怕自己露出破绽，并没有多想，径自轻蔑地说道："有什么不妥的，就是一群乌合之众而已，等我伤好，马上就能够杀光他们。"

这句话一入耳，叶薰顿时火气上来，提高了声音喝问道："你凭什么杀光他们！如今你吃的喝的，养伤的药材，哪样不是荒人给的？竟然还要杀光他们？！简直忘恩负义，狼心狗肺。"

"我忘恩负义，狼心狗肺？！你发疯了？"沈归曦满脸的难以置信，像看外星人一样看着叶薰，随即毫不逊色地冲着她低吼了回去："难道你忘了，是谁追杀我们沈家，是谁害得我和你掉下悬崖，九死一生！这些乱民为非作歹，不尽早收拾，到时候你知道凉州会有多少无辜百姓要受害吗？"

叶薰原本还觉得他的话有些道理，但听到最后一句话，却忍不住要冷笑了，尖刻讥讽道："为非作歹、祸害百姓的是你沈二少爷吧？"

沈归曦也被她嘲讽的口气惹得恼火起来。他这些天伤势严重，一路叶薰照料着她，这辈子他从来没有和任何一个女孩子这般亲近过，心里逐渐多了一层说不清道不明的东西，此时见了叶薰这般冷淡如冰的态度，只觉得格外难以忍受。"你这话是什么意思？"

"你自己干的事自己清楚！本来你就不是好人，还敢说别人的不是？"叶薰毫不客气地顶了回去。

沈归曦只觉得此时叶薰的态度简直莫名其妙、不知所谓，情急之下，一把握住她的手腕，气冲冲地喝问道："你是被这些荒人弄傻了吗？你刚才去了哪里？"

叶薰被他握住的地方正是左手腕，扭伤本来就没有痊愈。沈归曦不注意之下用力又大，轻微的"咔嚓"一声传来，叶薰只觉得手臂奇痛，火气"噌"地上来了。"我是傻了！不傻能救你这个祸害吗？自从遇到了你，就从来没有好事。早知道让你泡冷水泡到死算了！"

说着手一甩，推开沈归曦，就跳下车去。

沈归曦伸手想要拉住她，手伸到一半，却又无力地垂下去。

叶薰也不看他，径自跳下车，向营地中心跑去。

这一路同行，叶薰没有少贬损沈归曦，一开始沈归曦还吃惊气愤，但日子久了，也逐渐习惯起来，对于一些话语眼神，就干脆当作没听见，没看见。刚刚叶薰的那一番话，比起往常，其实并不是如何犀利尖刻，但也不知为何，就是有一种说不出的凌厉，宛如一把钝刀，生生扎进心里头去，带来猝不及防的疼痛。

沈归曦一个人坐在车里，只觉得胸口一阵剧痛蔓延上来，气闷之中又有一种酸楚，堵地厉害。想起叶薰临走时候的眼神，更觉得自己整个人像是被浸到了冰冷冰冷的水里，全身冷地发颤。想长吸一口气，却觉胸口一阵撕裂般的剧痛，猝不及防之下，一口血就吐了出来……

叶薰全然没有察觉身后的动静，她一口气跑到了营地中心，才放慢了步子。

自己气个什么劲儿啊？放缓了脚步，叶薰又觉得有些后悔。他好歹也是个病号，自己也太心急了。

正想着，忽听前方一阵喧哗，抬头遥看，是一队人马正从远处奔来。

行至营地中心，那队人马停了下来，插在篱笆上的十几只火把将营地照得恍如白昼，看得出都是清一色的骑兵，又有不少荒人围绕上前，众人熙熙攘攘。

不一会儿，几个看似领头的荒人簇拥着一个人从队伍里走出来，进了中间的那座营帐。周围都是荒人在把守，防备严密。叶薰只能远远看着，想上前打听一下情报，来回绕了一圈，也没有寻到接近的机会。

这些返回的荒人兵马各司其职，精干谨慎，虽然衣衫褴褛，但看他们的行走举止，竟然有一种训练有素的气度，甚至让叶薰情不自禁地联想到沈家的精锐侍卫。她不过是绕着营地外围的简易篱笆绕了两圈，已经有人将警惕的目光投向她了。当下叶薰也不敢多呆，转身返回了自己所在的外围车队。

第五章

暗潮汹涌

爬上车子，沈归曦依然背对着她躺倒在车里，仿佛什么都没有发生过一样。

叶薰的眼神落到旁边搁置着的粥碗里。满满的白粥一口都没有动过。

看来是被自己气地连饭都不想吃了。叶薰偷偷吐了吐舌头，她向来不习惯和人记仇，无论什么不愉快，隔夜就抛到了脑后。刚才沈归曦的态度是让她烦躁，但想一想自己的那些话语，也有些太刺耳了，他现在还是个病人，而且他的家人正生死未卜，自己也应该体谅一些。这么想着，心下微感歉意。

她爬上车，轻轻推了沈归曦一把，问道："怎么不吃饭？"

沈归曦没有理她，只是身体向里动了动，像是躲避叶薰的碰触一样，虽然动作轻微，但生气拒绝的情绪却清晰地表达出来。

叶薰叹了一口气，又是这种别扭的性子，我都主动求和了，难不成还要我求着你大少爷赏脸吃饭吗？

相处这些日子，她也知道沈归曦执拗的性子，自己再劝只怕也没有什么效果，不如等他消了气再说吧。当即将那碗粥端到行李架上，笑道："你什么时候肚子饿了，记得起来吃啊。”

说罢将一张草席子横在两人中间当作屏风，又将油灯拿下。天色已经不早了，她正准备熄灯睡觉，昏黄的灯火摇曳，光影错落掠过车内，叶薰眼角的余光不经意地发现草席上有几片发暗的斑点。

叶薰一怔，她白天刚刚把席子刷干净了啊。

举着油灯凑近了仔细看去，席面一片明净，细缝里却残留着隐约的深色。像是血迹被擦过的样子，她嗅了嗅，仔细闻起来，空气里也隐约有些血腥气。

叶薰心里一沉，她连忙将席子卷到一旁，凑到沈归曦身边拉住他的胳膊。

“你干什……咳……咳咳……”沈归曦似乎不堪忍受她的骚扰，不耐烦地低吼道。可抗议刚说了一半，就被连续的咳嗽声打断了，声音里有隐忍的痛苦传来。

叶薰不理会他的抗议，直接扳过他的身子。苍白的脸色和咳出的鲜血猛地映入眼中，叶薰心里一颤。

沈归曦想不到叶薰这么大胆，一时没有防备，让她扳过身子，顿时恼羞成怒，再加上他伤势复发，两相交加，更是气血攻心，脸色当即一阵诡异的泛红。

见他气势汹汹瞪着自己的样子，叶薰有些心虚，又忍不住着急，问道：“怎么又吐血了？你脸色不好，是伤势又复发了？”

沈归曦没有说话，只是蹙着眉头抹去嘴角的血迹，然后转过身子，赌气一样不去看她。

叶薰暗暗叹了一口气，这种受不起挫折的小孩子脾气，也难怪他旧伤复发。只是也不能放着不管，她迅速地打开枕头旁的小包裹，拿出几株药草，转头对沈归曦说道：“你先等着，我去给你熬药。”说着跳下马车，向营地中心走去。

来到秦大娘歇脚的马车前。秦大娘却并不在车里，同车的女子听说了叶薰的来意，爽快地将行礼架子上的锅子拿出来递给叶薰。

马车前就有尚未熄灭的篝火，经过这几天的练习，熬药的活儿叶薰已经得心应手，不一会儿就轻车熟路地将药材熬上。

看着跃动不止的金色篝火，淡淡的草药香气在空气里散发出来。叶薰紧张的情绪慢慢缓和下来，抱腿坐在草地上，脑中禁不住回忆起刚刚看到的场景。

那些跟随陆谨返回的骑兵精悍的素质，还有搜索时训练有素的猎犬，以及秦大娘她们对未来毫不担忧的心态……叶薰心里越发疑惑。如果说荒人这次有勇无谋的行为只是长久压迫之下的泄愤出气，勉强也算讲得通的话，但是在她亲眼见识到了荒人的利落行事和严密组织之后，她是无论如何也不能相信了。一支单纯的农民起义军就算再厉害，也不可能在短时间达到这般精良强干的水准吧？

隐藏在这些荒人背后的势力……难道是突厥？叶薰心里一颤。

正想得入神，空气里传来“咕嘟咕嘟”的声音，打断了她的思绪。是药草已经熬好了，叶薰赶紧跳下马车，将锅子端起，倒出草药。

端着药碗回了自己马车，远远地竟然看到马车前站着数个人影。叶薰顿时愣住了，定神一看，其中一个很熟悉，正是秦大娘。而站在她身边的是个年约十七八岁的少年，生的修眉深目，鼻梁挺直，一双眼睛眸光璀璨，耀眼逼人，叶薰忍不住多看了几眼。

秦大娘看到她端着药碗回来，笑道：“我说怎么见不到你的人呢，原来是去熬药了。”

旁边的人冲着她笑了笑，问道：“你就是叶薰姑娘吧？”声音意外地熟悉，叶薰愣了愣才醒悟过来，眼前之人竟然是陆谨。

记得上次见到他的时候，还是个衣衫褴褛的荒人少年，一张脸上满是泥污灰黑，连容貌都分辨不清楚，而此时，叶薰上下打量着他，短短几天的时间，整个人都改头换面了，不仅衣衫相貌，更多出了一种凌厉的气势来，让人不禁心折。

他们深夜跑到这里来干什么？难道是沈归曦……叶薰心中警铃大作，不动声色地向着车里瞟了一眼。

沈归曦正坐在车里，低着头，月光透过敞开的车门斜斜投入车厢，他轮廓深刻的面孔半边沐浴在月光下，半边隐藏在阴影里。神色却阴沉地快要与车里的影子融为一体了。

“刚刚雁秋的病情不好，我去熬了一碗药，失礼了。”叶薰斟酌着言辞，不易察觉地向车门前挪动脚步，挡住了众人的视线，然后又笑着问道，“不知大娘和陆公子此时前来，有何吩咐？”

“你是沈家的丫环？”陆谨上下打量着叶薰，笑道。说的是疑问句，用的却是肯定的口气。

废话，你又不是没见过我。叶薰含笑点了点头。

“这次前来，只是想要请教几个问题？”陆谨开门见山地直奔主题。

请教问题？不是发现了沈归曦的真实身份就好。叶薰暗暗松了一口气，放下心来。

定神细听，陆谨所要询问的竟然是关于武陵山一带的地形分布和沈家落脚点的问题。

他们打听这些干什么，是要搜山？难道说沈夫人和沈归暮他们逃到山里去了？叶薰心里存着疑惑，却没有表现出来，将自己知道的资料一一说明了。

她本来想推辞不知道，或者编造一番假话，但想了想还是实话实说了。按照常理来讲，沈夫人他们不可能还留在深山里等着敌人搜索，武陵山中就有直通北部边关的要道，按照时间来算，他们如果不是已经逃出包围，返回了凉川城，就是已经直接越过武陵山道北上，向边关请求援军了。

陆谨又细问了几个要点，问完之后却也不急着离开，而是将目光投向车里的沈归曦，关切地问道：“雁秋姑娘伤势很重吗？”

沈归曦对他的话恍如未闻，坐在车里一动不动，座泥胎雕塑一般。

你倒是说句话啊，叶薰在旁边看得暗暗着急，真想一把掐死他算了，要是露馅了，都是你的错。

“她已经好多了。”眼看某人没有开口的打算，总不能让气氛就这么僵着，叶薰替他开口道。

“雁秋姑娘怎么一直不说话，难道是伤到嗓子了？”陆谨神色不动地问道。他和秦大娘已经来了一段时间了，询问眼前的这个女子，却只是冷冷瞪着她们，无丝毫反应。而且他总觉得有些不对劲儿，眼前女子生得虽美，但少见这般锋锐的气质。

“呃……她近来病得太厉害，嗓子也咳嗽，所以……”叶薰解释道，

陆谨疑惑的眼神扫过车里，叶薰灵机一动，立刻将手里的药碗递给沈归曦，沈归曦借着喝药的动作，低头错开他的视线。

陆谨蹙了蹙眉头，视线转到叶薰身上，似乎饶有趣味地问道：“记得上次见到你，并不是这身装扮，怎么会女扮男装呢？”

“女子在外，总是多有不便嘛。”叶薰随口分辩道。

陆谨不置可否地点了点头，随后又询问了几句，向车里意味深长地看了一眼，转身告辞而去。

待人走得看不见影子了，叶薰总算松了口气，爬上车里，训斥道：“刚才怎么不说话，不就是压低了嗓子说两句吗，用得着这么别扭？”

沈归曦气闷地转过身去，一副士可杀不可辱的表情，不理会她。

叶薰白了他一眼，又问道：“他们什么时候过来的？你有没有露出破绽？”

沈归曦继续背对着她不说话。

小气的家伙，不会还在为刚才的事情生气吧？叶薰冲着他的背影翻了个白眼，脑筋一转，故意调笑道：“对了，刚刚那个陆谨看你的眼神很特别呢，说不定是相中你了，你小心被人押了去当压寨夫人。”

沈归曦被她一句话气地发晕，干脆倒头蒙上被子不理会她。

叶薰叹了口气，无限感慨地继续说道：“我看那位陆谨公子也是英俊潇

洒的，与如花似玉的雁秋姑娘倒是珠联璧合的一对儿璧人……”

“什么璧人？！想去当压寨夫人的是你吧？！刚才你们两个打情骂俏……”持续的噪音干扰之下，沈归曦终于忍无可忍，掀开被子恶狠狠地吼道。

打情骂俏？平时看不出，这小子想象力也蛮丰富的嘛，这么有创意的词汇都能够想得出，叶薰咂舌暗叹一声。

“比不上你雁秋姑娘的桃花朵朵开。”叶薰冲他挑衅似的笑了笑，“看看每天有多少人围着我们车子团团转就知道了，还是雁秋姑娘的魅力大啊。”

沈归曦的女装扮相甚为美好，再加上他又病着，秀美之余凭空多了几分娇弱，但凡男人见了，都要生出一份怜香惜玉的情怀来。跟随荒人车队行走的这些天里，时不时有荒人男子暗中向他们车驾里窥伺，想多看一眼这位娇弱秀美的雁秋姑娘。幸好秦大娘看管甚严，众人又赶路急切，才没有动手脚的。

沈归曦一看那些男子的眼神，就有要冲出去跟人拼命的冲动。奈何形势所迫，只能咬牙苦忍。此时又听见叶薰不咸不淡地提起，不啻踩住了他的猫尾巴，当场就要发作。

叶薰也不惧怕他，面对腾腾的怒气，只是将食指放到唇上，轻声吐气：“嘘……”然后含笑指了指外面。

沈归曦勃发的怒气顿时一滞，他脾气再不好，也分地清楚局势，知道眼下不能引起荒人的注意。心里恨得牙痒痒，却也只能恶狠狠地瞪着她，不再说话。

“你小心一些吧。露出了破绽看到时候谁来救你？”叶薰不放心地叮嘱了一句。

“露出破绽又怎么样？大不了一起死，胜过在这里受这种窝囊气。”沈归曦的忍耐看起来已经快到极限了，愤愤然地低吼道。

嗯，就请你沈二少爷去单挑他们一群人吧，只是记得单挑的时候蒙上面，别连累我就好。叶薰真想这么冷冷地回他一句，但是又担心他受不住激将，真的跑出去了。也只能叹了一口气，说道："你死了不要紧，万一他们不杀你，用你的性命去威胁凉川守军，或者要挟边关，那时候怎么办？再说，你为非作歹、横行霸道的事儿干得也不少，真要落到了这些人手里，可是有的苦头吃……"就算你罪有应得，也行行好，不要连累我这个无辜。

沈归曦被她噎地一顿，随即愤然反问道："我什么时候为非作歹了？"

叶薰懒洋洋地白了他一眼，没有回答。这小子从本质上而言就是一地主羔子，自己想把黑猫养成白猫的想法从根本上就是不现实的。

她也不去浪费这个精力了，沈家少爷的未来教育自然有他们的文武师傅操心，与她有什么关系？她只求平平安安从这里逃出去，然后再想办法和小宸会合就好了。

想到这里，她意兴阑珊地叮嘱道："反正这段时间你给我老实一点，别动不动就冲着别人摆脸色翻白眼的，眼尖的人多着呢。你死了不要紧，可别连累我。"说着架起了草席当作屏风，隔断了某人气愤的视线。

忙碌了一天，叶薰的意识很快进入睡眠，车里寂静下来，蒙眬间，却听见耳边传来沈归曦低沉的轻问："你刚才说我什么时候为非作歹了？"

叶薰基本处在半混沌状态了，睡眼蒙眬地答道："你放狗咬我，难道不算为非作歹？"说完翻了个身，自顾安眠，不去理会他。

睡梦中，依稀感觉到沈归曦坐在帘子另一侧一动不动，静默了半天，方才缓缓躺下。

此时叶薰早已经进入了甜美的梦乡。似睡非睡间，她似乎又回到了自己单身公寓里那张柔软的席梦思床上。睡得正香，却被一阵窸窸窣窣的声音惊醒，睁开眼，眼前的房间明明还是自己的房间，可是却被翻得乱七八糟，桌子上水杯翻到，壁橱里衣服凌乱，墙上精心收集的壁画带着清晰的爪印，满屋子一片狼藉，记忆里，自己的房间从来没有这么混乱过。叶薰不禁生气起来。

鬼使神差，她走入厨房，然后就看到了她养的那只小黑猫，正趴在厨房台子上，而旁边，自己买来的食物被它咬得七零八落，碗盘倒扣，菜汁羹汤洒满了整个厨房地面，连刚刚从超市买来的大白菜都留下了它深深的牙印儿。而罪魁祸首非但没有惭愧心虚，反而一脸理所当然地瞪着她。

叶薰立刻怒从心头起，恶向胆边生。一巴掌朝着小黑猫扇了过去，猫儿被她扇地在半空中翻了个滚儿，灵巧地落到地上，大惑不解地盯着她。

“死猫，叫你我惹麻烦！活该挨揍。”叶薰恶狠狠地瞪着它，正想着是不是应该再踹上一脚才解气，眼前的猫儿却开了口。叶薰侧耳细听，脱口而出的竟然不是意料之中的“喵呜……”，而是一句人话。

叶薰震惊了，猫怎么会说人话？！而且它说的究竟是什么？

她回过神来，想竖起耳朵听，但睡意却像是层层波浪蔓延上来。抵挡不住重重的困意，她的意识很快一片迷蒙，只依稀觉得那句话极短，听起来像是一声极轻微的“对不起”。

一夜安眠，睡得酣畅淋漓，叶薰伸着懒腰清醒过来。透过车窗的缝隙，外面还是一片阴暗。

今天竟然这么早就醒了，叶薰坐起身来，暗暗纳罕。

将帘子折叠起来，发现沈归曦正背对着自己，似乎还在睡眠之中。叶薰冲着他的背影发了一会儿呆，情不自禁地回忆起昨晚那个莫名其妙的梦。

应该只是自己的错觉吧，竟然梦到某人在向自己说对不起，真是奇幻的想象力啊。叶薰摇摇头。心思一转，忽然又想到，昨天晚上回来本想同他商量自己发现的疑点，探讨这次荒人叛乱是不是背后有突厥人暗中支持呢。可是被他一气，竟然把这件正事给忘得一干二净了！

算了，先去找东西吃，等他清醒过来再说吧。叶薰想着，掀开草帘子看向外面。

本以为时间还早，看了外面才发现原来天色已经不早了。叶薰望着头顶上阴沉的天空，今天多半是要有一场雨了。只是这个时辰不知道还有没有饭吃。

叶薰跳下车子，去了营地，天气沉闷阴寒，营地里却是一派热火朝天的景象。昨晚归来的队伍依然留在营地里，凭空多出了上千人，以前安营的帐篷，吃饭的锅碗都不够，秦大娘正带着一群荒人妇孺忙碌着。叶薰吃过早饭，也上前帮忙起来。

这一忙碌就是一整天，到了下午，夹在凄冷的秋风中，雨滴开始淅沥沥随风飘摇，带着深秋特有的清冷寒意，落在脸上仿佛冰冷的雪粒划过肌肤，让人精神忍不住一颤。

雨下了大半个时辰，天上的云层非但不见消散，反而越积越厚。看这架势，只怕今晚是不会停了。叶薰抹了一把脸上的雨水，紧了紧身上简陋的蓑衣。

明明只是傍晚，天色却已经阴暗地仿佛漆黑的深夜一般。因为雨势，营地里没法燃篝火，仅有的几根火把也摇曳不止，随时可能熄灭。三步开外的景物都模糊不清。

秦大娘召唤几个小丫头，叮嘱道："你们几个把饭菜送到陆头领营帐里面吧。"

几个小丫头端着食盒，打着伞往陆谨的营帐方向走去。可刚走了没有几步，一个女孩没有站稳，被灌满风力的油纸伞带倒，尖叫一声，一下子摔倒在泥地里。待爬起来，已经满身污泥水渍了。

正在后面的叶薰见了，心里一动，赶紧跑过去扶起她，温声说道："你先回去换衣服吧，我替你送过去就好。"

寒风飒飒，女孩感谢了两句，把伞塞给叶薰，就匆忙跑回去换衣服了。

叶薰撑起伞，与几个女孩一起向营地中心走去。

天色越发晦暗，走在路上几乎难以分辨方向。纵是习惯了吃苦的荒人，这样的天气也纷纷早早地躲进了营帐里、马车中休息起来。

叶薰一行人来到营帐前，昨天这个时候防备森严的主营帐今天也是一片寂寥。大多数守卫都撤了下去，阴沉的夜幕之下，只有门口几个荒人战士犹自坚守岗位。

见到是前来送晚饭的，守卫也没有阻拦，几人畅通无阻地走到了帐前。

叶薰当先一步凑到门前，隐约听见里面传来说话的声音："……大业功成，必不会忘记夫人的功劳……"

像是察觉到有人接近，低低的声音戛然而止，叶薰随即不动声色地掀开帘子走进帐内。

营帐里，陆谨正背对着她们看向一张地图，状似凝神思索，听见身后的响动才回过头来。

"陆公子，秦大娘让我们过来送晚饭。"叶薰笑道。

"辛苦你们了。"陆谨淡然笑了笑，点头应道。

几个小丫头接触到他的视线，纷纷脸红地低下头，却又时不时偷偷抬头看他。

陆谨对这一切恍如未睹，继续安然端详眼前的地图。

叶薰和她们一起把食盒搬到桌案上，视线迅速地扫过书案，又沿着旁边的陈设看了一圈，荒人素来贫寒，就是主帅的营帐也简易地出奇，中央一张书案，角落几个薄皮木箱，所有陈设一览无遗。另有一张布幔搭在高架上，算是简易的屏风将营帐分为内外两层，叶薰趁着放东西的空当向里瞟了一眼，内帐除了一卷简易的铺盖和几件衣袍支架之外并无他物。

这样看来，屋里就只有他一个人了。可是刚刚自己明明听到他在和人说话，难道是自己听错了？或者只是他在自言自语……

叶薰一边暗暗思量着，视线不由自主落到了那张悬挂着的地图上。地图用红线和黑点交织绘成，似乎是张地形图，只是古代的标识与现代地图不同，更加抽象难辨，叶薰隔地又远，一时之间也分辨不出这张图绘的是哪里。

陆谨却敏锐地察觉到叶薰的视线，转过头来，颇为意外地问道："叶薰姑娘对这些也有兴趣？"

对上他灼灼的视线，叶薰心里一震，脸上却不动声色，自然而然地笑道："以前从来没有见过这种图画，看着很稀奇。"

另一个女孩也跟着插嘴笑道：“好奇怪的图画啊！这是什么？”

陆谨只是淡然一笑，没有说话。几个女孩子议论了两句就停歇了。

叶薰不敢再多看，摆好盘碗，就和几个女孩子一起出了营帐。

撑开伞在雨中走了没有几步，一阵急促的马蹄声从前方传来，叶薰几个连忙向路边躲闪，还是被溅上了不少泥水。

抬头看去，是一匹高大的黑马，在漆黑的夜幕之下仿佛一道电光，急急掠过众人面前，直冲营帐所在。

到了门前，马上的骑士一勒缰绳，骏马前蹄高高仰起，止住了前冲的势头。骑士跃下马来，匆匆掀帘子进了营帐。

看这情形，像是有紧急军情的模样。叶薰转头暗暗想着，眼看身边的女孩子已经纷纷向前走去，她也转身跟上。刚迈开步子，身后却又传来一阵响动。

是陆谨和刚刚进去的骑士一起走出了营帐，两人一边谈论着什么，一边向后营走去。守在门前的几个护卫立刻上前为两人撑起伞，几个人的身影消失在夜色中。

此时留守在营帐前的护卫只剩下了两个。叶薰看向左右，前面结伴同行的女孩子已经散开远去了，没有任何人注意到落在后面的她。

黑沉沉的夜色笼罩大地，雨势越来越急，水珠串联成沉甸甸的迷雾，天地间苍茫一片。叶薰脑中闪过一个念头，她轻咬着下唇，在心里反复掂量了数次，终于下定了决心。

事不宜迟，她立刻转身绕过一丛矮树，看清楚四周无人，悄悄向营帐后方接近。

回想起自己从沈家营帐里逃脱的经历，叶薰又故技重施。荒人的营帐简易贫陋，就算是主营，几根木桩钉入地下也都不深，略微用力就拔起些许。急促的雨声将她的作案声音湮没干净，前方站立的护卫丝毫没有察觉，就连掀开羊皮帐幕时候产生的晃动，也被飒飒的寒风吹动掩去了。

叶薰一闪身钻了进去。

帐内空无一人，她先在角落的一块羊皮上仔细擦干净脚下的泥水，然后蹑手蹑脚地绕过屏风，来到前帐，对着那副地图前仔细查看起来。

根据图上的标注和文字，叶薰很快辨认出来，这是武陵山一带的地图。

又联想到上一次陆谨专门去询问自己关于武陵山道的事情，叶薰心中疑窦大起。图中一条醒目的红色线条蜿蜒联通北方，正是武陵山通往雁门关的要道，线条中间还有几个着重标注的红点。他们是想要干什么？

算了，这些问题回去再想也不迟，不能在这个时候浪费时间，她又来到书案前翻动起来。

案上摆放着几本书，一本《九州地理志》，一本《兵法七略》，还有一本《凉州集注》，都半新不旧，看起来翻阅过不少遍了。

其中一本书中间还夹了几封信笺，叶薰抽了出来。然后随意拿出其中一封，展开阅读。

入目处却都是歪七扭八蚯蚓一样的文字，叶薰一个也不认识。虽然不认识，但在一些经史文书上却也看过，这是突厥的文字！

这封信虽然完全看不懂，却无疑肯定了她对于这次荒人叛乱有突厥人参与其中的猜测。

翻看其他几封，也是突厥文写成，叶薰有些失望了，正要把信笺折叠起来放好，却忽然发现在一封信笺的背面，还有一些字迹，竟然是汉语，叶薰连忙阅读起来。

“河鲁靳殿下，宫中密报，厥伦亲王、暾掣谷将军二人于二十二日夜晚入太子宫中详谈整晚，属下虽多方打探，仍不知所谈为何，另，绘纶侧妃在二十八日宫宴上曾提起殿下久未有行踪，置疑……”

刚看了开头几句，叶薰忽然听见外面传来一阵声响。

糟糕，是有人要进来了！

叶薰飞快地将信笺折叠好夹进书里，手脚利落地把书案上的东西摆放整齐，几步蹿到来时的营帐角落。

这时帐门处“哗啦”一声，已经有人掀开帘帐进来了。

叶薰心里惨叫一声，此时自己掀动帐幔，必然会引起他的注意！

迫不得已，她缩在后帐角落一动也不敢动。幸亏在她前面的是一个木头支架，上面堆放的衣物暂时遮掩去了身形，而中间又隔着那座简易屏风，来人只要不走入内帐，一时之间也察觉不到她的身影。

这下子怎么办？！叶薰缩在那个狭小的角落里暗暗叫苦。走入帐内的不仅是陆谨一个人，听脚步声，他身后竟然还跟着五六个人。

众人走入帐内，护卫放下帐帘。

此时的叶薰只能不断地祈祷，议事完毕之后，陆谨千万不要立刻进来睡觉啊。哪怕他起身去送送这一群客人，让她有一瞬间的机会逃跑也好啊。

第六章

破釜沉舟

风吹过光秃秃的大树，发出飒飒的响动，夹杂着雨滴打在羊皮帐面上，如同富有规律的鼓点敲击在耳畔，尖锐中带着凄冷，雨越来越大了。不知是因为风雨声，还是因为身处险境的过度紧张，蜷缩在角落的叶薰只觉得遍体生寒，忍不住身体发颤。

营帐跟随风力在她脸颊一侧开合晃动，隐约有羊皮特有的膻味传入鼻端，叶薰屏息静气，竭力压抑自己狂乱的心跳，全副心神凝注在耳畔。

外间陆谨的声音传来："都准备好了吗？"

一个沙哑高亢的声音回答道："一切安排妥当，就等殿下亲临，一声令下，即可尽歼来敌。"

尽歼来敌？叶薰心里一惊，他们要歼什么敌？还有他们说"殿下"，这是称呼陆谨吗？他是哪家的殿下？

随即叶薰脑海中浮现出刚刚看到的那封信笺，按照信上说的，是写给什么"诃鲁靳殿下"，难道说的就是陆谨？

陆谨是塞外胡人，本名肯定不可能是"陆谨"这个汉人的名字，但是他胡人的名字是什么，叶薰还从来没有问过。而且会被人称作殿下，是指他们小部族的殿下，还是指……

陆谨沉稳郑重的声音传来："此战干系重大，攸关我大突厥百年命脉，一旦功成，便是我们南下中原的第一步，而倘若失败，我等再也回不去草原尚是小事，但坏了父皇筹划十数年的大计……"

这句话入耳，叶薰耳边仿佛轰然响起一声雷鸣，震得她心脏突突直跳，想不到无意之间偷听到这样的秘密，突厥南下？！这次荒人叛乱果然是突厥在背后搞鬼，而且听语气，陆谨他自己应该就是突厥人……

突厥的殿下……诃鲁靳……日常所学的关于突厥的资料在叶薰脑海中一闪而过，立刻想到，难道是他？！

当今突厥敦略可汗妃嫔众多，儿子也有十几个。记得其中排行第四的皇子名字似乎就叫做诃鲁什么。相比起突厥皇后所出，并被立为太子的二皇子，以及数次统兵进犯雁门关的大皇子……这个四皇子的名字实在是太过于陌生了，叶薰努力回忆关于他的资料，据说，他是由一个奴隶女子所生养，在突厥诸皇子中出身最为卑微，但幼时聪颖好学，英武过人，年仅十二岁时就单独猎杀过银狼。在突厥，能够单独猎杀以狡猾而著称的银狼是英雄的标志。许多突厥出名的猎手汲汲营营一辈子都难以猎到一只，而诃鲁靳年仅十二岁就有此功劳，足够成为众人瞩目的焦点了。

叶薰继续搜刮脑海中为数不多的资料，但再也想不出更多了。似乎这位四皇子出名的丰功伟绩也就只有小时候的这一桩而已，在猎杀银狼之后，他很快恢复成一个再也平凡不过的皇子，一直庸碌无为。

但就是这个名不见经传的皇子，此时却突兀地出现在中原，出现在自己眼前！

外面又传来说话声，叶薰按下心中的惊惶，聚精会神地侧耳细听。

"殿下不必忧心，那沈夫人不过是个无知妇人，雁门关内接获了她的通报求援，只以为我等是寻常的荒人作乱，就算警惕重视，也断然想不到我们大突厥的精兵正在等着他们。"一个声音得意地说道。

"正是如此，"另一人高声笑道，"根据线报，此次从雁门关出发前来剿灭我等的兵马只有三千轻骑而已。就算是平原对战，属下也有把握将他们尽数歼灭，更何况此时我军早已经在武陵山道上埋伏妥当，一旦他们经过那处断崖，先木石齐发，再用骑兵冲杀，到时候保证他们一个也没法活着离开。”

众人纷纷称是。

外间陆谨却似乎沉吟了片刻，忽然开口问道：“沈涯两个儿子的行踪寻到了没有，至今还没有消息吗？”

“这个……”正沉浸在兴奋之中的众人语气顿时一滞，“属下失职……”

陆谨挥了挥手，阻住了他的告罪，又问道：“那南部的防线可有消息？”

另一人回答道，“殿下放心，这些天我们守住了南下的各个交通要道，绝对没有任何沈家的漏网之鱼能够返回凉川。除非他们长了翅膀，否则绝对逃不过我们的眼线。”

“就算他们真的长了翅膀，只要过了今晚，也对大局无碍了。”另一个阴沉的声音缓声道，“一旦我们按照计划攻破雁门关，到时候我突厥大军源源不断南下中原。就算他凉川派出援兵，也救之不及了。”

陆谨点了点头，说道：“胜负成败，在此一举，总是应该谨慎些。”

又一人道：“今夜风雨交加，正是上天助我大突厥，关外也早已传来消息，勒都思将军的大军已暗中抵达雁门山下，隐藏在林中。一旦我们灭掉前来救援的兵马，然后假扮成返回的雁门守军骗开城门，他们就立刻遵循我们的信号，配合攻城。到时候，内外相交，必能一举攻破雁门关，使我突厥大军南下之路畅通无阻，”

“好！成败在此一举。”陆谨提高了声音，语调中满是激励昂扬，“诸位或在中原潜伏，或在荒寨隐忍，绸缪长达数年之久，就是为了今日一战。一旦马到功成，我大突厥千秋霸业就此开始！诸位亦是我突厥新朝霸业的开国功臣！”

众人纷纷兴奋地应和，高呼："天佑可汗，天佑殿下！"

叶薰缩在角落里，听得胆战心惊，她狠狠咬住下唇，才阻止住自己尖叫出声的冲动，下唇已经被她咬得发紫也毫无感觉。

阴谋，一切都是突厥人的阴谋！

这些年突厥内乱不止，中原虽然时时遭到突厥南下的威胁，但顶多都是寇掠边关，抢夺粮草财帛而已，潜意识里，中原始终认为此时的突厥无力南下。对于突厥的边关防务，也是近几年随着突厥内乱的平息才开始慢慢加强，却全然没有料到，虽然突厥无力南下，却已经早早开始了南下的布局。

这些年他们逐渐派兵马以内乱中被灭小部落的身份潜入荒寨，荒寨里原本就鱼龙混杂，竟然完全没有察觉突厥人的渗透，依然来者不拒。这些潜入的兵马人数虽然不多，但无疑都是精锐。

荒寨民众世代受大周压迫，原本对朝廷和凉州的怨恨就深，只要这些人在荒寨中暗中挑拨，再加上最近散播的断粮谣言，更加让荒寨内部人心惶惶。两相交加之下，终于让荒人依从他们，走上叛乱的道路。

他们趁着沈家入山祭祀的时机突袭沈家，然后牢牢封锁住南下的道路，沈家逃出的人马无法向南回凉州去搬救兵，就只剩下了一条路了。

北方的雁门关。

雁门关建筑在山道上，依山势而建，地形险要，易守难攻，一向是锁住北部少数民族南下的第一要道，几百年来，北方的少数民族政权依仗着强兵快马，无数次试图进犯富饶的中原，绝大多数都在雁门关高高的山壁城墙之下铩羽而归。所以雁门关一向是突厥人的眼中钉，肉中刺。

沈夫人他们如果逃到了雁门关，关内守军大多数都是沈涯的旧部，绝不会对她的请援坐视不理，而且荒人叛乱落在雁门守军眼中，不过是小事一桩，必定会派出兵马围剿荒人，救援沈家。

却不料突厥精兵早已经埋伏在他们必经的武陵山道上了，一旦他们通过，突厥精锐埋伏杀出。歼灭援军之后，再趁着雨夜伪装成败退的守军骗开城门。而另一边突厥的大军早已经蓄势待发，一旦时机来临，内外夹击，关内守军如何抵挡？

突厥人这一招走得极险，只要任何一步稍有差池，这些人都要万劫不复，有死无生了；可也走得巧妙，一旦成功，雁门关破，意料之外，中原又完全没有的防备，突厥大军势必畅通无阻。

陆谨身为突厥皇子，竟然亲自潜入荒寨来主持这场叛乱，可见突厥对此事的重视程度。

历史上突厥成功破关南下的次数只有两三次而已。但就是这仅有的两三次，都带给了中原无尽的苦难，也使中原经历了改朝换代的剧变。一旦突厥兵马南下，兵祸连绵，百姓水深火热，后果不堪设想。

自己应该怎么办？叶薰看向外间兴奋的众人，一时间心急如焚。自己根本没有阻止的能力，而且，最让叶薰担忧的是，萧若宸如今正在雁门关内任职武将，一旦突厥兵马攻破了边关，到时候他会怎么样？

一时间叶薰脑筋转地飞快，种种念头流转徘徊。

对了，刚刚陆谨还问起沈归暮的行踪，说不定沈归暮已经逃回到南方……可脑筋一转，叶薰随即打消了这个期待，沈归暮只是个不通武艺的书生，这个几率实在太小了。

等自己偷偷跑出去，再让沈归曦潜回凉川搬救兵？或者去雁门关报信？不行，听他们话中的意思，行动的时间就在今晚，这些办法根本来不及。

想遍了种种可能却始终寻不出对策。正在心急火燎的时候，忽然一阵凉风吹过面前，叶薰抬头看去，是帘帐被人猛地掀起。

随着来人快步踏入营帐，深秋的寒风立刻灌满了整个封闭的空间。缩在角落的叶薰禁不住打了个寒战，清凉的寒气反而使得她思绪清明起来。

外间传来陆谨的询问："雁门关派出的援兵情况如何？"

探听情报的士兵急急喘了一口气，禀报道："已经出关了，正沿着武陵山道向我们埋伏的地方行进。"

"好！"陆谨的话语中隐约带着兴奋。一切都如计划所料，最关键的时刻就要到来，一时间，营帐中充满了昂扬的气氛。

陆谨继续详细询问起援军的人数速度等详情，然后又问道："这次领兵的将领是谁？"

"照我们安插在关内的细作禀报，是一个新升任的副将，名字叫做叶宸的……"

"轰"的一声，叶薰只觉得有一道惊雷在自己耳畔炸裂，带着隆隆的余韵，仿佛有千百飞虫在绕着她不停盘旋，后面的话是什么她一句也听不进耳了，脑中只余下一个声音反复徘徊。

这次带兵前来的人是小宸！

"一旦他们经过那处断崖，先木石齐发，再用骑兵冲杀，到时候保证他们一个人也没法活着离开……"脑中耳鸣般反复响起刚刚听到的话语，叶薰有一瞬间的错觉，她又回到了从猎场出逃的那个雨夜。眼睁睁看着黑色泥石流在自己脚下翻滚狰狞时候的恐惧，拼尽最后一丝力气挣扎着向高处攀登时候的绝望和疲倦……

难道这样的遭遇，小宸要再经历一次？而且这一次，还有无数的突厥精兵埋伏在那里……

恐怖的画面在叶薰眼前一闪而逝，一阵冷风吹过，她激灵灵打了个寒战，这才发觉，自己后背已经是冷汗涔涔。

必须冷静下来，绝不能让这样的情况发生。

如果说刚刚突厥南下的消息让叶薰震惊并惶惑的话，眼前萧若宸命在顷刻的危机如同当头一盆冷水，反而让她出奇地冷静下来。

"殿下，事不宜迟，我等赶紧出发与大部队会合吧。"外间斗志昂扬的属下已经开始催促。

"好，诸位立刻前去准备，亥时整于营门外集合。"陆谨明快果断地吩咐道。

属下立刻应诺，纷纷告退，各自前去准备兵马去了。一时间营帐内寂静下来。

等他们出发，自己就能够跑出去了，让沈归曦去报信！如果不行，就自己去！叶薰咬着牙想到，偷一匹马，为了救小宸的性命，也顾不得这么多了。

就在她思绪纠结的时候，陆谨竟然一个人绕过屏风，向着后营径自走过来。

叶薰大吃一惊，只好向角落瑟缩着身子，祈祷陆谨千万不要看见自己。

可惜天不遂人愿。陆谨绕过屏风，在衣架前止住步子，冷冷一笑，直视叶薰藏身的所在，说道："偷听了那么久，还不出来？"

叶薰心里一沉，原来他已经发现自己了，什么时候？

咬了咬下唇，知道隐瞒不过他，叶薰索性也不再躲藏，从衣架后面爽快地站起身来。

看清楚叶薰的身影，陆谨表情有些意外，又似乎是在意料之中，挑了挑眉，淡然道："是你？"

他会怎么办？杀了自己灭口？毕竟自己听到了这样的秘密。如果他要杀自己，拼了性命也要先逃出去再说。叶薰后背一直紧贴着羊皮帐面，一只脚更状似无意地穿过缝隙踏出营帐。

陆谨却似乎并无动手的打算，嘴角含着一抹轻快的微笑，冷淡清凉的眼神直视叶薰，仿佛要透进她的心里去，问道："你刚刚都听到了？"

"没有，没有……"叶薰脸上完全是一副懦弱的表情，惊恐地抬手胡乱挥舞着，"我什么也没有听到！"

这种欲盖弥彰的反应让陆谨百分之百肯定眼前的女子是全部听到了，只是叶薰慌乱的态度也让他不自觉地放下心防，眼前只是个平凡的丫环，误打误撞地听到了自己的秘密而已。

随着他锐利的眼神，叶薰心虚地压低了声音，小声说道："是听见了那么一些，好像是在说什么埋伏，出兵之类的……其实我只是一时好奇，看到营帐这边裂了个缝，就钻进来了。"一边说着，心里暗暗诅咒，这小子明明年龄也不大，眼神却这么吓人，简直像狼一样。假装被他凌人的气势逼迫，叶薰低下头，视线却悄悄投向脚下的帘帐缝隙。

陆谨打量着她，心中犹豫不决，现在就出手杀了她？凭自己的武功杀一个手无寸铁的丫环是轻而易举，但他此时手里并没有兵器，而她所站的位置恰好紧挨着营帐，陆谨的眼神投到叶薰脚下掀开的缝隙上，自己出手，多半会把她打飞出帐外，到时候万一惊动了营内的荒人和沈家俘虏……荒人虽然跟随他们叛乱，但他此次行事布局，荒人并非全部知情，尤其他突厥皇子的身份，更是一直严守的秘密。

马上就要出发了，后方不宜多生事端。这么想着，陆谨暗暗放下了凝神提气的手掌，吩咐道，“你出去吧。”

“出去？”叶薰惊奇地睁大了眼睛，“你不杀我灭口吗？”

“杀你有什么好处？”陆谨啼笑皆非地问道。

刚刚他确实动过杀她灭口的打算，但是计较一下得失，没有必要现在动手。眼前不过是个无知的丫环，还是沈家出身的丫环，就算她把今晚的秘密宣扬出去，荒人也不会相信。而且行动时间就在今夜，一旦今晚成功，突厥大军入关，到时候无论荒人相信与否都无所谓了，因为他们对他来说再也没有利用价值了。

既然无关大局，他从来不会浪费力气。更何况，素来自傲的他也不喜欢动手杀一个不会武功的女子。

“可是……你不怕我把你的秘密说出去？”叶薰怯生生地问道。

没想到她会问得这么直白，陆谨有些好笑起来。他嘴角不自觉地翘起，坦然道：“如今大局已定，就算你是神仙，也回天乏术了。”一边说着，他凑近叶薰，双眸眯起，精锐的光芒从狭长的眸子里透露出来，“煞费苦心布了这一局，我正愁着无人替我宣扬威名，姑娘如果真愿意为我扬威传名，我反而求之不得呢。”

叶薰退无可退，看着他逼近的身影，心虚紧张的时刻，一个突如其来的念头恍如飞蹿的流光，在她脑海中忽然闪过。

想要阻止这场变乱，只有一个方法最直接最省力！

这个念头在她的脑海中一闪而逝，随即牢牢地扎下了根，像是一个深刻的漩涡，带着甜蜜的诱惑和强大的吸引力，越来越清晰，越来越诱人。

叶薰觉得自己心脏剧烈跃动起来，那横冲直撞的力道几乎要从她的喉咙跃出。

“你怎么发现我的？”她压抑住狂乱的心跳，攥紧了汗湿的手掌，勉强笑着岔开话题问道。

“若不是刚刚探马回禀的时候你呼吸声大了一些，今晚的风雨声这么大，我还真注意不到你呢。”见叶薰竟然没有立刻夺路而逃，陆谨有些意外，又有些趣味地审视着她。

“你们去对朝廷的军队动手，这些荒人怎么办？”叶薰紧张地问道，“还有我们，将来怎么办？等你们打完了仗，到时候我们怎么处置？”她犹疑惊慌的目光投向陆谨，完全就是一个对前途惊慌失措的平凡女孩。

“你们……”陆谨清淡地笑了笑，“自然应该怎么办就怎么办。”

看着叶薰大惑不解的表情，陆谨似笑非笑地摇摇头，坦然说道：“奉劝一句，你如果想要保命的话，就老老实实跟随秦大娘她们返回荒寨吧。”

叶薰心念电转，立刻明白，如果突厥人真的成功破关南下，大周的兵马忙着应付来势汹汹的突厥大军，自然没有时间和精力去寻荒寨的麻烦；而突厥人入了中原的花花江山，无数富饶城池等着他们去抢掠，对一穷二白的荒寨更加不会有兴趣。到时候，荒寨反而是天下间最安全的地方了。

只是，突厥的兵马绝对不会有南下的机会的，她绝不能让他成功！

听了陆谨的话，叶薰仿佛松了一口气般将双手按在胸口，然后下移。腰间坚硬的触感传来，如同一道闪电沿着指尖蹿入心脏，让她狂乱的心跳瞬间静止。是染尘冰冷坚硬的温度隔着单薄的衣衫传递到肌肤上，带着一股让她心安的气息。

要阻止他，只有这一个方法了。

陆谨抬头看了看身边的更漏，马上就是亥时了，他平然吩咐道，“我们就要出发了，你回自己马车去吧。”说着，转身向自己的盔甲走去。

身后叶薰听话地快步走过他的身边，就在两人错身而过的瞬间，陆谨猛地听见身后传来锐器破风的细微声响。

他本能地转身后退，却已经晚了，两人隔得实在太近。身子只是动了动，腰间猛地传来一阵剧痛。他心神俱震，反应却是快捷无比，瞬间提气后震，同时向后一掌奋力击出。

叶薰被他临时反扑的一掌击中，纵然那一掌只存了陆谨不到一半的功力，又因为背后发招偏了准头，丝毫不会武功的叶薰也承受不住。后退了两步就跌倒在地上，被打中的肩膀传来骨折般的剧痛。

染尘却也已经深深地刺入了陆谨体内，那刀刃锋锐地远远出乎他意料之外，钢刀切入豆腐一样几乎毫无滞碍地穿破了他刚刚提起的内力，刺入体内。

趔趄着前冲一步，陆谨强忍着疼痛转过身去，震惊，愤怒，不甘，怨恨……各种情绪纠结成极度难以置信的眼神，看着眼前的女子。他怎么也不能相信，自己竟然会因为一时大意，这样简单地伤在一个平凡女子的手里。

不对，她绝不是个平凡的女子，至少她手里的这把匕首，就绝不是一个平凡女子可能拥有的。

想不到自己竟然会看走眼。剧痛之下，陆谨心中竟然升起一种狂笑的冲动，嘴角忍不住牵动起一个诡异的笑容。是的，马上就要成功了，这个改变天下的夜晚，这个耗尽心血的布局。自己为了这一天，苦心筹谋，忍辱负重，多少个日日夜夜绞尽脑汁，百般算计，却在最接近成功的一刻，因为这样可笑的原因，因为这样可耻的大意……

看着他扭曲到近乎狰狞的诡异表情，叶薰眼中有惊恐，有战栗，但更多的却是坚定果决。

你不要杀我，我却要杀你了。不要怨我心狠，只有这一个办法，才能救得了小宸，也救得了大家。

“你……”陆谨想要呼唤门口的守卫，却觉得一阵头晕，过多的失血和腰间的剧痛纵使心志坚强如他也承受不住，狂风与暴雨交集的噪音彻底湮没了帐内微弱的声响。

他朝着叶薰向前迈了一步，腰间流出的鲜血顺着他捂在伤口上的手指蜿蜒流出，无声地滴落到地毯上。

叶薰想要站起来却又力不从心，只能向后攀爬，试图脱离陆谨身影笼罩的范围。

走了两步，陆谨终于支撑不住，缓缓地倒下了。

看着向着自己方向倒下的躯体，叶薰几乎忍不住要尖叫出声，想躲避却提不起丝毫力气，只能眼睁睁看着陆谨倒在自己腿上。

一瞬间叶薰觉得时间停止流动了，她看着倒伏在自己腿上的人，那似乎是千万斤的压力，让她被施了定身术般丝毫动弹不得。

连接长吸了几口气，让自己慢慢冷静下来，叶薰试着将腿缓缓从陆谨身下抽出，整个过程中陆谨一动也没有动，看来已经死了。

是不是应该再补上一刀，叶薰犹豫着想到，立刻被这个钻进脑海的念头吓了一跳。她的视线落到染尘露在外面的那半截刀刃上，鲜艳的颜色染红了冰冷晶莹的白刃，并且顺着兵刃流淌到她的裤腿上，渐渐渗透了那片灰白的布料。

叶薰激灵灵打了个哆嗦，一种冲动让她几乎要当场跳起来把这身染血的衣服赶紧脱去然后能扔多远就扔多远。

直到这个时候，她这才认识到，她杀人了……

她竟然杀人了！

这是她第一次杀人，不是杀一只猫，一只狗，杀人意味着一个活生生的与你平等的生命流失在你的手里，被你亲手终结……

不是没有看过别人杀人，可是终究不同于亲自动手。尤其当你所杀死的，是一个与你尚且有着几分交情，有过谈话沟通的人的时候。

叶薰压下翻腾叫嚣着冲上胸口的负面情绪，她明白眼前容不得自己丝毫的犹豫，想要保住小命，她应该立刻拔出染尘，然后顺着帐篷的缝隙钻出去，以最快的速度溜回车里，摆出毫不知情的模样，让这一场谋杀神不知鬼不觉……

她伸手想要拔出染尘，可是接触到染尘的刀柄，才发现，自己的手因为过度地战栗，甚至根本握不住刀柄了。

冷静，冷静！叶薰，你要冷静！她提气喘息，平息自己狂乱的心跳，握住兵器正要拔出，忽然门外传来一声响动，“殿下，属下已经准备好了，是否即刻出发？”

高亢兴奋的通禀声隔着门帘传进营帐，如同当头一盆冷水浇下，叶薰吓得一个哆嗦。不能犹豫了，甚至顾不上拔出染尘，她猛地爬起身来向缝隙跑去，却因为立足不稳，重重地跌倒在地上。

门外等候传唤的属下显然听到了里面的声响，心下生疑，立刻有性急的人不等通传就掀起帐帘走入屋内。

听到门帘掀动的声音，叶薰觉得自己的心脏生生沉入了万丈深渊之下，陷入了冰冷绝望的峡谷深渊。

来不及了，她死定了！

第七章
绝处逢生

叶薰的脑海瞬间变成了一片空白，只余下一个声音在徘徊，被他们发现了，会怎么对付自己？

杀人偿命，她的报应竟然来得这么快！

也许是过于绝望出现了幻觉，她竟然觉得自己的身体在动，轻飘飘简直像是在飞翔一样。

看着掀开帘帐接二连三冲进营内的陆谨属下，叶薰感觉自己这个观察视角，好像真的是居高临下啊。

难不成自己已经被活活吓死了，或者是被陆谨刚刚的那一掌打死了，如今正是灵魂出窍状态，所以浮动在空中看着他们……可是下面并没有自己的尸体啊？

叶薰觉得自己的大脑迟钝到几乎转不过弯，直到下方众人扑倒陆谨身边，纷纷惊呼着，“殿下，您怎么样了？！”她才猛地惊醒，她不是在做梦，她现在正被人抓住，高高掠过他们的头顶。

感受到腰间禁锢着的力道，叶薰立刻明白是一个人的手臂正牢牢抓住自己的腰带。是他在帐外的人冲进来的瞬间，抓住自己跃上了高空，然后带着她漂浮一样紧贴在帐篷顶上。

是谁？沈归曦？

为了不惊动下方的人，叶薰一动也不敢动，甚至不敢回头，她的视线只能够在狭窄的范围内转动。

叶薰斜着眼睛看向身边，荒人的营帐简陋贫乏，营帐的顶层不过是个弧形盖，以竹签子编织交叉成稀疏的网状，支撑起形状。

而自己身后的那个人，正一只手捏住一根竹签，一只手拎着自己的腰带。

脆弱的竹签连叶薰也能够轻易折断，此时却承受着两个人的体重而没有丝毫的变形。

这是何等的轻功啊！简直能够用惊世骇俗来形容了。叶薰首先把背后人是沈归曦的可能排除了，那小子有几分实力，她清楚地很。

那么，这个人是谁？

叶薰觉得自己今晚受到的惊吓已经足够多了。但老天爷显然不想放过她。又安排了这样的峰回路转来充实她的人生。

叶薰的视线落到目前唯一能够看到的线索——他的手上。

两根手指捻住脆弱的竹签，却能够让两个成年人纹丝不动，这只手应该蕴含着何等的力道啊。可这只手第一眼看上去却很平凡，如果真要说有什么特别之处的话，就是五根手指特别的长，堪称修纤如玉。而细腻的皮肤更让叶薰直觉性地认为这应该是一个女人的手，鼻端似乎有熟悉的香气隐约漂浮……

"把殿下抬到床上去！"

"叫大夫来，叫大夫来！赶快！"

"全营警戒，抓刺客！"

"把营地围起来，不要让刺客跑了！"

……

下面已经乱成一锅粥了。陆谨的属下围绕着他，随从护卫们慌乱地来回穿梭。不一会儿随军的医官全部都被传唤进来，宽敞的营帐里挤满了人。

悬在半空，叶薰心里满是忐忑，此时此刻，只要随便有个人不经意地抬头一看，就会发现杀人凶手就悬挂在他们头顶上。

万幸的是自始至终都没人有工夫抬头，主帅遇刺的剧变已经足够让他们手忙脚乱了，而衣服架边高高掀起的营帐缝隙更加让他们理所当然地认为刺客已经逃匿了。

性命攸关，叶薰维持着姿势一动也不敢动，不一会儿就觉得手脚僵硬，简直像在游泳池里毫不停歇地游了好几个小时。

下面陆谨已经被抬进了内帐床榻上，众人纷纷围拢了上去。掀开的帘帐门口一时间没人关注。就是这样千钧一发的时机，叶薰敏锐地察觉到身后人有了行动，自己僵硬的身体被人猛地一拎高，紧接着迅捷无比地向敞开的营帐门口飞过去。

吊到嗓子眼的心脏险些跳出喉咙，叶薰飞快地捂住自己嘴巴，免得惊叫出声。

我说身后这位老大，你行动的时候难道不会打个招呼，万一我要是不小心喊叫出声来岂不惨了。

凉飕飕的风擦过叶薰耳边，顺着营帐大门灌入屋内。她觉得自己也变成了一股风，轻烟一样掠过众人头顶上。

就在帐篷门口，身后人一个鹞子翻身，无声无息地转折向上，两人稳稳地落到了帐篷顶上。

外面依然是大雨滂沱，天地间苍茫漆黑一片，冰雪般清凉的雨丝滴落到脸颊上，寒意瞬间灌满了全身。

叶薰终于得到空隙看看身后人的真面目了。她迫不及待地转过头去，那人却正在查看远方的动静，背对着叶薰。笔直的背影似乎要融化进这个漆黑苍茫的雨夜了。从背影上看不出男女，却感觉这个身影有些意外的熟悉。

叶薰顺着他的方向放眼望去，远处影影绰绰立着无数黑影，应该就是整备完毕的兵马了。此时都纹丝不乱地立在远处，陆谨遇刺的消息应该还没有传到他们耳边。

正想着，黑衣人转过头来。叶薰这才发现，这位高人不仅全身夜行衣，连脸都蒙得严严实实，只露出一双眼睛来。

黑衣人也正在打量着她，那眼神让叶薰从心底深处感觉发寒，刚才他拎着她像是拎着一件货物，此时看她的眼神，竟然也像是在看一件无生命的货物一般。

叶薰心里忐忑不安，脸上却没有丝毫显露，只是恭敬地说道："多谢先生救命大恩，日有如有机会，叶薰定当图报。"

"放心，你很快就有报答的机会了。"黑衣人不置可否地冷笑着说道，声音尖锐嘶哑，雌雄莫辨，像是捏着嗓子造出来的假声。

叶薰闻言一愣，摸不透他话里的意思，只好干笑两声蒙混过去。

黑衣人也没有继续说话的意思，转头查看起周围的动静。

雨势太大，不一会儿的工夫，叶薰就全身都湿透了，冷地她直打寒战。抬头看看黑衣人，人家却依然干燥如常，仔细查看，就会发现雨滴落到他身上的同时就会化作烟雾状的水汽，蒸散在空气里了。

武功高手就是好啊，自己怎么就不会武功呢。全身冷地像冰一样不说，还要被人这么拎着。

叶薰一直被他像拎小鸡一样拎在手里，感觉特别扭。她强忍住打喷嚏的欲望，抬头满含期待地看向黑衣人，这位老大，您还想在这个营帐顶上摆多久的pose啊，难道不嫌这个地方太过于显眼吗？就算有暮色夜雨掩饰，时间一长也要被下面的人发现了，到时候想走就不容易了啊。

不等叶薰开口建议，黑衣人已经有了行动，判断出方向立刻飞箭一般蹿过营帐顶棚，落到了另一处帐顶。

此时整个营地里人来人往，慌乱奔波，纵然有夜色大雨隐藏身形，黑衣人带着叶薰也不敢动作太大，低伏着身子，几个起落之间，两人已经将主营帐远远抛在了身后。

前方是一片苍茫黑暗，叶薰分辨出那是一片森林。如果真的进了林子，就算身后的荒人发现了他们，也追之不及了。

自己这条小命勉强算是保住了吧。意识到这一点，纵然已经被雨淋得全身发冷打战，叶薰也感到一阵欣慰。虽然还不知道自己头顶上这位高手是在打什么算盘，但他已经费力气救了自己，至少不会是为了要自己的小命吧。

心中一块大石头落了地。叶薰又忽然觉得自己忘掉了什么东西，念头一转，立刻意识到，糟了，沈归曦还留在马车里呢！

不能扔下他不管就这么离开啊，眼看两人就要跃入林中了，叶薰忙不迭地出声呼喊：“等一下，等一下，还有一个人需要先生您援手……”

连接喊了数遍，黑衣人却像是完全没有听见似的，完全不理会，径自向前飞奔。

要不是刚才有过交谈，叶薰真要怀疑他是不是老年失聪了。眼见黑衣人没有帮忙的打算，无奈之下，她只好提高了声音继续道：“先生明鉴，归曦少爷还在马车里面呢。”

听闻这句话，黑衣人前冲的速度一滞，停了下来，沉声问道：“你说什么？”

“二少爷也在荒人的队伍里。”叶薰老老实实回答道。

听了叶薰的话，黑衣人眼中瞬间爆起亮彩，连说三声好字，狂笑道，“踏破铁鞋无觅处，得来全不费工夫，人在哪儿？”

那眼神让叶薰心里一阵发寒，有必要高兴到这种地步吗？而且那个眼神，怎么感觉像是听见了猎物消息的饿狼啊。

她心里隐隐开始觉得有什么地方不对，这位先生是沈家有关的人吗？值得信任吗？自己好像对他完全一无所知吧。就这么把沈归曦的行踪交代出来……想到这些，虽然天气冷的彻骨，叶薰却觉得自己头上开始冒汗了。

见她没有回答，黑衣人不耐烦地将她拎高了一些，森然问道：“在哪儿？”

已经箭在弦上，不得不发了，叶薰只好硬着头皮说道：“在我们马车上……”

黑衣人没有丝毫停顿，纵身向营地外围掠去。几个起落之间，就到了叶薰和沈归曦落脚的马车处。他无声无息地落到马车前，一把掀开马车帘子。

凉气夹杂着雨滴扑进车里。沈归曦原本正无精打采地倒伏在车里一侧，听到声响立刻警惕地坐起身来。

叶薰勉强冲他笑了笑，此时她全身湿透，水滴正顺着头发梢、衣服角滴滴答答地往下流，而且还被人像拎小鸡一样拎在手里，这个姿势实在是太丢面子了。

沈归曦的眼神落到叶薰身上，又顺着她的身影转到黑衣人身上，神色顿时警惕谨慎起来。

黑衣人的目光闪电般掠过车内，眼见只有一个丫环在，脸色顿时不耐，回过头来，恶狠狠地瞪着叶薰。

没等他发问，一声低沉的断喝传来："你是谁？放开她！"是沈归曦忍耐不住呼喝出声。情急之下，他也顾不得掩饰声音了。

被这一句话喝地一愣，黑衣人的视线重新落到沈归曦身上，连接看了数遍，终于认出眼前这位红妆俏丽的二八佳人正是素日心高气傲的沈家少爷。绕是他心思深沉，脸上也忍不住露出古怪的神情来。

被黑衣人那古怪的眼神望着，沈归曦本就不自在，此时更是恼羞成怒。又见他这般对待叶薰，哪里还会有耐心，径自从车里跃出，一招横切过去，就要上前教训这个来历不明的家伙。

这样简单的一招，黑衣人丝毫没有看在眼里，身子一晃，脚下错开就闪避过去。

他闪地轻而易举，被他拎在手里的叶薰却被连带晃动地头晕眼花，暗暗叫苦。

大少爷，他是来带你离开的，你不要什么都不问就冲上来开打好不好。先不管人家是不是居心叵测，总算先利用他逃出这个地方再说啊。

单看黑衣人的这一个闪避，沈归曦立刻意识到对方是强敌。当即变招收手，转切为横，直取黑衣人的右臂。看这架势，这一招的目的似乎是要迫使他放了叶薰。

这一招他全力以赴，出招迅捷有力，精准高明，但落到了黑衣人眼中，也不过是比上一招稍微强一些而已。当即旋身侧腰，同时单手向沈归曦的手臂穴道点去，想要趁机将他一举擒拿。

却不料沈归曦的这一招只是虚晃，就在两人手掌相交错的一瞬间，他迅速变招转折，手里竟然闪烁起一道黑影，急急刺向黑衣人的咽喉。

料不到他手里会有武器，黑衣人心下禁不住一惊，好在他反应迅速，头颅后仰，堪堪擦过沈归曦手里的锋锐。

后退一步，他才看清楚沈归曦手里的只是一截削尖了的硬木刺。

叶薰也看在眼里，她的视线禁不住转向车窗框，怎么看那根木刺都像是窗框上拆下来的。他什么时候偷偷拆下了这个藏着，还削地这么尖，自己竟然一直没有发觉。平时看这小子急躁傲慢，愣头愣脑，想不到也有精明的一面。

沈归曦一招占了先机，又踏前一步。

喂，大少爷，你这不是自找麻烦吗？你的武功又比不上人家，刚才不过是出其不意才让你占了便宜。眼见这两位又要动手，叶薰赶紧出言制止，“等一……啊！”不料话刚刚说了一半，就觉得身子一轻，失重一般向旁边飞去。

原来是黑衣人眼看自己单手拎着叶薰交手不方便，于是手一挥，扔垃圾袋一样，将碍事的她凭空扔了出去。

叶薰根本毫无防备，低飞过空中，然后重重地摔在地上。这一下子直摔得她眼冒金星，头昏脑涨，在地上连接滚了两圈才堪堪停下来。本来就全身湿透，此时更是满身都沾了泥水，简直像在泥地里打过滚的小猪一样。就算是再好的脾气，也要火气上来了，叶薰忍不住破口大骂，可惜只是在心底里无声地骂。

那边沈归曦已经雷厉风行地与黑衣人交上了手。几招过后，毫无意外的，沈二少被黑衣人一掌打中胸口，摔倒在地上爬不起来了。

“你是谁？！”沈归曦又惊又怒。自从他败在萧若宸手里之后，自傲的脾气大大收敛，日渐奋发向上，勤学苦练。一年多来，自信武功精进了不少。此时竟然如此轻而易举地败在这个藏头盖脸的黑衣人手里。

黑衣人没有理会他的询问，径自上前，正要封住他的穴道，将两人带走。刚踏前一步，却听见身后一声惊呼："什么人？"

叶薰一转头，竟然是秦大娘撑着一把伞走到了这里，手里还提着一个食盒，看起来像是给他们送饭的样子。

她视线落到黑衣人身上，惊疑不定地看了两眼，忽然脱口而出道："啊，是你！你是上次在荒寨屋里和陆头领谈话的那个人。"

叶薰闻言心里一震，黑衣人和陆谨之间有联系？他们是什么关系？

对了，刚刚进陆谨营帐送饭的时候，自己在掀开帘子之前似乎听到陆谨在和人说话，可是进了营帐却只见到他一个人。而从救自己的举动看来，黑衣人应该是一直潜伏在营帐里的。

可是如果他和陆谨有关系的话，自己动手杀了陆谨，他为什么还要救自己？

一时间叶薰脑中思绪纷迭，倒在地上的沈归曦听得莫名其妙。黑衣人却不置可否地冷哼了一声，手一挥，一道黑影立刻闪电般射向秦大娘胸口。

叶薰刚从泥地里爬起来惊叫一声，"你干什么？"她颤动的尾音尚且没有完结，黑影已经直直透入秦大娘的胸口。

秦大娘维持着站立的姿势，慈和的圆脸上还满是惊奇诧异，半晌才缓缓倒下，跌进泥水里。

叶薰惊叫一声，连忙扑到她身边，入目处满是触目惊心的鲜血蜿蜒流下。

黑衣人所射出的不过是一颗小石子，可就是这颗不起眼的小石子，贯穿了秦大娘的心脏，至死她的脸上还保持着看到黑衣人时的惊奇。

叶薰只觉得头脑"轰"的一声，想起这些日子她关切的话语，慈和的态度……她只觉得眼睛被那一片慢慢洇开的鲜红刺地发痛，是自己太轻率了，对来历不明的人也不多想想，就轻率相信，才害死了她。

不仅害死了她，说不定还会害死……

没等她有所反应，身后黑衣人已经不耐烦起来。转头看向四周，虽然有夜幕急雨掩饰，尚且无人发现这边的动静，但时间耽搁地一久，难免要引起别人注意了。当即他伸手向叶薰背后击去，想要打晕她，然后带着这两人离开。

就在黑衣人的手要接近叶薰背后的刹那，却猛地感觉背后一阵锐风袭来。

他急忙闪身回避，竟然没有完全躲避开，一阵刺骨的疼痛沿着左肩传遍全身。

黑衣人心下大惊，立刻提气夹紧皮肤，刹那之间他肩膀上的肌肉变得坚硬如铁，暗器只是破入了表皮，就再难寸进。

转过身去，就看到沈归曦正倒在地上，气喘吁吁地瞪着他。原来他刚才眼看叶薰情势危机，就将手中的木刺当作暗器向黑衣人掷出去了。

黑衣人看向沈归曦的眼神顿时变得冷厉起来，这小子日常骄横跋扈，只知仗势扬威，想不到竟是个武学奇才。黑衣人刚才打中了他一掌，本来自信凭那一掌的威力，沈归曦就算不当场昏迷，至少一个时辰之内也要经脉闭塞，内力全无，却料不到他竟然在这么短的时间就冲破了经脉。

毫无防备之下，再加上大雨倾盆，杂音干扰，破空声接近了背后他才堪堪听见，以至于他竟然会伤在武功远远逊于自己的沈归曦手里。

伤在这平淡无奇的偷袭之下，虽然伤地不重，却也足够惹恼他了。他本来想要留着沈归曦，日后或可作为筹码，要挟各方势力，但现在看来，留着这小子后患无穷，再加上他现在肩膀受伤，也无法保证带着两个人无声无息地离开，不如及早杀掉的好。

想到这里，黑衣人看向沈归曦的眼神中杀机顿现。

营地里的骚动越来越大，陆谨被刺的消息似乎传开了，整个营地都警戒活动起来，已经有兵士向这边搜索过来。黑衣人明白刻不容缓，出手再不留情，闪电般向着沈归曦扑杀过去。

“快跑！你先走！”沈归曦向他身后的叶薰急促地喊道，一边抬手迎敌。

叶薰虽然没有被正面击中，但依然被黑衣人挥出的劲气擦过，跌落到地上，一时间爬不起来。

沈归曦勉力迎敌，黑衣人招招逼向他的要害。重伤之下，沈归曦根本支撑不了几招，不一会儿就左支右绌。

千钧一发的时刻，叶薰向着营地中心大声喊叫起来："有刺客，有刺客啊！有刺客！"性命攸关，她也顾不得事后会不会引起荒人的怀疑了。

叶薰所在的战俘队伍本就处于营地外围，荒山野岭之中，大雨倾盆，料想这些丫环无路可逃，那些负责看守的护卫也都缩进车里偷懒起来。几番交手，三人都刻意压低了声响，雨声又大，竟一直无人察觉。此时叶薰扯开了嗓子大声呼喝，尖锐的声音回荡在整个营地上空，正在搜索刺客的护卫们顿时警觉，纷纷向着这边跑过来。

黑衣人又惊又怒，恶狠狠地瞪向叶薰。就算他轻功盖世，一旦被人群围住，一时之间也要难以脱身，更何况他还想要擒拿带走叶薰呢。

当即心中更加急躁，连续数招，招招毙命。

沈归曦也知道他的目的，不与他正面交手，只是躲闪后退。可双方的武功终究相差太大，只躲闪了几招，沈归曦就被黑衣人一掌打在胸口，身体顿时像断了线的风筝一样直直飞出去，摔倒在马车挡板上。

黑衣人这一掌的力量甚大，沈归曦的身体砸碎了坚固的马车壁，又重重摔进车里，紧接着一口鲜血喷出，车壁一侧顿时被染地通红。

叶薰胆战心惊地抢到他身边。沈归曦已经晕了过去，生死不知，鲜血沿着他的嘴角缓缓流下。

此时陆谨的手下们也已经赶到了，一进场地落在他们眼里就是黑衣人打飞丫环的一幕，不用任何人解说，他们理所当然地认出了谁是刺客，顿时一拥而上围住黑衣人。黑衣人抢到车内擒拿叶薰的步子不得不缓住了。

这些人表面上是破破烂烂的荒人打扮，实则都是突厥精兵，虽然武功远远不及黑衣人，但都是久经沙场的战士，更兼人多势众，悍勇无匹。刀剑相交之下，黑衣人手里又没有兵刃，一时之间也难以脱困。

战局混乱不堪，叶薰当机立断，立刻将沈归曦扶到车里，然后跳到马车前座上，挥动马鞭，沈归曦已经性命垂危，她也顾不得隐藏身份了。此时此刻，她脑海中只剩下一个念头，说不定还有救，只要去找大夫，说不定他还有救……

拉车的老马正在车檐底下避雨，叶薰用力拉动缰绳，又心急火燎的连接数鞭抽打在马背上，老马吃痛，这才缓缓爬起身来，不情不愿地向前走去。

马车前行了不过数米，后方黑衣人就发现了她的举动。此时如果被她走脱，日后茫茫人海，如何寻找？情急之下，下手更狠，鬼影一般左冲右突，所到之处尽皆血花飞溅，惊叫声不绝于耳，瞬间就有十几个士兵在他快捷无论的双掌之下吐血毙命。

可突厥精兵向来悍不畏死，越挫越勇，眼看对方只有一人却能够把他们打得左支右绌，心中的血性斗志更加被激起，竟无一人后退，反而更加蜂拥而上。黑衣人纵是有通天彻底的迅捷身法，重重围堵之下也无法施展了。

眼看叶薰赶着马车越走越远，自己出手限制却越来越大，黑衣人明白是追之不及了，唯有以暗器阻止，可手中又无暗器可使。情急之下，急中生智，他一掌暂时逼退众人，抬手拔出插在背后的那根木刺。手一挥，木刺顿时利箭般急速飞出，穿云破月，呼啸而过，直奔叶薰马车前拉动车厢的马匹而去。

木刺精确地穿过已经前后通透的车厢，擦过叶薰的胳膊，直直刺入那匹老马的屁股。

这一箭他用足了十成十的内力，原本以为凭木刺的尖锐加上他的力道，刺入老马的体内，就算不破体而出，必然能够贯穿大半个马体了。老马必然当场毙命，而叶薰也就无路可逃，只等他甩脱这群人，再去擒拿也来得及。

却没有料到木刺不是钢铁，刚刚刺入他体内的时候，他提气运功，以肌肉夹紧木刺，已经将硬度远远不及钢铁箭头的木刺尖端给硬生生夹断了。

此时，没有了尖头的木刺扎入老马体内，深度不足以立刻致命，疼痛却犹有过之，老马哪里能够忍受这般剧痛，当场发狂一样前蹄撩起，乱蹦狂跳。

它这一发狂不要紧，带动身后的马车摇动倾覆，险些整个儿翻过去。

叶薰差点被掀下马车，牢牢扳住车壁才稳住身子。车内失去意识的沈归曦却向外滚落出去。

叶薰连忙扑上去抱住，两人大半的身体都挂在车沿上了。沈归曦无直觉地又咳嗽出一口血。鲜血夹杂着污泥，带着冰冷的温度溅到叶薰湿透的脸上。

同时，老马上蹿下跳地挣扎了片刻，挣脱不了着刺骨的疼痛，终于开始发疯一样向前狂奔起来。路上围拢过来的荒人和突厥士兵纷纷闪避不迭。

刚刚将人拉回车里的叶薰猛地撞到车门框上，又摔回去。头昏脑涨间，疯狂的老马已经拉着残破的车厢毫无目的地向前冲去。

隔着重重夜幕和层层雨丝，身后无辜惨死的妇人，神秘莫测的黑衣人，震天彻底的喊杀声……都渐渐湮没不见了。仿佛这一切从来没有存在过，天地之间一片寂静漆黑，只余下疯狂错乱的马车，像是一个破烂的木偶，拼命的颠簸着，摇动着，向着苍茫的夜空和未知的命运奔去。

叶薰只觉得整个世界都在天翻地覆，脆弱不堪的马车每一秒钟都有散架的可能。她只能够牢牢抱紧生死不知的沈归曦，缩在颠簸狂乱的马车里。眼泪顺着她满是污泥的脸颊流下，滴落到他沾血的唇边……

第五卷

日暮乡关何处寻

第一章

静夜浮光

身体似乎轻飘飘的，像是要在空气里浮动起来。四周一片黑暗，眼前迷迷糊糊出现了一个人影，容貌模糊难辨。叶薰正在疑惑着，场景忽然飞快地转换，人影逐渐清晰，是一棵开得荼靡灿烂的桃花树，那人就站在树下，花瓣纷飞、雪蕊飘香之间笑着对她喊道："姐。"

是小宸，叶薰终于看清了他的相貌，太好了，他平安无事！叶薰兴奋地向着萧若宸跑过去，到了近前，萧若宸的容颜却渐渐湮没在黑暗中了。叶薰竭力睁大眼睛，却发现眼前的人不再是萧若宸，而不知何时换成了沈归曦的容颜，丹凤明眸带着说不清道不明的意味看着她。

忽然他身子晃了晃，鲜红的血沿着嘴角溢出。叶薰猛地记起，他受伤了！

她连忙上前扶住他。沈归曦却猛地一口鲜血喷出来，将叶薰衣服前襟染地通红通红……

"你怎么了？！醒一醒啊！"叶薰心急火燎地呼唤道，却又觉得不像自己在呼唤，而是别的人在冲着自己呼唤，那声音回荡在耳边，与自己的声音重合交叠。

叶薰的意识逐渐清晰。竭力睁开眼睛，明晃晃的光线刹那间占据了视线。眼睛被刺地发痛，叶薰微微合拢眼睑。伴着久违的光明一同映入眼中的是一张陌生的容颜，是个农家打扮的布裙妇人，面目慈和，她正伸手探向叶薰的额头，见叶薰睁开眼睛，她脸上顿时现出喜色。

“老天保佑，可算是醒过来了。”她祈祷着叹了一句，问道：“姑娘，你觉得怎么样了？”

“还好。”叶薰低声回答道，这才发觉自己嗓子干涩嘶哑地厉害。

布裙妇人端了一碗水给她，叶薰抿了一口，温暖的水流进体内，仿佛生命力也伴随着流遍四肢百骸，力气逐渐恢复。

叶薰转头打量四周，这是一间只能用简陋来形容的土房，低矮的四壁以泥巴糊成，土墙上悬着一弯弓、一壶箭，墙角堆放着锄头扁担等农具。阳光透过草编的帘子投射进屋里，泛起金色的暖意。

这是什么地方？自己怎么来到这里的？一边喝水，叶薰暗暗回想着。

那一夜，面对彻底陷入疯狂状态的老马，荒人也不敢轻易阻拦。就这样眼睁睁看着马车撞破营寨围栏，一路狂奔而去。

叶薰根本无力控制发疯的马匹，缩在车里的她只能够竭力控制平衡，不让自己和沈归曦摔出去，一切都听天由命了。

万幸的是灰衣人那一箭虽然没有了箭头，杀伤力依然不能小觑。可怜的老马一路奔跑鲜血直流，在狂奔了数个时辰之后，终于一头撞到树上，血尽力竭而死了。

这场惊心动魄的旅程终于结束，马车里已经被颠簸地头晕眼花的叶薰连看一眼车外的力气也没有，就再也支撑不住晕了过去。而等她一觉醒过来，就已经在这里了。

自己已经醒过来了，沈归曦怎么样了？想到他，叶薰心里一阵抽紧，连忙问道：“大嫂，与我一同在车上的……”

“姑娘是说那位……”一边说着，布裙妇人神情古怪起来，一副不知如何称呼的模样。

叶薰立刻明白对方已经知道沈归曦是男子了。她心里紧张沈归曦的安危，也没有心情解释，连忙追问道："我弟弟怎么样了？"

布裙妇人松了一口气，说道，"那位公子就躺在隔壁。只是大夫说了，他的伤势比你重，如今还一直昏迷着。"

他没死！叶薰觉得一阵欢欣庆幸，她虽然不懂武功，灰衣人那一掌的威力也清楚地很。满车的鲜血还历历在目，躺在马车里的沈归曦一度连呼吸都没有了。如今能够活下来已经足够让叶薰感恩上苍了。

转而想到他依然昏迷着，叶薰一颗心又被高高悬起，问道："大娘，我们二人昏迷几天了？"

"已经一天一夜了，"布裙妇人说道，"是昨天清晨时候，我家那口子发现了你们姐弟二人晕倒在村子北头的那辆马车里……"将救回叶薰二人的过程交代了一遍，说完她忍不住好奇地问道，"姑娘是哪里人？怎么会来到我们郭家村呢？"

郭家村？叶薰搜索自己脑海中的地名，显然这个名字从来没有存在过。抬头对上布裙妇人疑惑的目光，叶薰脑中一转，立刻说道："我们姐弟是凉川人氏，本来……"

眼中含着泪水，一个悲惨崎岖的故事立刻从叶薰口中侃侃而出。凉川行商人家的一对姐弟趁着闲暇前往武陵山游玩。两人在畅游了一天之后，下山时凑巧遇上大雨。因为没有干衣服，弟弟只好换上了姐姐的备用衣装。本来一路顺利，就要赶回家了，却不料路上竟然遇见了荒人作乱。姐弟二人慌忙逃亡，可驾车的马匹却被流矢击中，结果马匹受惊而逃蹿，两人根本无法控制，就这样被一路拖着不知道奔向哪里了……

"幸亏有大娘这样的好心人相救，不然我们姐弟性命堪危啊。"半真半假的一番话说完，叶薰不胜唏嘘地感叹道。

布裙妇人心下大为同情。叶薰趁机打听这里的详情，终于明白，这里是凉川西部山区的一个小村庄，全村人都姓郭，只有几十户人家。救了自己的这对夫妇居住在村北头，那天晚上拉车的马匹正好奔跑到他们家附近就力竭而死。

根据她的描述，叶薰推测郭家村距离荒人宿营的地点至少已经百里远了。那一夜慌不择路地狂奔，竟然奔跑逾百里！只怕是那匹老马穷尽一生能够达到的速度极限了。

跑了这么远，应该不会有荒人追来了吧。毕竟在他们眼里，自己和沈归曦不过是两个无关紧要的丫环。而郭家村距离凉川城已经不远了，只等沈归曦平安，两人就能够回城里去了。

终于放下心头的一个包袱，叶薰长吁了一口气，却又马上惦记起另一个。

如今荒人营地里的形势如何？小宸怎么样了？在陆谨遇刺之后，那些假扮成荒人的突厥士兵应该不会继续突袭的计划了吧，毕竟主帅遇刺，又有那个灰衣人捣乱。叶薰心下稍安，勉强爬起身来，笑道："不知舍弟在哪儿？劳烦嫂子带我去看看。"

郭嫂领着叶薰走过篱笆，进了另一间土房，沈归曦正安静地躺在床上。

他依然在昏迷之中，身上搭着一层薄被。沾血的衣服已经被换下，折叠放在床头，胸口那里还缠着一层布条，似乎看过医生了。

"也不知道这位小哥儿是撞到了什么上，竟然撞得这么厉害。大夫说，右胸口一片都撞得青紫发黑了。"郭嫂叹息道，"明明也开了活血化瘀的草药，却不知为何一直没有醒过来。"

叶薰暗叹了口气，山野乡村的大夫眼力有限，怎么可能知道沈归曦的伤势其实是武功高手所致呢。要治疗这种严重的伤势，这个小山村不可能有足够的珍贵药材和高明的大夫。只能依靠沈归曦醒过来之后自己调息恢复了。只要能够暂时恢复体力，支撑他们回到凉川城就一切都好办了。

郭嫂又交代了几句大夫吩咐过的话语，叶薰听完之后，挽起袖子，褪下一只碧玉手镯塞到郭嫂手上，笑道："这两天多亏了嫂子照顾我们兄妹二人，小妹身无长物，暂且以这个聊表谢意，烦请大嫂不要嫌弃。"

郭嫂推脱了一阵子，叶薰坚持要送，也就有些不好意思地收下了，安慰了叶薰几句，她就出去替姐弟二人熬药去了。

房内只剩下叶薰和沈归曦二人，叶薰坐到床边，低头看着沈归曦昏迷中的容颜。

他的眉头微微蹙起，长长的睫毛颤动，额头隐隐有冷汗渗出，像是不堪忍受身上的苦痛。

抬手擦去他额上的汗滴，又替他掖好被角，叶薰心中一阵不忍，回想起来，他挨地这一掌，至少有一半是替自己挨上的。

危机时刻，不仅没有抛下自己先跑，还能让自己先走……这小子还算讲义气，不枉费自己一路拖着他逃跑。叶薰一边摸着下巴，一边安慰地想着。

天色渐晚，黄昏的余光逐渐褪去，苍茫的夜幕笼罩下来。叶薰起身翻找了一通，在缺了一脚的墙边柜子上寻到一盏简陋的油灯，浸油的灯芯还剩下短短的小半截。叶薰摸摸怀里，随身携带的火折子还在身上。

点亮了油灯，黄豆大小的火光莹莹发亮，单薄的光华立刻驱散了夜幕的笼罩。空气静谧沉寂，叶薰望着躺在床上一动不动的人，心底忽然生出一种难以言喻的触动。

仔细回想，这一路走来，虽然两人都足够倒霉了，但却总是能够在生死一线的关头化险为夷。最后在马车上的时候，她真的以为他已经被灰衣人的那一掌打死了，而自己也逃不过这一关了，只觉得天翻地覆，日月无光。那时候心里头忽然涌起的感觉，还有那些眼泪……唉，幸亏他当时是昏迷着的，不然实在是太丢人了。

低头看着昏迷中的沈归曦，她轻笑一声，算了，看着你拼命救我的分上，不和你计较以前的事情了，我们两个就算勉强扯平吧。

抛开杂乱思绪，叶薰念头又转到当前的局势上来。按照时间，小宸率领回援的兵马应该与荒人交战完毕了吧？陆谨若是死了，那些突厥人群龙无首，应该不是他的对手，是不是又打了一个大胜仗呢？反正无论是胜是败，只要他平安无事就好。念头一转，又想到那个灰衣人，到底他是干什么的，怎么会莫名其妙地出现在那里？

正在沉思着，“吱呀”一声，木板门被推开，是郭嫂端着熬好的药汁走了进来。

叶薰连忙迎上去，接过药碗，连声称谢。

打发走了郭嫂，关上门，叶薰将药汁端到床前。如今沈归曦正昏迷着，自然不可能喝药，这碗药汁都是外用活血化瘀的。

掀开被子，将缠绕在他胸口的布条解开，叶薰端详着伤处。秦大娘的药草颇有疗效，经过在荒人队伍里那些天的休养，沈归曦跌下悬崖所受的摔伤早已痊愈大半，青紫的於痕也逐渐消退，至少现在伤痕的面积没有那么触目惊心了。但叶薰却忧虑更甚，她的视线投向他的右锁骨下方，那里有一团青地发黑的於痕凝结不散，只有巴掌大小，却黑沉沉看地人心惊胆战。

灰衣人那一掌所含的精纯内力绝不是普通的摔伤所能够比较的，单凭自己手里这些乡间草药，不知能有多少效果？一边忧心忡忡地想着，手中却没有闲着。叶薰用干净的软布蘸取药汁，涂抹在受伤的地方。

饶是她动作竭力轻柔，手下的沈归曦还是不自觉地因疼痛而抽搐。叶薰只能尽快地完成擦药工作，然后替他缠上绷带，盖好被子。

正要端着碗离开，忽然发现沈归曦长长的眼睫毛颤了颤。

难道他要醒过来了？叶薰惊喜地停住了步子。

不一会儿，沈归曦呻吟了一声，真的慢慢睁开了眼睛。

“你醒了！”叶薰大喜过望地快步抢到床前问道。

沈归曦的意识还处于混沌状态，用力眨了眨眼睛，就要挣扎着爬起来。

“你的伤势太重了，先不要急着起来。”叶薰连忙按住他的肩膀，说道。

“叶薰，是你？！”沈归曦低低问道，嗓子沙哑干涩。

“当然是我。”叶薰从桌上端了一碗水递到他面前。

沈归曦却恍如未睹，径自将目光投向四周：“我们这是在哪里？”

“是在郭家村……”看到沈归曦迷惑的眼神，叶薰就明白他从来没有听说过这个小山村，当即笑道：“是凉川城西不远的一处小山村，等你伤势好一些，我们就启程回凉川。至于那些荒人，已经被我们甩在后面了，暂时不用担心……”

“已经晚上了吗？怎么这么黑。”沈归曦蹙起眉头，有几分忐忑地打断了叶薰兴奋的话语。

“是啊。”叶薰笑道。

“怎么没有点灯？”

“啊？！”叶薰愣住了，她的视线投向桌上那盏黝黑的煤油灯上，豆大的火光在寒风中摇曳不止，虽然微弱，但也足够充满整个狭小的房间了。

一个恐怖的念头闪电般蹿入叶薰脑海，她难以置信地看向沈归曦的眼睛。

长长的睫毛下丹凤明眸依旧眸光流转，只是那明朗的视线却明显的没有了任何焦点，只是茫然地投向虚空。

迟迟没有听到叶薰的回答，沈归曦的表情上浮现出不安，他继续问道，“怎么这么黑啊，连月亮也没有吗？”语气中已隐约带上了焦躁和恐惧。

为什么会这样？是因为他的伤势太重？还是灰衣人那一掌的特殊功效？或者是……叶薰禁不住联想到沈归暮，他也有这样的症状。和沈归暮相处得久了，她早已明白，这种病症并不是简单的维生素缺乏导致的夜盲症。自己建议的那些胡萝卜什么的，压根儿一点用处都没有。难道沈归曦的病情也是同样？

无论是什么原因，都不能继续拖延下去了。必须尽快回凉川去，只有那里才有医治的方法。沈归暮的病情就一直有专门的大夫在治疗，疗效还算显著，至少没有恶化的痕迹。

可是不知道他的身体能不能支撑地住？看着沈归曦苍白的脸色，叶薰只觉得手脚无措。

在长久的沉默中，沈归曦似乎也明白了什么。出乎叶薰预料之外，他并没有大喊大叫，也许经历了这么多挫折变故，他也成长了不少，至少在控制自我情绪方面已经进步了不少。

见他神色阴沉却并没有失控，叶薰稍微松了一口气，轻声安慰道：“你先不用着急，你受了这么重的伤，又晕过去很久，自然有些后遗症。等回了凉川，有那么多高明的医师，眼睛很快就能够恢复的。”

沈归曦没有回答，只是睫毛低垂，也看不出在想些什么。

叶薰心里一阵难过，就在她不知道应该如何安慰的时候，反而是沈归曦冷不丁开了口，问道："你的伤势怎么样了？"

"啊……"叶薰愣了愣才反应过来，沈归曦是问她的伤势。她肩头挨了陆谨一掌，又被灰衣人劲风扫过。不过这两招都不算重，挨中的时候虽然痛地厉害，但并没有影响行动，而醒过来之后疼痛也消失地差不多了。

"我没事，你不用担心。"叶薰笑了笑，轻声道："等你的伤势有了起色，我们就回凉川医治。"

话音未落，忽然沈归曦伸出手，一把拉住了叶薰的胳膊，然后摸到她的手上。叶薰被他的举动弄得一愣一愣的。刚想要挣脱，却见他只是紧紧握着，并没有进一步的动作，也没有说话。他嘴唇微微抿着，神情固执而又坚定。

想不到这个傲气又任性的家伙也有孩子气的一面。知道他只是心里彷徨不安，却又习惯性地不想示弱，叶薰暗叹了一口气，坐到床边，任他紧紧握住她的手，一边轻轻拍着他的肩膀。

心里忽然之间就映入了另一个身影，也曾经这样的彷徨无助，这样的坚定自持。现在他的境遇和当初的萧若宸何其相似啊！风和日丽一帆风顺的时候横遭变故，家人渺无音讯，自身颠沛流离……

回想起沈家的人，照从陆谨那里听来的消息，至少沈夫人应该还安全无恙。至于沈归暮，不知道他和雁秋现在怎么样了。自己跌落悬崖之前，那辆马车就已经在冲突中左支右绌，不堪重负了。想起那一幕，叶薰心里又忍不住担忧，转而想到，以荒人的缜密搜查也没有寻到人的话，应该还有一线生机。

叶薰心里翻涌着愁绪，像是察觉到了她的情绪，紧握住手腕的力道又加强了。感受到那紧密固执的力量，叶薰回过神来。而沈归曦却只是沉默地握住她的手，像是要从那仅有的接触中汲取温暖和力量，不肯有丝毫的放松。明白他的不安，叶薰默默反握住他的手。透过紧握的双手，安宁的气氛如同着满室的光华，淡如烟霭，波澜不生。

不知道过了过久。正在叶薰想要委婉地劝他先好好休息的时候，门外传来一阵声响，是有人进了院子。

紧接着郭嫂的声音响起来："怎么这时候才回来……"话说了一半，声音却忽然拔高："啊！你这满身……这些血是怎么回事？！"

屋里的叶薰一惊。沈归曦将手松开，说道："你先出去看看吧。"

叶薰替他掖好被角，然后走到门前，正看到郭嫂扶着一个个子细瘦，略有驼背的中年汉子快步走进院里。

那汉子脸上脸上尽是泥水鲜血，连衣服都是血迹斑斑，满身狼狈。这应该就是郭嫂的夫君郭胜吧，怎么会变成这个样子？

"不是去集市卖东西吗？怎么弄成这样？！"郭嫂忙不迭地惊声问道。

中年汉子一把拉住郭嫂的胳膊，喘着气，急促变形的音调说出了一个惊天动地的消息，"是突厥蛮子……那些突厥蛮子打进来了！"

叶薰只觉得一声晴天霹雳，视线似乎也颤抖起来。一扶窗户，"哐啷"一声，窗台上的水杯应声跌落到地上。屋里沈归曦也愣住了，大脑几乎无法消化这个惊人的事实。

郭嫂显然也被这个消息给吓住了。而郭胜犹自胆战心惊地描述道："……我正在集市上叫卖那五张兽皮，刚卖出去一张，就听见一阵哭爹喊娘的叫声，说什么突厥人来了！我当时就想，雁门关那么高，怎么可能，谁在那儿造谣胡诌啊。哪知道……我的妈呀，真是突厥蛮子打进了了！那些大块头的人，还有那些马……手起刀落，跟我一起过去的老王就……"

"怎么可能？"郭嫂颤抖着说道，依然难以相信。

"怎么不可能，你看这个。"郭胜把他夹袄里的东西一抖，两把明晃晃的弯刀跌到地上。其中一把上面还带着鲜红的血迹。郭嫂吓得一哆嗦。

"要不是我见机得快，立刻躺下装死，又趁着兵荒马乱的时候偷偷沿着集市后面爬出去，哪里还有活路啊。遍地都是死人，路上我捡了这两把刀防身……"

郭胜依然在滔滔不绝，屋里叶薰只觉得头晕眼花，难以置信，她不是已经杀了陆谨吗？还是说，那一剑其实没有杀掉他？突厥人入关，那小宸现在怎么样了？

随着郭胜的归来，突厥人入关的消息很快传遍了整个小山村。全村都陷入了慌乱之中。从郭胜那里也得不到更多的消息了。第二天村里派出几个大胆的壮丁去山下打听消息。可一整天下来，得来的无非是突厥人又抢掠了哪家村落，突厥人如何凶残屠杀等等不着边际的消息。全村上下惶惶不可终日，日夜恐惧于突厥人会来村里抢掠。

叶薰和沈归曦倒并未忧心这个，依照突厥人的习惯，是不可能来这种贫困穷苦、山路崎岖的小山村里抢掠的，根本得不偿失，南下必然是向着各个大城市而去。

他们两个担心的是如今凉川城的形势如何了，是不是已经被围城，甚至破城了。沈归曦的眼睛一直无法恢复，如今又被断了出路，叶薰愁得头发都要变白了。

这天晚上，郭胜从外面打探消息回来，终于得知突厥人已经攻陷莱兹城，如今正围困凉川的消息。

莱兹城虽然及不上凉川，也北方有数的大城市之一了。短短两天之内竟然就被突厥人给攻克了，得知了这个消息，北方又是一阵惶恐，甚至连突厥人阵中有神仙相助的谣言也出来了。据说，突厥人一到，整个莱兹城的城墙自动崩塌，致使突厥人几乎畅通无阻地杀入城内。叶薰却知道，前不久莱兹城的城墙破损，正是调配了不少荒人前去修缮，陆谨的部族也在其中。以他的心怀鬼胎，深谋远虑，岂能不在修复城墙的时候动动手脚？至于凉川城就不可能被他们这么简单攻克了。凉川城高池深，粮草充足，只要短时间内不被破城。到时候各方兵马回援，突厥人未必能够占到多少便宜。

而如今叶薰最关心的是雁门关守军的去向，却一直没有切实的消息，有说在突厥人兵力之下全军覆没的，又说后撤至北方抗敌的，还有说……不过短短数日，形形色色虚虚实实的消息纷迭传来，每一种都只是让叶薰更添一层愁绪。

这天深夜，叶薰辗转反侧，难以入睡，干脆起床出了门。

外间一片静谧，漆黑的夜空中圆月如银盘般大小，森冷的光华清凉如冰，无形的寒气弥漫在四周，叶薰呼出的气息刚刚凝结成白雾，立刻被山间呼啸的风吹散了。

漫无目的地绕过一丛篱笆，叶薰意外见到正房竟然透漏出灯光来，更传来说话的声音。

叶薰有些疑惑，都这个时辰了，郭胜夫妇还没有入睡吗？她不喜听别人夫妻的私房话，正要转身离开，猛地听到一个声音道：“你能够肯定就是他们两个吗？”是郭嫂的声音。

他们说的是？叶薰禁不住缓了缓步子。

“当然了，一男一女，就是这般出众的相貌，那画像画地一清二楚，我肯定不会看错。”郭胜的声音传来，“当时那些个突厥兵正拿着画像询问山盛村的长老们呢。”

“唉，没想到会这么巧合地来到咱们家里。”郭嫂的声音传来，“话说这对姐弟是干了什么得罪了突厥人？这么挨家挨户地搜查。他们不是凉川普通行商家的儿女吗？”

“谁知道呢，反正我只知道这两人是大把大把的银子，简直是送上门来的富贵机会啊！”

“作死啊，这样是要遭雷劈的。”

“呸，那可是白花花的纹银五千两啊，有了这些，一辈子吃喝不愁了，说不定能够讨上个小官职，比在山里掏窝一辈子都强，到时候你也是官太太了。”

“这……可是我看这姐弟二人都是性情良善的好人，若是落到了突厥人手里，那他们下场岂不……”郭嫂似乎动摇了，却依然心有不忍。

“嘿嘿，说不定是看着这对姐弟生的美貌，哪个将军想收入房内呢。反正如今突厥人势大，他们若真是依靠了突厥人，也是一条出路。”

叶薰在窗下听得暗暗心惊，听这话里的意思，竟然有突厥人在搜查自己和沈归曦。在突厥人眼里，他们应该只是两个名不见经传的小丫环吧。难道说陆谨真的没有死，自己刺杀他的事情曝光了？早知道真应该再给他补上一刀才好，免得他如今还要找自己寻仇。叶薰追悔不及地想着，全然忘了自己当时的慌乱和恐惧。

“要行动就要赶快，按照那些突厥兵的路程，只怕不到两天就要搜查到我们村子里来了，到时候捞不着功劳不说，说不定还会被他们姐弟连累，说我们包庇罪人呢。”

“啊！这……”

“事不宜迟，我明天就去莱兹城那边密报，你在家里好好稳住这两人……”郭胜接着谈论起计划细节，声音渐渐低落了下去。

唯恐被他们夫妇察觉，叶薰不敢再偷听下去，蹑手蹑脚地离开了窗边。走着走着却忽然想到，就算是陆谨醒过来，突厥人也应该以为自己和沈归曦是两个女子才对啊，怎么知道他是男子的？

唉，事情管不了这么多了，还是先离开这里要紧。如果被突厥人找到，自己可就惨了。

叶薰连自己的房间也没回，径直来到沈归曦房中。

沈归曦正和衣躺在床上，失明之后，他其余五官越发敏锐。叶薰刚刚接近门边，他就察觉到动静，警惕地转过头来。

虽然知道他眼睛看不见，但那眼神却依然明亮得让人胆战，仿佛周围的行动尽皆映入其中。“是我。”叶薰轻声说道。

沈归曦神情放松下来。

叶薰快速掩上房门，走近床边，将刚刚听来的消息告诉他。

沈归曦猛地坐直身子，气愤地“哼”了一声，满是戾气地宣告道：“我去杀了他们。”眼睛看不见，脾气却是一样的死硬。

“你……”这小子还是满脑子的暴力思想，一点也没有长进。叶薰一把拉住他的袖子，“你眼睛看不见，怎么杀？”

“你领着我去杀啊。”沈归曦一脸理所当然地说道。

“我领着你去杀？！哼。”叶薰冷哼了一声，明知道他现在是重病号，还是忍不住阴沉下脸色，质问道，“人家救了我们的性命，替你延医请药，又收留我们这些时日，你就这么报答他们？”

虽然看不看叶薰的脸色，但仅从声音上，沈归曦也察觉到了她的不悦。停住了行动，反问道，“可是他们现在要出卖我们……”

“那又怎么样？难道说以前他们救我们的恩情就可以一笔勾销了？”叶薰义正词严地批评道，“而且你这样的行为根本是顾头不顾尾，一旦他们喊叫出声，惊动了村子里的人，到时候你能杀掉全村的人吗？”

沈归曦嘴唇动了动，像是要反驳。叶薰不耐烦地敲了他脑袋一下，“不许抗议，先听我的。”时间有限，再给这小子拖延下去就要天亮了。

沈归曦只好无可奈何地偏了偏头，问道：“那你说我们应该怎么办？”

“当然是赶紧走啊，反正这里也留不住了。”叶薰当机立断地宣告道。

于是，在这个月黑风高的夜晚，两人趁着夜色，偷偷溜出了停留不过数日的郭家村，还顺手牵羊摸走了郭胜带回的弯刀两把和刚刚出炉的馒头数只。

弯弯的月亮如奶白色的麦芽糖，幽幽的光华洒下，给天地间镀上一层浅银。

叶薰引领着沈归曦攀爬上一片高地，转身望去，两人已经出了村庄的范围。

站在高地上俯瞰村庄，那些土屋茅舍都变成火柴盒一般大小，静谧的夜空之下，整个村庄沉浸在安宁寂静的气氛中。

希望这个平和的村子不要受战火波及，叶薰暗暗叹了一口气。至于郭胜夫妻，那只手镯怎么说也值几十两银子了，人太贪心也不是什么好事。

“怎么了？是不是累了？”沈归曦看不见叶薰的感慨，却察觉到她步子的缓慢，问道，“要不先在这里休息一下吧。”

“没有。”叶薰摇摇头，后面还有很长的一段路要走呢，现在可不是发感慨的时候。这样想着，她振作起精神，转身拉住沈归曦的手，沈归曦亦紧紧握住她。温暖的感觉从两人握手的地方传来，她扬眉笑说：“我们继续走吧。”

两人相携，身影很快消失在了山坡之后。

第二章

自投罗网

“喂，是这条路没有错吧？”叶薰看着眼前的道路，禁不住问道。

“这个……可能是吧，我又看不见。”沈归曦犹豫着说道。

“你就是看见了恐怕也认不出来吧。”叶薰无限怨念地白了他一眼，“这样重要的事情，竟然也会记不清楚。”

“谁知道会有用到这条路的一天呢？”沈归曦无奈地说道。

山间的风吹拂过发丝，叶薰撩起头发，长吁了一口气。她真有些庆幸因为这几年的奔波，她已经不再是当初娇滴滴的相府小姐体质了，否则还真是支撑不住这段山路。两人因为担心会遇见突厥散兵，所以一路走得很急。

转头看到沈归曦的脸色又有些苍白，她活动一下筋骨，提议道：“走得累了，肚子也有些饿，先到那边石头上休息一下吧。”说完拉着沈归曦来到了一处干净清爽的岩石上。

坐在石头上，将一只馒头递给沈归曦，叶薰一边啃着另一只，一边无聊地打量着四周。长久无人的山道带着雨后的湿滑，飘零的落叶无人打扫，积了厚厚一层。已经是初冬时分，山间顽强的植物依然有着点点绿意。嶙峋崎岖的怪石阻隔了呼啸的寒风，回响在耳边的风声虽然凛冽，但吹到身上却并不如何寒冷。

两人此时正走在回凉川城的路上，离开了郭家村之后，两人认真思考了一下前途，既然突厥人在搜查他们，连郭家村这样偏僻的小山村都逃不出他们的眼线，附近的村庄应该都不能停留了。

北上有突厥人封关，贸然闯关与送死无异，南下之路太过遥远，身无长物，叶薰还没有挑战万里长征的勇气。就只能够先回凉川城了，何况沈归曦的眼睛也不能再拖延下去，必须尽快寻到大夫医治。

只是目前凉川有突厥人围城，肯定不可能光明正大地进入。于是就走了这条据沈归曦说只有沈家直系继承人才有可能知道的山间密道。

据说这条密道是凉川建城时候，沈家的祖先为了以防万一预先留下的退路。那个年代正是中原群雄争霸，战乱不止的时代，破城和围城几乎是家常便饭，贵族府邸和庄园预先留下逃生的密道几乎成为建筑的通例。不过沈家在乱世中一直左右逢源，又极具战略眼光地投靠了周太祖，这条密道也就一直也没有得到使用的机会。只作为家族的秘密，世代在沈家直系子弟里面口耳相传下来。

山间路径崎岖难辨，叶薰只能依靠沈归曦似是而非的描述和自己的眼力来辨别道路，寻找那传说中的暗道标志。好在古代的工程质量还是比较有保障的，百年前留下的暗记竟然没有消失，叶薰抚摸着岩石上的雕刻，终于放下心来。

两人沿着道路一直向前，走到后半部分，叶薰也忍不住赞叹大自然的鬼斧神工和当初设计这条密道的人的巧妙心思了。

沈家的府邸原本依山而建，后府就是山壁，算是一段天然的壁垒，与高高的人工城墙结合，形成凉川城的护城。

当初在城内看到这样的设计，还以为仅仅是从安全节约的角度考虑，谁能够料得到看似坚不可摧的后山内部竟然有这样的机关呢。叶薰望着四面陡峭嶙峋的山壁，这条山道应该是天然形成，人工想要开挖这样坚硬的石壁，而且要挖这么长的距离在这个时代是不可能的。应该是当初的建城者发现了山间有这么一条裂缝，善加利用改造完成了这项工程。

潮湿的气味直扑鼻端，因为前些日子的暴雨，两侧的岩石还透漏出湿气。

叶薰一手拿着火折子，一手拉着沈归曦。两人摸索着前行了一阵子，终于发现密道不见了，前方赫然是一排石阶。叶薰兴奋地喊了一声，“我们到头了。”

也不知从这里上去是通往沈家的哪一个角落。叶薰兴冲冲地拉着沈归曦上了石阶，推开面前尘封多年的石门。

眼前依然是一片黑暗，前面还是一道门，只是这扇门却是木头的了。继续推开木门，叶薰终于见到光芒透射进来。

一步踏出，她发现自己已经身处一间布置静雅的房间里了，原来密道的出口正是这间房子角落的壁橱。

拉着沈归曦钻出壁橱，叶薰四下里望去，屋里空无一人，家具器皿陈设简单，却颇为雅致，只是略有陈旧，在黯淡的光线下泛着灰蒙蒙的光，像是长久没有人动用过了。素雅的白色轻纱幔帐将房间分隔成前后两部分，前方正中间是一张黑色檀木制成的圆桌。冰玉般清亮剔透的月光从窗格子里透进来，洒下满地银霜，透过洁白的幔帐投入里屋，而那里则是一张被褥整齐精致的床。

扶着沈归曦到床边坐下，叶薰终于放下心来，一种经历了长途跋涉的旅人终于回到家中的喜悦感涌上心头。长途奔波的劳累和劫后逢生的喜悦让她终于松了一口气，直接仰面倒在床上。

躺在锦绣堆积的柔软被褥里打了个滚儿，想想这一路的辛苦，叶薰真想就这么赖在床上不起来算了。视线一转，落到坐在旁边的沈归曦身上，发现他正低头望着自己。虽然知道他看不见，那专注的眼神仍然让叶薰有些脸红。

对了，现在还不能松懈，离开了这么久，不知道沈家府邸里是什么情形，他们清楚武陵山庄里发生的变故吗？同时还要尽快联系大夫，医治他的眼睛才好。想到这里，叶薰立刻从床上爬起来。

“这里是哪儿？”沈归曦察觉到她起床的动作，问道。虽然伤势迟迟未愈，再加上奔波劳苦，他的脸色苍白憔悴，但终于回到了久别重逢的家中，他的语调亦扬起淡淡的笑意。

“这里是……”刚刚被万里长征大功告成的喜悦冲昏了头，竟然忽略了这个问题，叶薰重新打量着四周。

房间有点眼熟，却又记不起什么时候见过，沈家的房屋实在太多了

“你等我看看。”叶薰掀开幔帐，三步并作两步凑到窗户前，院子里的情景立刻映入眼中。

不看还好，这一看之下，叶薰当即心神剧震，像是有一条冰冷的蛇沿着她的后背蜿蜒飞蹿，透心发凉的感觉直冲头皮。

清冷的月光之下，那些浓密芬芳的枯草，那些高大盘曲的树木，还有那扇在记忆中恨不得彻底尘封的深青色漆门……都再也明确不过地昭显着一个事实。

这就是那间鬼屋!

打了个哆嗦，她不敢置信地转过头去，这么说来……那张床，刚刚她还撒欢一样躺在上面打滚儿，而现在沈归曦正坐在上面休息的，就是上次自己亲眼见鬼的那张床!

毛骨悚然的感觉蹿上叶薰的后脑勺，她只觉得全身都不自在起来。被褥柔软的感觉还停留在肌肤上，此时瞬间都变成了寒气直冒的鸡皮疙瘩。

“怎么了？”沈归曦敏锐地察觉到叶薰呼吸速度加快了，疑惑地问道。

“你先赶快……”叶薰正要提醒沈归曦赶紧离开那张该死的床，却忽然觉得眼前一花。

是的，一定是她眼花了，否则怎么会出现这样的幻觉呢？

细风吹拂，轻纱飞扬，她竟然又看到了那个女鬼，凭空出现在床上，叶薰忍不住揉了揉眼睛，上一秒钟沈归曦旁边明明还空无一人的!

那张脸依然沟壑纵横，干枯褶皱，像是一只完全失了水分的橘子皮。而她抱在怀里的，依然是那具婴儿骷髅。

她低着头，轻轻摇晃着怀里的婴儿，仿佛完全没有察觉这个房间里多出了两个大活人。

那是一副何其诡异的画面啊！枯槁如幽灵的女鬼坐在床上，而就在她的旁边，是茫然不知发生了何事的沈归曦。

印着洁白梨花的幔帐被寒风吹起，将两人并列而坐的身影遮掩地影影绰绰。静谧的气氛蔓延在三人，或者说两个人和一只鬼中间，叶薰强忍着尖叫出声的冲动。

迟迟等不到叶薰的回答，沈归曦开始不安起来，出声打破寂静，“叶薰，怎么了？这里是什么地方？”

“你，你先……”叶薰结结巴巴地说道，此时她也不知道是应该喊沈归曦赶紧跑，还是应该叮嘱他小声一点，免得惊动了旁边的女鬼。

沈归曦心下不耐，终于准备站起身来。

他刚刚动了动，身边的女鬼却也动了，她抬起手状似随意地弹了弹。

明明只是无声无息的隔空一弹，沈归曦起身的动作却瞬间一顿，像是录像被定格了一样，然后就直挺挺向后倒在床上，再也没有了声息。

“你……你把他怎么样了？！”叶薰又惊又怒，高声喝问道。涌起的愤怒担忧刹那间将恐惧湮没了。

女鬼转过头来，幽幽的视线投向叶薰，忽然那暗紫色的嘴唇一张，弥漫起一个诡异的笑容：“放心，还没死。只是你竟然很关心他啊，哼哼，他应该是你的仇人之子吧？萧若岚。”

萧若岚！

这个名字传入耳中，竟然是如此的陌生，以至于叶薰迟钝了瞬间才反应过来她说的是谁。

“你怎么会知道这个名字？”震惊疑惑的话语脱口而出。这几年来，她几乎忘记了这个名字所代表的意义，毕竟顶着它度过的日子只有短短几个月而已。

可就是这个尘封已久的名字，此刻却意料之外地被人翻检出来，在一个如此不合时宜的地点，在一片诡异莫测的气氛之中。

“我当然知道。”眼前的女鬼森森盯着叶薰，露出一个诡异的笑容，幽幽说道，“萧仁那个蠢材死得那么容易，想不到他的儿子女儿倒是命硬地很，竟然能够一路逃过追杀，还跑到杀父仇人家里来躲藏。最妙的是又偏偏被我发现，真是天意啊，天意！”说道后来，她的声音逐渐拔高，像是凄厉地狂笑。

“你认识萧国……家父？”叶薰迟疑着问道，一边不易察觉地向后挪了挪身子。

可惜她刚迈出一步，立刻被那个女鬼发觉了。

叶薰只觉得眼前一花，一袭惨淡的白衣就瞬间移动般出现在她身旁，像个影子轻飘飘地贴近她。

叶薰吓得后退了一步，白衣女鬼也如附骨之疽般如影随形。连接几步，叶薰就已经被逼退到墙角上了。

“看不出你一个娇滴滴的贵小姐，竟然能够忍受千里之遥的奔波劳苦，忍辱负重来到仇人家里当奴才，而且，还当的这么轻松惬意。呵呵，萧家的女儿，资质果然不同寻常。”女子伸出手去，摸着叶薰的脸颊缓缓说道。

“……如果不是早已知道你的身份，恐怕我也要以为你只是个平凡丫头而已。”女子的手顺着叶薰的脸向下滑，继续说道：“应该说是你太善于掩饰了，还是应该说你狼心狗肺，竟然把家仇都抛之脑后了呢？”

她轻缓的声音悠然飘荡。叶薰被她摸得毛骨悚然，似乎有一种阴寒的气息顺着她的手传开。

白衣女子的手下滑到叶薰喉咙上，猛地发力，一把勒住她的脖子，把她提了起来，“就是你这个小丫头，竟然也敢忤逆我，险些坏了我的大计！”她的声音依然轻柔和婉，手上的力气却大的吓死人。

没有料到这突如其来的袭击，叶薰被她掐地差点晕过去。该不会自己真要被这个诡异疯狂、不知是人是鬼的疯子给弄死了吧？这种死法也太莫名其妙了。叶薰被掐地喘不过气来，头脑越来越模糊，这个念头忍不住蹿入脑中。

就在叶薰觉得自己气息越来越弱的时候，却又听到那个白衣女子自言自语道："……对了，我不能杀你，还有用处……"说着，白衣女人手一松，把她扔在了一边。

叶薰死里逃生，向后依靠着墙壁，大口大口呼吸着新鲜空气。身边白衣女人犹在喋喋不休："若没有了你，你那位好弟弟怎么肯乖乖听我的话呢？只要你在我手里，他还不是任我摆布？哈哈。"

好弟弟？叶薰心里一震。她是说小宸。对了，她既然知道自己的身份，肯定也知道小宸无疑了。可这个疯疯癫癫的女人怎么识破他们姐弟身份的呢？她是沈家的人吗，如果是，为什么不揭发他们呢？

叶薰正在惊疑不定，白衣女人已经缓缓靠近她，轻声问道："先告诉我，你们是怎么进来这间屋子的？"

不能让她得逞，叶薰瞬间计上心头。她维持着弯腰靠在墙壁的姿势，低声回答道："我们……咳咳……我们是从……"话说了一半，力气不支，声音逐渐低下去。

白衣女人忍不住微低下头，侧耳倾听叶薰的话语。

却不料叶薰一句话没有说完，一道闪电般的锐芒忽然从她腰间蹿出，迅捷如雷，直扑白衣女子喉咙而去。

两人贴地极近，而叶薰的态度一直是惶恐失措，白衣女子哪里料得到她会忽然袭击。猝不及防之下，刀光已经逼近眼前。

知道对方是绝顶高手，这一刀叶薰用上了全部的力气，就算她没有武功根基，速度也快地惊人。

刀光流星般一闪即逝，重重地挫进了眼前女子的脸上。

砍中了？！叶薰顾不得双手的疼痛，心下惊异。待定神看清楚了眼前的光景，刚刚升起的惊异却立刻变成了恐惧。

锋利的刀刃竟然被白衣女子紧紧地咬在了口里！

一滴血顺着她苍老惨白的下巴弧线流淌下来，像是一笔鲜红抹在了白腻的纸上，格外刺眼醒目。

鬼是不会有血流出来的，此时叶薰已经彻底肯定，眼前之人并不是什么虚幻的女鬼，而是一个实实在在的人，只是这个女人的武功高地出奇而已。

刚刚叶薰的那一刀，白衣女子发现时已经避之不及，但她反应敏捷机警，既然避无可避，干脆身形微挫，瞬间张开嘴，用牙齿接住了那迅猛的一刀。

叶薰感觉自己像是砍在了一块坚硬的石头上，握刀的手被反弹的力道震得酸麻不堪，几乎要握不住刀柄。

没等她再有动作，白衣女子手一挥，叶薰腰间一麻，双腿立刻酸软无力，连站都站不稳了。紧接着那女子的牙齿一松，失去了支撑的叶薰立刻跌倒在地上。

这个疯女人怎么这么厉害，实力差距也太大了吧。叶薰暗暗骂着。

“小丫头真是心狠手辣。”眼前女子诡异地一笑，“我可是你们姐弟的救命恩人啊，竟然要杀我。”

叶薰脱口问道，“你什么时候救过我们姐弟？”

“如果不是当初我杀了青涟，你们姐弟二人的身世岂能隐瞒地过去。”白衣女人微带嘲讽地说道。

叶薰心神俱震，青涟是她杀的？！“你为什么要杀她？”

这句话刚出口，她忽然想到自己第一次误入这个院子，把染尘失落在这里的事情。第二天自己跑来寻找，凑巧遇见了青涟，那时候她言谈间确实有试探自己的意思，而当天晚上，她就死了。这样说来……她惊疑地看着白衣女子，“你为什么要帮我们？”

“当然你的好弟弟拜托我的。”白衣女子悠然一笑，“谁让你这个粗心大意的姐姐露出破绽，被那个精明的丫头盯上了呢？”

是小宸拜托她的？！叶薰觉得自己震惊到不能思考了。

联想到染尘，叶薰忽然又想到，恐怕就是那天晚上，被这个女人发现了自己不慎落在这里的剑，才会知晓他们姐弟二人的来历吧。她脱口问道：“你是看见了染尘，所以……”话说了一半，她立刻想起之后趁着白天来寻找时，染尘依然好好地放在草丛里。

“自然是你那个好弟弟不想让你担忧，又把短剑放回去了。”像是知道叶薰在想些什么，白衣女子轻笑着回答。

还是小宸？！他为什么要这么干？叶薰觉得自己心脏一下子抽紧了，心中只反复盘旋着一个疑惑，为什么小宸从来没有向她提起过这些事情？！

记得染尘失落不久的那个晚上，她凑巧见到小宸独自一个人趁夜悄悄外出。

那时候叶薰问他去了哪里？小宸回答她说是去了这个院子查看。叶薰丝毫没有怀疑，可如今看来，他是去见了这个白衣女子了？

白衣女子却并不理会叶薰的惶惑，伸手拽住她的胳膊，拉起她，在她耳边轻声问道：“先告诉我，你们从哪儿进来的？沈家的那条暗道在哪里？”

“我们是从门口……啊……”叶薰正想糊弄过去，白衣女子却忽然握紧了她的肩膀，轻轻一折，似乎有细微的咔嚓声传来，叶薰只觉得钻心裂肺一样剧痛，忍不住痛叫出声。

“说谎话可不是好孩子，密道在哪里呢？”白衣女子幽幽的声音继续在她的耳边响起。

这个疯子！叶薰几乎痛地说不出话来了。白衣女子却把她的沉默当作抗拒，伸手卡住她的脖子。

性命堪危，叶薰只好说道：“在墙角……衣柜里……”

白衣女子手一挥，白玉般的指端射出一道劲气，壁橱的木门应声而碎。白衣女子拖着叶薰走到壁橱前。

她伸手在橱内四面的石墙上仔细地抚摸了一遍，神色却疑惑起来，显然是没有寻到任何机关。

看来这条密道从内部是可以自由开启，但如果想从外部进入的话，必须通过一定的方法才行了。叶薰暗暗庆幸，这下子知道了你也进不去。

却不料白衣女子眼见寻不到机关，连续数掌拍出，立刻劲气四射，飞石乱蹿，壁橱内大理石砌成的四壁竟被她硬生生全部拍碎了。下方空荡荡的石阶立刻毫无遮掩地显露出来。

“果然是密道，”白衣女子喃喃道，“我在这个屋里住了几十年，想不到它竟然就在我身边。”随即她转身吩咐道：“你下去看看。”

她在对谁说话？叶薰正疑惑着，从她的身后传来一声嘶哑的回答，“是。”

叶薰转过头，立刻发现一个细瘦的灰色身影不知何时站在了屋子角落里，中年男子平凡的五官中透着一股精明干练。

他是谁？是白衣女子的手下吗？

叶薰正在疑惑的时候，那人已经跃下密道，消失不见了。白衣女子走到密道入口张望着。

叶薰惊疑不定地看看密道，又看看钳制自己的人，视线无意间落到她的手上，立刻发现，她的脸干枯衰老地像是坟墓里爬出来的木乃伊，但这双手却娇嫩地让人惊奇，细腻柔和的肌肤完全像是个妙龄女子，玉石般的指甲透着珍珠色的光泽。总觉得这双手似乎在哪里见到过……而且还有一种熟悉的香气，从她身上散发出来，仔细闻起来竟然是零陵香的气味……

叶薰脑中灵光一闪，脱口而出道：“你就是那个黑衣人！”

白衣女子眼中锐芒闪烁，肆意地咯咯笑出声来：“想不到，你这个丫头也不算糊涂。”

真的是她？“你到底是谁？为什么要害我们姐弟……”叶薰惊声问道。

“我可没有害你们，我是在帮你们才对。”白衣女子悠然说道，“尤其是你那个宝贝弟弟，我可是帮他报仇的贵人啊。”

“你要杀沈涯？”叶薰惊问道。

“我不要杀他。”白衣女子神情飘荡地摇摇头，然后冲着叶薰露出一个诡异的笑容：“我要他身败名裂，生不如死。我要让他的儿子，他的亲人，全部一个个死在他面前，不然怎么能够抵偿这些年来我受的苦痛。”一边说着，她放声狂笑起来。

她的笑声中隐含着内力，震得旁边窗户簌簌作响，距离她最近的叶薰更是被震得耳膜剧痛，苦不堪言。这个老妖婆！叶薰心中早把眼前的女子骂了个狗血淋头。

就在她怀疑自己会被这噪音生生震晕过去的时候，笑声却戛然而止，她的脸上转而露出缥缈惋惜的神情，“可惜啊可惜，都是因为萧仁那个蠢货太大意，不然，凭我给他的那样东西，早已经把沈家满门灭绝了。害得我又多等待了这几年。不过……”她的视线落到叶薰身上，又喜悦起来：“幸好上天又给我了另一个机会，不仅将你们姐弟送到了我身边，更……哈哈。”

叶薰简直受不了这个情绪起伏不定的疯子了。谁知道她会不会忽然发起疯来，把自己给一刀宰了。她忍不住转头望向门口，刚刚她笑得那么大声，整个沈府后花园的人恐怕都要听见动静了，怎么不见有人来这边探究呢？只要能够见到人……

“你在等谁？”白衣女子忽地凑到叶薰眼前，幽幽地问道，随即轻轻一笑，“你在等着别人发现这里吗？你放心，这个府邸里已经没有别人了，谁也不会来打扰我了。”

“你说什么？”叶薰惊疑不定地望着她，“难道说……”

“我是说，这个府邸里面，除了这座院子以外没有人会过来了，”女子得意的一笑，苍白的脸上那一条血线格外凄厉，她一字一句地说道，“因为他们都是死人了。”

“你……你杀了他们？！”叶薰又惊又怒，沈家出门祭祖，所带的侍从并不多，绝大多数丫环仆人都留守在家中。难道说他们都被这个疯女人给杀了？！那可是几百条人命啊！

“他们不过是早走一步。”白衣女子幽然笑道：“总有一天，不仅他们，所有沈家的人，全部都要死。”

“你……你究竟是谁？”叶薰忍不住问道。

“我是谁？”女子的脸上现出飘忽不定的神情，像是哀怨，又像是怀念，“我只是一个鬼而已。我就是一个鬼，一个多活了三十年的女鬼，哈哈，原来我已经当了三十多年的鬼了……”

“三十多年？”叶薰喃喃重复道。

“不错。”水袖流云般舒展开来，女子轻声低吟道：“弹指红颜老，刹那芳华逝。青丝凝冰雪，孤影悲鸣泣……”她的声音清冷缓慢，带着淡淡的忧伤，语调之中婉转悱恻，像是个悲春伤秋的诗人在浅唱低吟，

清冷的月光之下，白纱被她长袖卷起的细风掀动，如雾气般开合弥散，映地她背影绰约，直如仙子。

叶薰忽然发现，如果忽略那张苍老的脸，仅看身姿风度的话，还真要误以为她是个风华绝代的佳人呢。

突如其来地想法倏地钻入脑海，叶薰心中灵机一闪，“难道……你是柳拂虹？”

第三章

陈年旧恨

一句话宛如定身的咒语，白衣女子飘忽不定的身影刹那间定住了。

她转过身来盯着叶薰。那眼神像是幽暗闪烁的鬼火。叶薰被她看地从心底里发毛。

片刻，她的神情浮现出类似癫狂的笑意：“竟然还有人记得这个名字。已经多少年了？多少年了？……连我自己都快要忘记它了……”开始时她的语调如杜鹃啼血猿哀鸣，凄厉入骨，说到后来却逐渐减弱低沉。

竟然被自己猜对了，她真的是柳拂虹。叶薰暗暗心惊，如果真是她，为什么要仇视沈涯。“你为什么要杀沈涯，他不是你的儿子吗？”她忍不住问道。

“谁说他是我的儿子？他是杀害我儿子的凶手！”叶薰话音尚未落定，正在低头沉吟的柳拂虹就猛地抬起头冲着叶薰吼叫道，那架势像是一只受伤的母兽。叶薰真害怕下一秒钟她就会冲着自己扑过来。

可紧接着她像是忽然记起了什么一样，惊叫一声：“儿子……我的儿子呢？”她低头看着自己双手，惊恐地发现，本来抱在怀里的孩子不见了，立刻惊慌失措地左右寻找起来。

终于发现了被她搁置在一旁的那个婴儿枯骨，她大喜过望地扑上去抱起来，轻声安慰道："涯儿，刚刚娘亲没有理你，你生气了吗？"

涯儿？这个骸骨？！

叶薰目瞪口呆地看着这诡异的一幕，这个疯子简直不可理喻。如果这个骷髅是她的儿子，那么沈涯是谁？

刚才她和自己的对话，明明神志清醒，残忍狡黠。可是一提及她的孩子，就又变得这么疯疯癫癫。这应该是受过极大刺激的精神病人的症状，叶薰暗暗想着，联想到三十多年前的那段旧事，难道说，沈涯是……

一个惊心动魄的猜测映入脑海，叶薰心里禁不住"咯噔"一下子。抬头看着柳拂虹痴痴的表情，她咬着下唇，轻声问道："沈涯与……与沈绯染是什么关系？"沈绯染是沈家上一代家主沈筠的同胞妹妹，也就是昭珉太子妃。

"沈绯染……"柳拂虹一脸恍如梦游的神情，幽幽地回答道，"他就是那个沈家贱人的儿子。"

沈涯真的是昭珉太子遗孤！震惊之中，叶薰只觉得头脑一片混乱，所有的线头纠结成一团乱麻，却又逐渐清晰。

仔细推测，想必是当年情势危急，来不及寻找别的婴儿，为了保住昭珉太子最后一点血脉，沈家只好以自己的儿子替代了。

这算什么？赵氏孤儿在这个世界的真实版？叶薰感慨地想着。

"等我杀了沈归曦，杀了沈归暮，杀了沈家全部的人，那时候，你一定会开心了吧。"柳拂虹旁若无人地对着怀里的婴儿低声安慰道。

"杀沈家全家？"叶薰的眼神禁不住投向依然昏迷在床上的沈归曦。然后转回到柳拂虹身上。就算您老人家很不幸地承受了丧子之痛，也不应该牵连地这么广吧？沈涯当时只是个什么事都不知道的婴儿而已，沈筠他们的布局他怎么可能清楚？更不用说沈归暮他们了。就算真的要报仇，也应该找你那位忠义双全的丈夫，或者是斩草除根逼杀昭珉太子的周威帝才对。不过好像他们都已经死了。

"筠郎，你为什么要这么对我？新婚的时候，你在紫藤花之下对我说，生生世世不离不弃，永远不会让我伤心失望……"柳拂虹似乎完全沉浸在自己的世界里了，眼眸中流露着深重的痛苦与哀怨，缓缓倾诉起来。先是轻声细语当年两人新婚燕尔的恩爱情景，说到一半，却又忽然高声尖叫：“可是你一直在骗我，你为什么要骗我，全部都是假的，全是假的……”

但看着她癫狂哀恸的表情，叶薰心下稍有不忍，她也不过是个痛失孩子的母亲而已。回想起来，赵氏孤儿的故事流传后世，无数的文人墨客赞颂那位献出儿子的父亲，赞颂他忠义双全的牺牲精神，可是谁又在意过孩子母亲所受到的伤害呢？孩子的父亲虽然失去了孩子，但总算得到了忠义的名声和心理上忠诚感的满足，可是孩子的母亲呢？一个平凡女子的悲恸在残酷漫长的史册上是留不下丝毫痕迹的。

这样想着，叶薰看她的眼神缓和了不少。

柳拂虹依然在旁若无人地讲述着：“……你怕我宣扬出你的秘密，特意找来了这种零陵香，限制我的武功和神志。你这样对我，我只好下手杀你了，筠郎，你可怪我？”柳拂虹继续柔声倾诉道。

她的声音细腻轻缓，可最后一句话透漏出的现实却听得叶薰心惊胆寒。

沈家上一代家主沈筠是被她给杀了。她竟然亲手杀了自己的丈夫！

叶薰忍不住插嘴道：“你既然这么爱他，又为何要杀他？”话刚出口，立刻想到，一个刚刚失去孩子的母亲，其行为本来就没有什么合理性可言，只怕那时候柳拂虹就已经疯癫了。而且此时也不是替沈家那个死了十多年的老头子喊冤的时候，她连忙改口说道：“你既然已经杀了他，仇怨就应该消止……”

话还没有说完，本来趴在床边抱着孩子的柳拂虹忽然动了。叶薰只觉得眼前一花，立刻有一只冰冷阴寒的手死死掐住了她的喉咙。同时比那只手阴寒十倍的声音在她耳边森然响起：“谁说我爱他。那个负心人，我恨不得将他抽筋扒皮……”

你当我是属鸡的啊，动不动就冲上来掐我的脖子！被她掐地喘不过气来，叶薰心中浮起的些许同情立刻烟消云散。你要是不爱他，刚才唠叨那么多你们新婚的甜蜜生活干吗？你当你是琼瑶剧女主角啊？她暗暗骂道，一边拼命地想要掰开她的手指，但那几根指头却像是钢铁铸成，纹丝不动。

“那个骗子，他从一开始就欺骗了我。”柳拂虹喃喃说着，一边随意地松开了钳制叶薰的手。

叶薰赶紧后退了两步。虽然知道逃不过她的轻功，但距离这个喜怒不定的疯子远一点，总是让她安心一些。想想当年这两人也算是一段才子佳人的美谈。可叹世事无常，最终竟然是这样的结局。

“……他若真的爱我，怎么会把我关在这个狭小的院子里十几年，用迷香限制我的武功心智，怎么会这样伤害我……”柳拂虹讽刺地笑道。

“如果他只是为了让你保密的话，又何必千辛万苦寻来这种零陵香呢。”叶薰见她神色越来越阴毒，忍不住反问道。自从上次在这个院子里无意间采集了一些草叶之后，叶薰专门翻阅过典籍。这种香料闻得多了，确实会让人思绪空白呆滞，体虚发软，但是对人体并无任何实质性的伤害，而且只要脱离了这种香气的范围，很快就能够恢复。沈筠真的要保守秘密，与其费心寻找这种罕见的香料，种满一个院子，还不如直接杀了她干脆呢，也省地留下后患了。

“哼，你以为他会这么好心？若不是当时我正怀着第二个孩子，他岂肯让我活命？他关了我十几年，我也浑浑噩噩地活了十几年……他却料想不到。在忍受了十几年的无知无觉之后，苍天有眼，我竟然开始慢慢恢复，即使日夜生活在这种香料中，神志也不再受限制了。”

就算一只菜青虫，吃了十几年的农药，也要慢慢生出抗药性了。叶薰摇摇头，却没有说话，扪心自问，如果她被人关在这个小院子里头这么多年，只怕什么海枯石烂的爱情也要生生消磨成恨意了，更别说柳拂虹之前还受了失去孩子的刺激。

人已经被她杀了，柳拂虹随便怎么想是她的自由，反正沈筠想必也不会在意这些。

叶薰正琢磨着怎样才能够让这个心智痴狂手段残虐的高手放下屠刀立地成佛，柳拂虹却话语一转，继续道：“……终于杀了沈筠那个负心人，可我没有想到，沈涯那个奸贼，竟然比他更狠毒，更阴险。”她眼中闪烁起刻骨的仇恨。

“趁我不备，他带着万瑞等几个手下围攻我，当时我武功未及全复，竟然败在他们手上。”提起沈涯，柳拂虹恨得咬牙切齿，“之后沈涯那个狗贼又寻来剧毒离心散，废去了我的武功，然后将我囚禁在院中，对外称病。”

“受制于他，天长日久下来，连沈家的下人也只知道沈家老夫人因年老体弱，早已病入膏肓，痴傻愚顽，从来见不得外人了……”

原来如此，难怪自己进了沈家这么久，对于传说中的老夫人也是只闻其名，不见其人。只是看着柳拂虹恨意满满的样子，叶薰心中却不以为然，好歹你杀了人家老爹，就算不是亲生父亲，沈筠对沈涯来说，也有救命之恩、养育之情。如今被这个疯女人害死，以沈涯赶尽杀绝的性格，竟然没有杀了她，已经足够手下留情了。

只是当时沈涯应该只有十几岁吧，竟然就有了这般雷厉风行的手段。叶薰暗叹一声。

“……我知道他留着我性命是为了那封文诏的下落。”柳拂虹冷哼一声，继续说道。

文诏？！叶薰一愣，“什么文诏？”

“自然是当年太祖皇帝遗留下来的那封传位于昭珉太子的文诏了。”柳拂虹讽刺地一笑。

回忆曾经看过的史料，叶薰立刻想起，当年太祖皇帝驾崩时，考虑到昭珉太子年龄太小，若是把皇位传给他，难免有武将拥兵自重，权臣擅权之忧，于是无奈之下，太祖将皇位传给了成年的养子威帝。

据说，太祖临终前，召集文武百官，当众立下一封文诏，内中不仅有传位昭珉太子，令百官辅佐的旨意，更有即将即位的威帝立下的誓言，发誓将来昭珉太子成年，必定将皇位归还于昭珉太子，否则必定子孙灭绝，死无葬身之地云云。百官同鉴，记载史册。

迫于压力，威帝不得不将昭珉太子立为皇太弟，昭告天下。但是用膝盖想也知道，当了皇帝的人怎么肯把那个位子乖乖让出去？昭珉太子刚成年就遭了暗算也是预料之中。虽然当时朝中也响起过很多议论，但在威帝铁腕手段的镇压下，这些声音都慢慢平息了下去。

这么多年过去了，这些陈年旧事竟然会被柳拂虹再一次提起。

叶薰转念想到，沈涯既然是这样隐秘的身世，他的志向多半是要谋朝篡位当皇帝的。而在这个时代，叛乱者一向千夫所指，就算是得到了皇位，也脱不了一世骂名。但如果有了昭珉太子遗孤的身份就不同了，他再也不是乱臣贼子，而是正统的皇位继承人。

当年昭珉太子必然将文诏和尚在襁褓中的儿子一起托付给了沈筠，这个女人杀了沈筠，文诏的下落确实她最有可能知道。

可是，叶薰转念又想到，现在距离那封文诏被立下已经多少年了啊？就算皇家诏书是用最牢固的材料所写，经历了这么多岁月，也要腐败灰化了吧？

听了叶薰的疑惑，柳拂虹冷笑一声，“那封文诏写在以天蚕冰丝织造的冰绫上。展开时大如桌面，但折叠卷起，不过方寸大小，更兼水火不侵，怎么会腐化？沈筠死后，任他把整个沈家翻了个底朝天，也找不到那封文诏。他虽然猜测我知道文昭的下落，却一直没有线索，逼问不得，也只能日夜派人监视我的动静。”

“身边都是他的眼线，武功全失的我也只能够装痴扮呆，才避过他的毒手。”柳拂虹恨恨地说道，“幸好他不知道零陵香对我的效力早已经微乎其微，以为我的心智依然受到限制，才让我有机可乘，能够慢慢运功驱毒。”

“每天在监视中度日，毒性也驱除地缓慢，十几年下来，连我自己也快要以为自己只是一个痴呆傻愣，神志不清的老妪废人了。却终于被我等到了机会。”柳拂虹笑得阴冷莫测，“因为局势所需，他带着我和那个贱人的儿子去了京城，于是我趁机暗中将文诏交给了萧仁……”

叶薰怔住了，她说的应该是两年前秋天沈老夫人和沈家少爷一起入京城的事情吧？那时候自己刚刚来到这个世界，是即将入宫为后的萧家小姐。在经历了诸多波折变故之后，也正是遇见了他们返回凉川的车驾，自己和小宸才会机缘巧合地来到沈家当丫环。

记得那时候自己和萧国丈交谈过几次，萧仁言谈之中自信满满，显然是掌握了灭掉沈家的什么证据。现在看来，就是这个文诏了。

确实，文诏如果落到了当今皇帝手中，无论他如何宠爱沈贵妃，也要立刻把沈家斩草除根了。

“可是你这样，岂不是将你的女儿一起害了。”想到这个，叶薰忍不住脱口而出。就算是为了你那个刚刚出世的儿子报仇，何必连累自己的女儿呢。

“呵，我的女儿？我的女儿早已经死了。”柳拂虹眼中闪烁着凄婉的色调，缓缓说道，“零陵香虽然对母体无害，但我的女儿生下来就是个无脑的白痴。我只在怀里抱了不到一个时辰，她就死掉了。后来为了安慰当时疯疯癫癫的我，他便寻来了一个女婴，对我说这是我的女儿。哈哈，他以为反正那时候我已经傻了，一个傻子自然什么也不会知道……”说到后来，柳拂虹竟然放声痛哭起来，声声哀鸣凄恻。

叶薰心下一阵恻隐，她也足够不幸了，难怪变得这么偏激疯癫。

“我的儿子，我的女儿，都被他亲手杀了，你说，我该不该杀他。”哭了一阵子，柳拂虹又狂笑起来，眼角还挂着闪亮的泪光，“他把我关在这个狭小的院子里十几年，为了他所谓的主君，甚至连我的儿女也可以杀掉，既然这样，我偏偏要让他的主君为我儿子偿命；他既然要成全他的忠义，我就偏偏要让他当不成忠臣；我儿子的性命为他们元氏的江山而死，那么我也要他们全部陪葬……”说到后来，柳拂虹的语气越加阴狠歹毒，

“你想要干什么？”叶薰打了个寒战，这么想要杀沈涯，你干脆直接杀到京城里去，手起刀落，把他一刀宰了岂不痛快。

柳拂虹苍白的长袖一卷，灵蛇一般缠上叶薰的脖子，将叶薰拖到近前，阴恻恻地放声笑道：“你放心，我不会杀你，虽然你们那个老爹不中用，你那个好弟弟对我可是有大用处，将来你的死活，就要看他的表现了。”

叶薰正在惊悚的时候，忽然听到身后传来一阵细微的机关响动声，转头一看，是灰衣人沿着密道返回了。

“如何？”柳拂虹问道。

“夫人，密道是直通后山，出口在环陵壁一带。”灰衣人低哑着嗓子躬身禀报探查结果。

“好。”柳拂虹嘴角绽出一丝笑意，“听到这个消息，你们主人一定很高兴。”

“此次我大突厥能够顺利入关，得夫人相助良多，四皇子殿下必有回报。”灰衣人面露喜色，依然恭敬地答道。

他是突厥人？而且他提到四皇子……对了，柳拂虹暗中一直和陆谨有勾结，这个人是陆谨的手下。

可笑当年柳奢将军保家卫国，抗击突厥多年，连柳拂虹少女时代也是因为智退突厥而声名鹊起的，如今竟然依靠和突厥勾结来报仇，人生莫测，真是讽刺。

柳拂虹手一挥，叶薰立刻感觉一道巨大的力道把她甩了出去，重重跌在地上，四肢百骸都要痛得要散架了。

然后“咕咚”一声，又一个身影摔到她身边。定睛一看，是躺在床上的沈归曦，也被柳拂虹的长袖卷起扔到了地上。

叶薰连忙扶住他，昏迷中的沈归曦只是无意识地抽搐了一下。

头顶上传来一声吩咐：“替我把这个小丫头，还有那个小杂种都关起来。好好看着，可别让他们逃了。”

灰衣人低头应命。

第四章

大梦同归

叶薰踩着墙角的木柴登高，爬到窗子前，用力掰了掰中间的栏杆，纹丝不动，坚固程度直逼自己曾经待过的奉贤县大牢了。唉，就是一间关押犯错下人的府内柴房而已，干吗建地这么牢固。

说起这间柴房，她也不是第一次进来了，记得上次金菱犯错的时候，就是被关在这间屋子里的。

寒风从窗子缝隙透进来，叶薰禁不住打了个寒战。那时候来送饭，还没有感觉这间屋子这么阴冷来着。

随着寒风吹过，躺在草堆上的沈归曦无意识地动了动。叶薰连忙跳下柴堆，走近了查看。

睫毛轻颤，沈归曦清醒了过来。“怎么回事？”他费力地睁开眼睛，疑问道。柳拂虹只是封住了他的穴道，时间一长，血脉流通，穴道就自动解开了。

他无意识地摇头转向四周，视线所及依然是一片黑暗，但身边触手之处都是粗糙而柔软的细条，摸起来像是干草。

干草？难道说……这里是牢狱？

“是突厥人破城了？”沈归曦惊声问道，原本苍白的脸色越发难看。

“不是。”叶薰赶紧否认道。如今突厥人还在城外围着呢。应该……还围着吧？他们被关在这里，突厥人来了也不知道。

“那怎么回事，这里是什么地方？”沈归曦皱眉问道。

“这个……”略一犹豫，叶薰终于硬着头皮将事情的大概讲述了一遍，其中关于她萧若岚的身份等应该隐瞒的细节自然略过不提。

听完叶薰的简述，沈归曦脸上的表情几乎彻底凝固了，这个真相对他太过于震撼了。过了好半晌，也只是无意识地喃喃了一句：“这怎么可能？！怎么可能……”沈涯这般玄奇的身世秘密，在叶薰听来只是震撼的逸闻故事，终究不是攸关自身，而落到沈归曦身上，却是能够将他整个身世血脉彻底颠覆的重磅炸弹。

“这个……那个女人是个疯子，说不定只是她编造臆想出来的幻觉而已。”看着他脸色白一阵红一阵的模样，叶薰心下后悔，他身体连续受伤，此时实在不应该告诉他事情的真相。可若不说真话，这些变故又解释不清楚。

沈归曦没有回答，整个人陷入了深深的沉默，神情惶惑中却又带着几分醒悟。

叶薰无奈地坐在一旁，想要安慰，却又不知道如何开口。这些事情他迟早要知道，而知道了真相之后的心理建设，就不是自己能够掌握的了。

天气冷得厉害，好在大半个房间堆满了厚厚的干草，两人直接缩进干草里，倒也算保暖。

不出片刻，叶薰觉得肚子开始“咕咕”叫唤了。立刻意识到一个问题，柳拂虹不会忘记给他们两个送饭吧。沈家的下人如果都被那个疯女人杀了的话，谁来给他们做饭吃？

转头看旁边的沈归曦，依然眉头深锁，神情戒备地陷入沉默之中，仿佛外界的一切都全无察觉。叶薰叹了一口气，好在经历了这些变故，他自制镇静的功夫已经长进了不少。

这时候，门“吱呀”一声响动。月光顺着门缝洒进屋里，随即又被一个纤细的身影阻断。

叶薰抬头望去，是一个身形俏丽、绿裙碧钗的年轻女孩。月光掠过她精巧的五官，叶薰立刻认出，来人竟然是陈卉儿？！

“卉儿？”叶薰惊叫一声。她还活着。柳拂虹不是说已经把沈家的人都杀光了吗？她是怎么逃过一劫的？

“卉儿，你怎么过来了？如今府里怎么样了？大家都还活着吗？”叶薰连忙从草堆上跳下来，快步走近铁栅栏，连珠炮一样问道。

可对她的重重疑问，陈卉儿却一句话也没有回答，像是完全没有听见她的问话一般，只是低着头走近栏杆，然后弯腰将手里的物件放在地上。

叶薰这才注意到她手里托着一个青花缠枝银托盘，里面摆了两碗白米，两碗热汤，一概用细纹瓷碗盛着，盘边还放着两副碗筷。她是过来给两人送饭的！

陈卉儿手脚麻利地将饭菜碗筷隔着栏杆递了进去，整个过程中一直诡异地沉默着，任叶薰如何询问都不发一语。

叶薰心急起来，一把拽住卉儿的衣袖，问道：“到底怎么了？你说句话啊。”

陈卉儿猝不及防之下，被叶薰一把抓住，她眉头一皱，连忙后扯，想要挣脱出去，不料天水碧的罗裙过于轻薄，两相用力之下，衣袖“嘶”的一声裂开了个口子。

叶薰一惊，手上松了力气。陈卉儿趁机挣脱了她的拉扯，退到门边。眼看她就要出去了，叶薰赶紧一步跨出，隔着栏杆伸手，想要拉住她问个明白。却忽然从门外飞来一只小石子，不偏不倚地打在她的手腕上。

手腕一阵酸麻，叶薰抬头看去，是灰衣人不动声色地站在远处廊下，望向这边。

叶薰又看了陈卉儿一眼，难道她是知道身后有人看着，所以才不敢和自己说话的？想到这个可能，心中禁不住后悔刚才太过冲动大意了。也不先观察一下环境，就冒冒失失地大喊大叫。

只是卉儿活着就好。转而想到这个，叶薰心中升起一丝欣慰，在沈家这几年来，除了沈归暮以及雁秋等少数几个人之外，卉儿是与她最为交好的朋友了。见到她平安，总算了却了一桩担忧。

陈卉儿低眉顺目地跟随在灰衣人身后，不一会儿就消失在了廊道尽头。

“刚才是你的朋友？”一直静坐在草堆上默不作声的沈归曦忽然出言问道。

“是啊。”叶薰端起脚下的饭菜，坐到他身边，打起精神笑道：“先吃点东西吧。”要寻找逃跑的机会，也得填饱了肚子才有力气。

沈归曦默默地扒着饭粒，而叶薰则心神不定地想着刚刚卉儿的表现，以及她为什么会和灰衣人走在一起呢？还有如今府邸里的形势，下次再见到的话，一定要寻找时机问一问。

可叶薰的打算又一次落空了。

转眼之间，两人已经被关在这里整整五天了。也许是察觉到了叶薰与陈卉儿的关系，这五天里，前来送饭的都换成了灰衣人本人，让叶薰越发懊恼当日的冲动。

每天除了攀上窗户隔着栏杆向外看之外，没有任何建设性的行动，而通过这扇狭小的窗户，入目所及的景色，不过是萧条的落叶，凛冽的枯枝。日复一日，叶薰越来越按捺不住，心急如焚。

沈家整个府邸里是怎样的情形？这些天来，除了前来送饭的灰衣人，连一个下人的身影都看不到，看来柳拂虹所说的杀光了沈家留守人员的话语并非恐吓。

而整个凉川城又是怎样的情形？突厥兵依然围困在外面吗？兵临城下，城内应该是一片恐慌吧。

最让她忧心的是小宸如今的生死，那天和柳拂虹的谈论中，唯一的收获就是知道了萧若宸依然活着，否则柳拂虹也没有让自己活下去的必要了。可是他如今在哪里？有没有危险？

比起叶薰每日的坐卧不宁，沈归曦却是出奇的平静，每日里都是沉默，要不就是调息静坐，知道他是在运功疗伤，叶薰也不敢打扰他。没有了医生，一切的伤势都要靠他自己了。

这样的日子一直持续着，直到今天夜晚。

这一天晚上，灰衣人的身影接近房门，如往常一般，他将饭菜隔着栏杆送进屋内，叶薰从草堆上起身去接饭菜。

就在这时身后传来一阵剧烈的咳嗽，叶薰转头一看，不知为何，本来静坐在角落调息的沈归曦忽然剧烈地颤抖起来。紧接着鲜红的血沿着他的唇角流了出来。

叶薰顿时惊叫一声，也顾不得接饭菜，连忙回身扑到他身边。

“不要动他！”身后传来一声低哑的喝止。

叶薰的动作一顿。

是灰衣人，他打量着沈归曦，眉头一皱。看这副模样，像是走火入魔，想必是这小子急着恢复功力，铤而走险了。

沈归曦留着尚有用处，当然不能轻易让他死了，这样想着，灰衣人掏出钥匙打开了牢门。

叶薰正束手无策，灰衣人已经影子一般飘进屋内，无声无息地接近她身后，低喝道：“闪开！”

叶薰连忙让开。

灰衣人低头看了看沈归曦的模样，从脸色上他早已知道沈归曦内伤严重，此时看上去，沈归曦的脸色更加惨淡憔悴。

灰衣人拾起他的手腕，将细微的内劲送入他体内，想要查看一下他内息运转情况。不料内力刚入体，沈归曦剧烈地一颤，唇边的血液流地更快了。看上去仿佛虚不受补一般，灰衣人便不敢再送。

眼下沈归曦的情形看着像是走火入魔，但灰衣人不懂医术，病症详情也无从判断。当即眉头一皱，站起身来，道：“你先扶着他休息一会儿，我等会儿再来。”说罢转过身就要去向柳拂虹禀报。

叶薰慌乱地点头称是。

灰衣人刚转过身，叶薰随后站起身来，似乎是被这些变故给吓得不轻，脚步踉跄，正好扶到堆积在门侧的木料上。

那些木料堆地极高，被她这么用力一推，中间的数根圆木滚出来，顿时整个木堆都失去平衡，散落下来，响声在狭小的房间里几乎惊天动地。

灰衣人忍不住皱起来眉头，向后退了一步。旁边的叶薰也赶紧向一旁跳开。

房内一片尘土飞扬，灰衣人抬手挥开尘土，却猛地听见身后传来几不可辨的细微破风声。

以他的武功，本来房内两人只要稍有动作便逃不开他的耳目，可木料跌落的杂音太大，掩盖之下，破风声竟然直逼脑后了才勉强听见。

偷袭？！是沈归曦？！

他心神巨震，就要顺势向前蹿出，躲开袭击。可前方迎面而来都是不断滚落的木料，而右侧又是土墙，根本无路可去。这一迟疑之间，利器已逼近肌肤。后颈传来一线剧痛。

大惊之下，他变应也是极快，迫不得已，顺着刀势弯腰低头向左侧叶薰的方向冲去。同时暗凝掌力，想要一掌击毙这个丫头，再转过身去收拾后面的人。情势所迫，也顾不得考虑两人日后的用处了。

可守在一旁的叶薰早有准备，就在沈归曦一刀砍出的同时，她也拼尽全力挑起身前的巨木，向灰衣人推去。

灰衣人又惊又怒，他自诩武功过人，想不到竟会中了这两个小辈的埋伏。

眼见圆木飞至眼前，他掌力挥出，一掌击在木材正中，圆木顿时四分五裂，变成飞散的碎木渣。

叶薰强忍着木渣打在身上的疼痛，用脚踢起第二根圆木。

眼前又飞来第二根，灰衣人飞速地化掌为刀，横切在木身上，圆木立时断为两截，跌落在地上。

后面就是力气用尽的叶薰，眼看着灰衣人狰狞的面容杀至眼前，她再也没有时间去捡第三根圆木了，慌乱地向后退去，跌坐在地上。

两根圆木仅仅缓冲了瞬间，但就是这仅够眨眼的瞬间，足以彻底扭转局势了——后方的沈归曦已经杀到。

灰衣人对着叶薰一掌击出，势如惊涛骇浪，却只到了半空，就像是被人按住了暂停键，动作诡异地定格了。

随后从他的颈部出现一条红线，无数血珠沿着红线渗出，像是佩戴了一条殷红的项链。红线越来越粗重，终于，灰衣人的头颅沿着他的颈部缓缓滑落，如同被丢弃的重物般跌倒在地上，血珠伴着尘埃溅起。

直到此时，那高高的木料堆方才堪堪倾泻完毕，圆圆的木头滚了一地，伴着"骨碌碌"的轻响，灰衣人的身躯也缓缓倒下。

一堆木料跌落完毕不过是短暂的时间，但在叶薰身上却像是经历了数年之久。看着灰衣人缓缓倒下的身躯，惊魂未定的叶薰这才感觉自己的心脏恢复了跃动。

终于完结了，他们已经成功地解决了敌人。意识到这一点，叶薰心里一阵松懈。长吸了一口气，她想要从地上爬起来，却发现自己手脚还在颤抖不停，全身都已经精疲力竭，竟然使不出丝毫力气。

她的视线落到地上，灰衣人的头颅在地上翻了个滚儿，睁大的双眼中依然带着不可思议的震怒，仿佛在无声的质问："这怎么可能？怎么可能？！"

叶薰心里一颤，别过头去不敢再看。

随即高挑的身影上前，迎上叶薰的视线，挡住了灰衣人的尸首。是沈归曦，他向叶薰伸出一只手，一边沉声问道："怎么样了？"

"还好。"叶薰心情慢慢平复，拉住他的手站起身来。

"对了，你怎么样了？"定了定神，她连忙问道。虽然不懂武功，但她也知道沈归曦的伤势距离痊愈还有很大的距离。

"我没事……咳……咳咳……"沈归曦刚刚开口，忽然一阵剧烈的咳嗽打断了他的话语，他连忙用手捂住嘴，但鲜红的血还是沿着手指缝隙流淌出来。

叶薰顿时变了脸色，她立刻看出这些鲜血不同于刚刚为了引灰衣人上钩，他故意咬破舌头流出的血。是他内伤复发了！

叶薰连忙上前扶住他坐下。

“不行……”沈归曦挣扎着摆摆手，勉强开口道，“不能在这……咳咳……”话没有说完，血却流得更快了。同时他身躯无力地晃了晃，若不是叶薰扶持着，险些跌倒。

自从跌落悬崖之后，他的伤势经过数次反复，已经深入肺腑，仅仅经过这几天的调息，本就不可能痊愈。此番动手，更是伤上加伤。

他们两个敢兵行险招，定下这种搏命的计策，一方面是沈归曦经过这几天的休整，暂且压下了内伤，可以勉励出招了。另一方面，则是因为沈归曦的眼睛竟然无药自愈，能够看得见了。虽然以他如今的功力也只能够运用内力片刻而已，但对付灰衣人这种高手，就算是完好状态他也未必能够打赢，关键还是要出其不意。时间拖延地越久，他眼睛痊愈的事情被发觉的可能性就越大，反而越加不利。更何况如今突厥兵临城下，局势变幻莫测，两人更不能被困在这里任人鱼肉。权衡之下干脆借助牢内的布置，行险搏命了。

灰衣人不知道沈归曦眼睛恢复的事，纵然对他的“走火入魔”还存有疑心，但一个受伤的瞎子，他怎么可能放在眼里。所以转身背对着两人的时候几乎全无防备。这才让沈归曦有机可乘。但饶是如此，第一招也未尽全功，只是伤了他而已。随后眼看着灰衣人攻向叶薰，沈归曦情急之下，第二刀不顾内伤爆发，全力以赴，终于成功击杀了他，却也随即压不住自己的伤势了。

叶薰扶着他坐倒在草堆上，沈归曦只觉得胸口之间剧痛窒息，几乎无法说话。他长吸一口气，握住叶薰的手，示意门口，就是这样细微的动作，又是一口鲜血喷出。

叶薰心急如焚，她岂不知道他的意思，刚刚推倒圆木堆的声音惊天动地。这间牢房距离柳拂虹的居处虽然尚有一段距离，但以她的功力之高卓，岂会听不见。两人每多留一分钟，就多一分危险！

迫不得已，叶薰扶着沈归曦站了起来。绕过灰衣人死不瞑目的尸首，叶薰用脚踢开挡路的木料，扶着他慢慢向门边走去。

外间已是暮色沉沉，月上枝头了。清冷的光辉洒落在林间，凄冷的寒风中，光秃秃的枝丫勾勒出狰狞的阴影。遥遥向前院望去，本应该灯火绰约、流光浮动的亭台楼阁此时都笼罩在一片阴暗之中，再也见不到丝毫往昔的繁华。

站在门边，叶薰警惕地左右查看。没有人，很好，趁机走。

可是应该往哪边走呢？想到这个问题，叶薰脚下一滞，她本想扶着沈归曦直奔大门，离开这里。可转念又想到，一旦柳拂虹发现两人走脱，必然判定他们是向外逃跑了。以眼下沈归曦的伤势之重，两人根本逃不开她的追踪。

两相比较之下，叶薰一咬牙，干脆置之死地而后生，扶着沈归曦向柳拂虹所在的鬼院走去。

沈家的府邸她自然算是轻车熟路，沿着花园中隐蔽的小径，两人绕过一丛矮树，就已经远远能够看到那座院子了。

到这里应该差不多了吧。叶薰暗暗想着。寻了一处隐秘的树丛，扶着沈归曦坐下。

沈归曦坐定之后便抓紧时间调息内功，叶薰警惕地透过树丛间隙看向那座院子。四周一片静谧，月上中天，夜色越发深沉。叶薰静候在树丛里，思绪飞扬，禁不住又想到陈卉儿。她现在在哪里？那天匆匆会面之后就再也没有见过她的踪迹。究竟是碍于柳拂虹他们的威势不能前来，还是说……叶薰摇摇头，抛开不祥的预感。

“啊！！！”正想地出神，前方忽然传来一声异常尖锐的呼啸声。那声音凄厉刺耳，如百兽齐鸣，惊雷怒吼般直冲人的耳膜。即便相隔遥远，依然振聋发聩，叶薰只觉得被人当头打了一棒，一阵头晕眼花，便双腿无力地跌坐在地上。

她赶紧用双手捂住耳朵，却依然挡不住这钻心入骨的声音。不出片刻，就觉得精神恍惚，眼花缭乱，耳膜疼痛欲裂。时间一长她甚至有一种自己和整个沈家府邸都要在这狂风暴雨般的呼啸声中化为齑粉的错觉。

就在她感觉自己的承受力要达到极限的时候，啸声却又诡异地戛然而止。

发生了什么？叶薰惊魂未定地长吸了数口气，胸口烦闷欲裂的感觉才稍稍缓解。来不及探究事情的真相，她连忙转身看旁边的沈归曦。

沈归曦正满脸隐忍的痛苦，似乎是在竭力抗争着什么，忍了片刻，终于抵抗不住，一口鲜血吐出来。

叶薰又是一阵心惊胆战，但他依然保持着静坐调息的姿势一动不动，叶薰知道他是在继续运功调整，心急如焚却也不敢打扰。

而继续看下去，叶薰却惊奇地发现沈归曦吐出这口血之后，脸色反而好了一些，眉间也舒展了不少。

虽然不明内情，叶薰心绪稍安，却又禁不住疑惑，分辨声音的来源，分明是柳拂虹的居所。而且呼啸声隐含着高到骇人的内力，此时沈家府邸里也只有可能是柳拂虹一人了。

可这是怎么回事？她为什么要这样呼啸尖叫。

这么尖锐的叫声，传开的距离极远。沈家的府邸虽然广阔，但府邸之外也有平民百姓居住，难道不怕惊动了他们，暴露自己？

而且叶薰仔细回想起刚刚的呼啸声，其中隐含着凄厉的韵味，更像是垂死的鸟兽在挣扎悲鸣。难道说……

正想着，那边又传来一声伤痛的尖叫，这一声倒是无丝毫内力蕴含，可入了叶薰耳中却比上一声更加振聋发聩。

是陈卉儿的声音！

叶薰脸色一变，哪里还能够按耐地住，连忙站起身来，跳出树丛。顺手将枝丫拨乱，掩去沈归曦的身形，然后就向着鬼屋那边奔去。

进了门叶薰不敢大意，沿着墙角来到窗子前。花窗依然是开启着的，叶薰沿着缝隙向屋里望去。

屋内的景象映入眼底，叶薰大吃一惊。

原本整齐的屋里此时一片凌乱，正中间的黑檀木圆桌被推倒在地上，四面的壁橱器皿尽皆倾覆跌落，碎片散落一地。原本垂在中间的白色幔帐一边溅满了鲜血，另一边则被生生扯下，铺展在地上，一个白色的身影躺在上面，像是一只垂死的老迈天鹅，一动也不动，雅淡的背影中透漏着腐朽的气息，正是柳拂虹。

叶薰仔细查看，她双眼依然睁得大大的，虽然只能看见半边，叶薰也看出她的眸中再也没有了任何光彩，汩汩的鲜血正沿着她腰间的伤口流淌出来，将她素白的衣服染红了大半。

她死了？！

谁杀了她？

叶薰眼神一转，随即发现帷幕后墙角处有什么东西动了动，依稀是个碧裙玉钗的身影。

是陈卉儿？

叶薰连忙推开房门跑了进去，不敢细看柳拂虹的尸首，她径直跑到陈卉儿身边低头查看她的情形。

陈卉儿的伤势更加触目惊心，腹部的数道伤口几乎要让她全身的血液都流干了，满地都是蜿蜒肆虐的红，叶薰想抱起她都不知道如何下手。她的一只手臂角度诡异地软软垂在腰间，里面的骨头像是完全被抽走了，应该是强力的掌劲造成。

可就是这样严重的伤势，她依然还活着，依然在呼吸，微弱的像是风中烛火一样的呼吸，让人不知道下一秒钟，这呼吸是不是就要停止了。

怎么会这样？是她杀了柳拂虹？那样的高手，她一个手无缚鸡之力的简单女孩，怎么可能做到，又是什么逼迫她这么做？

她的伤势几乎是不可能挽救了。叶薰强忍住眼泪掉下来的冲动，轻轻伏在她耳边呼唤道："卉儿，卉儿？"

陈卉儿的眼神几乎涣散开来，她嘴唇动了动，叶薰连忙低头伏在她耳边，聚集了全部精神才听清楚她说的是：“叶宸哥哥……”

萧若宸？！

叶薰心里一颤，毫无任何预兆的，她脑中映出那个明月清风的夜晚，萧若宸和陈卉儿两人相拥在树丛间的身影。难道说是小宸暗中指使她……

“我……办好了他的……他会……高兴吗……”一边断断续续地呻吟着，陈卉儿眼珠转了转，视线却逐渐聚焦起来。像是牵线木偶一般迟缓，好大一会儿，她的眼神才终于落到近在咫尺的叶薰身上。

“叶薰姐姐……”她像是认出了叶薰，急急喘了一口气，声音逐渐提高起来。

“卉儿你先别急着说话……”叶薰想要安慰她，却又不知道如何开口。内心翻涌而上的酸涩几乎无法压抑，她知道，眼前的女孩已经是回光返照了。

“你有什么放不下的事情吗？”叶薰在她耳边低声问道。此时此刻，她所能够做到的也只有这一点了。

“叶薰姐……”凝视着叶薰，陈卉儿的神志似乎也跟着清醒过来，她嘴角动了动，轻轻问道：“爹爹他们在哪里？我好想回家。院子里头的那棵桂花树应该开花了吧，娘亲说要给我做桂花糕吃的……”

叶薰鼻子一酸，她这才注意到，陈卉儿的双耳都流淌出鲜血，她应该已经完全听不见了。刚刚柳拂虹临死前的呼啸声那么尖锐，相隔遥远的自己都抵受不住，更何况与她同在一间屋子里的陈卉儿，她的耳膜应该已经完全被震碎了。

叶薰知道，陈卉儿也是当年被萧家下台时候那场大清洗牵连到的官家子女，虽然她的父亲不过是个小小的末品县丞，但也是家中珍爱怜惜、呵护万分的千金小姐。却因为那些遥远的朝政变动，在这样小的年龄就落进了人贩子手里。此时此刻，她是在怀念自己的家人吧，可如今她的家人又在哪里？被流放到何处颠沛流离呢？

眼看着陈卉儿无知无觉地喃喃低语，叶薰眼中酸涩难言，终于忍耐不住，大滴大滴的眼泪滚落出来，落到陈卉儿苍白的脸颊上。就在上一次见到她，这张脸颊还粉嫩地像是含苞欲放的花瓣，充满了鲜活的生命力，可转瞬之间就枯萎凋谢至此。

“叶薰姐姐……我对不……对不起……大少爷……对不起……”卉儿的眼神已经逐渐涣散开来，最后迷蒙中缓缓说道。

“什么？”叶薰略有吃惊，仔细分辨她最后的话语，可那声音却太低太弱，入耳就模糊了一半，再侧耳细听，又是那一声喃喃的呼唤：“叶宸哥哥……”

之后就再也没有了任何声音。

她再也发不出任何声音了，这个单纯的女孩终于还是离去了。

叶薰伸出颤抖的手，帮她把额头上一抹碎发掠开，露出秀美依旧的容颜。

就在这时，一阵细碎的响动从身边传来，打断了她的动作。沉浸在悲恸中的叶薰猛地被惊醒，抬起头，是前面白色幔帐上躺着的柳拂虹在动！

她还没死？！

叶薰吓得险些跳起来。随即又想到，她即便没死，也是重伤了，这才稍微放下心。

柳拂虹真的没有死，但也只是凭着高深的内功修为，勉强支撑着一口气而已。躺在地上的她挣扎着翻过身子，死鱼一样混浊的眼珠死死盯住陈卉儿的尸首。

“呵呵……”她盯了片刻，竟然开始发笑了：“好一个心机深沉的小鬼，好手段啊，竟然从那个时候……就开始了……还找来了这种毒药……”

毒药？叶薰一惊，她这才注意到柳拂虹嘴角流下的鲜血颜色泛着诡异的绿光。

“哈哈……若不是这个小丫头沉不住气，操之过急，我只怕真要死地……咳咳……不明不白了。”柳拂虹狂笑着，大口大口的鲜血顺着她的嘴角咳出。

“你……”对着这样的她，叶薰完全不知道应该说什么好了。

就在她毫无防备的时候，蓦然柳拂虹手上勉力一挥，长长的水袖如同有了生命般，灵蛇一样缠上来，叶薰躲避不及，立时被缠了个正着。

被那道几乎已经染成血红色的水袖牢牢困系住，叶薰大惊失色。明明已经重伤垂危了，她竟然还有这样的余力！

她连忙后退挣脱，那水袖却像是黏在了身上，挣脱不得。

柳拂虹拼尽最后的内力牢牢困束住她，诡异地笑道："他既然那么重视你，我杀了你也一样，哈哈……"

叶薰拼命向后退，可是力气不如人，眼睁睁看着自己被拉扯着一步步向她移去。

眼看就要被拉到她面前，到时候她手起掌落，自己岂不一命呜呼！叶薰四下想寻个借力的地方，周围却一片空旷。她目光无意间落到地上，那团锦绣包裹的婴儿骸骨不知何时被抛在了那里。

急中生智，叶薰连忙弯腰捡起骸骨，高声喊道："你再不放开我，我摔死你的孩子！"说完就将那团包裹向着墙壁狠狠摔去。

骸骨飞过眼前，柳拂虹一声凄厉的尖叫，也顾不得拉扯叶薰，飞身向墙壁扑去。终于及时将骸骨一把抱住，随即无力地跌落到地上。

柳拂虹刚刚的举动全凭着一口残余的真气支撑，此番一动身，真气立泄。倒在地上，血珠飞溅，便是连抬手的力气也没有了。

叶薰趁机甩脱了她的束缚，犹自不放心，一直后退到她水袖所不及的范围才敢定下心神。

"你们……你们姐弟一样心狠手毒……"柳拂虹满是怨毒的眼睛抬头盯着叶薰。

叶薰摇摇头，"如果不是你先下手，一心想着算计我们姐弟的话，我们又岂会……"抬眼看到柳拂虹脸上尽是歹毒的恨意，叶薰说了一半的话语止住了。

她已经活不了多久，何必再争执这些，沈家也罢，萧家也罢，想恨就恨吧。叶薰暗叹了一口气。

“你也别想好过，你和那个小杂种……总有一天……呵呵……”她两眼无神地喃喃诅咒着叶薰，诅咒着沈涯等人，正说着，她却忽然怔住了，侧耳像是听到了什么，她愣了瞬间，然后轻轻自言自语道，“怎么来得这么快？……果然都是一群伪君子，都是一群背信弃义的家伙……呵呵……这样也好。马上，你们全部都要死了，他们就要进来了，就要来了……”说到后来，她抬眼看着叶薰，脸上的怨毒逐渐消散，竟然莫名地洋溢起得意的笑容。

“他们？”她在说谁？叶薰听得莫名其妙。

“……只有我，只有我和我的涯儿，再也没有人能够伤害……”没有理会叶薰的疑惑，柳拂虹的声音逐渐转向低柔，她珍惜万分地低头看着怀里的那团骸骨，像是最慈爱的母亲在看着心爱的孩子，“别怕，有娘亲在，谁也不能伤害你……谁也不能……”仿佛沉浸在只属于她一人的梦中，她轻轻摇动着怀里的孩子，声音逐渐低落下去。不久便毫无声息了。

第五章

雪洗天下

又等了片刻，叶薰才敢上前。

她已经死去了。

这个一生悲剧的女子，终于在这里落下了帷幕，叶薰心下恻然，转头看着倒在另一边的陈卉儿，只觉得五味杂陈，百感交集，心脏如同被生生挖去一块般，酸涩的感觉填满整个胸膛。

直到“噼啪”的声音传入耳中，叶薰才回过神来，是跌倒的烛火不知何时烧着了垂下的帷幕，整间房子都开始燃起浓浓的火光。

着火了！

不能在这里久留，先把卉儿和柳拂虹埋葬了再说。

当机立断，叶薰就要俯身去抱起陈卉儿的尸首。然而就在贴近地面的一瞬间，叶薰耳边忽然响起一阵奇异的声响，听起来像是很多人的脚步声在接近。而最诡异的还是声音的来源，竟然像是从地底下发出的一般。

叶薰动作一僵，是自己的错觉吗？可那沉闷的声音敲打在耳膜之上，越来越清晰，越来越接近，她连忙将耳朵贴近地面。

正要低头倾听，这时，门口传来一声急促的呼唤：“叶薰？叶薰？”

是沈归曦。

“在这里。”叶薰连忙抬头回应道。

沈归曦快步跃入屋内，一边警惕戒备地扫视四周，直到视线落到叶薰身上，他才松了一口气。转而看到叶薰腰间的血迹，他脸色又是一紧，紧张地问道：“你怎么样了？”

“我没事，这是她的血迹。”叶薰朝柳拂虹倒卧的地方示意道。

“她就是柳拂虹……”视线接触到那具倒卧在血泊中的尸首，沈归曦神色默然恍惚地轻声道。嘴唇动了动，却什么话也没有继续。

片刻的出神之后，他转身拉住叶薰，迅速说道：“现在先别管这些了，城外传来的喊杀声很大，好像是突厥人在攻城了，我们先去……”

话说到一半，他的声音戛然而止，疑惑地转头看向四周：“这是什么声音？”

那沉闷的脚步声越来越近，清晰地传入两人耳中。叶薰已经彻底肯定这不是她一个人的错觉了。就在两人说话间的工夫，声音已经近在咫尺，几乎就在两人的脚下了。

沈归曦视线扫过房内，随即警惕震惊地看向一角。那里正是沈家密道的出口处。上面掩饰的衣柜被柳拂虹击碎之后，又被放上了一个箱子掩盖。

难道说来人是通过密道……难怪感觉声音是从地下传来的。

可来的是什么人？

叶薰本能地后退一步，屋里火势越来越大，冷不丁一股浓烟扑面扑来，她被呛得连声咳嗽。

“这里不能久留，先出去再说。”眼看火舌迅猛，沈归曦拉住叶薰就要向外走。

“等等，卉儿她们的……”

“没有时间了，先出去再说。”

密道中的声音越来越近，来人敌友难辨，两人不能贸然显露形迹，只有暂且退出房子了。

叶薰无奈地跟着他一起跑出房门。两人刚刚离开，墙角处一声巨响，是掩盖在密道上方的箱子被猛地砸开。

叶薰和沈归曦连忙伏在窗外角落压低身形，警惕地注目房内，静候来人的形迹。

“有火！”

“着火了，后退！快后退！”

“后退！前面有火！”

……

一连串嘈杂的惊叫声响起，此起彼伏的混乱惊呼中夹杂着两人熟悉而又陌生的语言。

是突厥语？！

叶薰和沈归曦相顾无言，双双变了脸色。

突厥人怎么从密道进来了！难道说是……叶薰立刻想起柳拂虹最后的诅咒，难道说……是她向突厥人泄露了秘密？！

糟了，如今城外突厥大军攻势正猛，一旦被这些密道的突厥士兵突入成功，两边里应外合，到时候凉川城哪里还能够保得住？！

屋里火势虽大，烟雾虽浓，但也只是一间屋子而已。就在叶薰惊疑不定的片刻工夫，已经有悍不畏死的几个突厥士兵冒着火势，蹿过房间，寻到门口了。

浓烟中，两个高大威猛的士兵身影出现在门口，他们的衣服上还沾染着腾起的小火苗，一边手忙脚乱地扑打着身上的火焰，一边惊喜地喊道：“院子里没有火，过了房子就好……”

一句话还没有说完就戛然而止了。

是沈归曦当机立断飞扑上去，迅捷的身影如投林的鹰隼，趁着两人分神扑火的工夫手起刀落。

耀光闪过，血花飞溅，全无知觉的两个马前卒立时命丧黄泉。

决不能让突厥人就这么出来！叶薰也反应过来，否则不仅两人性命难保，整个凉川城都要沦陷到突厥人手里了！就算最终徒劳无功，但此时，能够阻止一刻，就是多一分生机。

她连忙捡起脚边的枯枝，隔着窗户伸进房内点燃，然后迅速扔到草地各处。

寒冬的季节，院内遍地枯草，一点即燃，更兼风助火势，很快就火苗四蹿，浓烟滚滚了。

整个院子闪耀起火光，轮回生长了不知多少个季节的零陵香在这灼热的火焰中迅速焚化飘散，化为浓烈的香气伴着火苗升腾飞逸，直扑鼻端。

就在叶薰四处放火的同时，又有一个突厥士兵寻到了门口，刚刚露出头来，连哼一声都来不及，就被沈归曦快如闪电的刀光解决掉了。

这种守株待兔的杀法固然简单，但敌人也不是傻子，火势加浓烟对他们的行动固然阻碍很大，但也终于有人察觉到情况不对劲了。

“前面有人守着！当心！”一个伶俐的士兵一声提醒，后方众人立刻警惕起来。

冒着火势冲到门口的突厥兵便不再忙不迭地扑打火苗，而是首先挥舞着武器，形成护身刀网。

刀兵交错的响声急促传来，是沈归曦硬生生破开刀势，将新冲出门口的两人斩杀，但也同时被对方的刀锋错过肩膀，趔趄着后退了一步，险些跌倒在地上。

浓烟滚滚，呛人的烟火气息中夹杂着浓重沉滞的香气，这气味闻得一久，叶薰便感觉头晕眼花，脚底发软，她知道这是因为零陵香有影响人心神的功效。旁边沈归曦的身影也有些恍惚，也不知是因为力战疲惫，还是因为香气的干扰，抑或者两者皆有。

房中的火势越来越大，已经将整个屋子笼罩，浓烟沿着窗户滚滚而出，夹杂着新出士兵的惨叫声。院中的火势在叶薰的努力下也逐渐扩散开来，滚滚的浓烟隔断了近在咫尺的视线。此时，就算是有人寻到了门口，也冲不出来了。

眼看那些突厥人暂时无法突破这道火墙了，情知不能在火场久留，叶薰和沈归曦两人迅速跑出了这座燃烧的园子。

终于脱离了火灾现场，走出院门不久，沈归曦立刻一个踉跄，险些跌倒。依靠着旁边的树木，这才稳住了身形。

叶薰立刻注意到，在身后的火光映照下，他脸苍白地吓人。

对了，他的伤势本来就没有痊愈，此时又遭逢这般恶战……眼见叶薰一脸担忧，沈归曦深吸了一口气，缓声道："不碍事。我的伤势好多了……咳咳……"话没说完，一阵咳嗽，立刻又有暗红的血迹顺着他嘴角流下，

"什么好多了？只是在树丛里调息了片刻工夫就能好多了？"叶薰自然不肯相信，上前扶住他，责备又自责地说道，"重伤的人刚才还那么拼命！"

"刚才的情势能不拼命吗？"沈归曦摇头笑了笑，随即安慰道，"不过我真的已经好多了，是刚刚的呼啸声。那啸声虽然震得我内功险些走岔，但也算走运，机缘巧合助我打通了因伤闭塞已久的经脉，让我运功顺畅了不少，日后调息也可事半功倍……否则，刚才我哪里还有余力和那些突厥蛮子动手啊？"

叶薰听他说的在理，她不懂武功，也只好点点头。

就在两人身后，整个庭院已经笼罩在火焰中了。金红色的火光在漆黑的夜空中璀璨如金珠圣光，带着惊心动魄的浓烈，将积累厚重的夜幕生生破开，冲天而起，连高悬在天际的那一弯弦月似乎也要融化在这天地一片的灼热中了。

即使相隔遥远，叶薰也感受到浓烈的热浪扑面而来，夹杂着若有若无的香气。

柳拂虹，那个一生悲苦的女子，她所有的隐忍与仇恨，所有的阴谋与算计，都伴着这火光和这座她长年困居的院子一起消散无形了。

还有卉儿，这个单纯的女孩……想到自己的朋友，叶薰一阵黯淡……她连替她收敛遗体都做不到，只能够眼睁睁看着她与这座庄园一并化为灰烬……

这短短的一个夜晚，从铤而走险的设计出逃，到转眼之间的生离死别，然后又是惊心动魄的敌军杀伐……人生之充实，恐怕莫过于此了吧。只是……叶薰注目眼前的火势，无奈地摇摇头，这样充实的日子还是少过一些为好。身边沈归曦也静立在树下，凝神望向那片耀眼的火光，沉默无语。

火势逐渐蔓延，已经烧到院子外面了。

沈家的后花园里遍地都是树木花卉，严冬的季节，草木纷纷干枯凋零。原本这些枯枝败叶都有专门的下人在收拾打扫，但这些人都遭了柳拂虹的毒手，所以此时遍地都是燃火的好材料。

继续烧下去，只怕整个沈家府邸都要化为灰烬了。

叶薰视线投向东边，那里是兰蔷园的所在，应该早已经人去楼空了吧。终究是居住了两年多的地方，甚至可以说是自己来到这个世界的第一个堪称之为家的地方，就这么烟消云散了……

其实也不必想这么多，只要人还活着，相信总有相见的一天。

压下心中的感慨，叶薰转头看向旁边的沈归曦。

他正凝神看着那苍茫的火光，神色间一片肃穆萧瑟，嘴唇微动，也不知道在轻声说些什么，配合着唇边的血迹，竟莫名地有种悲恸的韵味。

“在想什么？”叶薰走近他，轻声问道。

沈归曦回过神来，掩饰地笑了笑，道：“只是在想那个柳拂虹而已，在想她的武功，这世上怎么可能有这样厉害的功夫。”

“你若什么时候能够这么厉害，我们也用不着整天逃命了。”感觉气氛压抑，叶薰开解地笑道。

“会有这一天的。”沈归曦神情逐渐松懈下来，转头注目叶薰，郑重地说道：“迟早有一天，我一定会变强，让你不用再跟着我整天这么狼狈地……”

他的视线执著明亮，丹凤明眸中纯黑如玉的瞳仁深地见不着底，但其中浮动流转的光彩却灼热逼人，更胜身后璀璨的火焰。

叶薰忽然觉得心跳的速度有点加快，也许是两人离得太近了，他说话间呼出的热度都能够清晰地感受到。

“好了，突厥人暂时是进不来了，我们先离开府邸再说吧。”叶薰脸上有点发烧，匆忙错开视线，掩饰地说道，也打断了他未完的话语。

“也好。”话被打断，沈归曦倒也没有再坚持，从善如流地颔首道。

因他伤势不轻，叶薰上前扶着他，两人并肩向前院走去。

沈家府邸占地广阔，这个时代贵族府邸的主体材料都是木材，这场大火，至少要烧个一天一夜吧。叶薰边走边思量着，密道里的突厥人暂时是别想出来了，如果他们聪明，自然会老老实实退回去，不退的话，就等着烧个焦头烂额吧。

不过也不能放松警惕，趁着这段时间，他们必须尽快赶去城守戍所，告知守城的军队这里密道的事情。然后，或者将密道封死，或者布兵守护，以防止突厥人再利用密道偷袭。

两人相携而行，眼看沈家的大门就在眼前了。忽然，叶薰感觉到一丝凉意贴近脸颊，像是细微的冰粒，激起皮肤小小的战栗。叶薰摸了摸自己脸上，是一滴清澈的水滴，水滴之中还隐含着细微的冰霜，

看着在自己指间逐渐消融的那点冰霜，感受着它残留在自己脸颊上的寒意，叶薰生生打了个冷战，一个不敢置信的念头蹿上心头。

怎么可能?

叶薰猛地抬起头来，在她无限广阔的视野里，无数洁白的雪花正以迅雷不及掩耳之势占据了天空的全部。

它们像是蝴蝶的精灵，摇曳着翩然的翅膀，以凛冽决绝的身姿，从漆黑一片的夜幕中徐徐落下。

它们落在高耸的朱红色府门上，落在浓翠依旧的松柏上，落在遍地的枯枝败叶上，也落在远处耀眼的火光之上……

那刚刚还嚣张霸道的火光瞬间变得苍白虚弱起来，也许是因为它的底幕不再是纯黑一片，而是越来越细密，越来越弥漫的银白色……

叶薰觉得自己心脏猛地抽紧了，仿佛是被这冰冷的色彩侵入，凉意缓缓

沁透整个心田。

下雪了！

凉川竟然下雪了？

在这个兵祸倾城的夜晚，在大火刚刚开始燃烧的时刻，在这个最不应该下雪的时间点上……

天地间似乎凝结成一片虚无的寂静，城门处传来的震天喊杀声都缥缈虚幻起来，叶薰耳边只余下沈归曦无意识地喃喃低语："……天要亡我凉川……"

那声音是毫不掩饰的苦涩难耐……

永巍四年冬天，凉川城的第一场雪，来得如此措手不及。

……

周史载：永巍四年冬，塞外突厥叩关南下，连破莱州、邑皖等数城，兵围凉川，久不能下，十二月二日，突厥引精骑三千越山间，循城后密道夜袭，城外趁势起兵入侵，里应外合，守军鏖战整日终不能敌，凉川遂破。

时天降大雪，晦星蒙尘，又有文信侯府无端起火……诸般预兆不能尽述也。此后蛮贼势大，以凉川为根基，连下桑木、河渡诸城池隘口，锐不可当……

第六章

心有灵犀

叶薰对着双手轻轻呵了一口气，可那热雾还没有到达手上，就被凛冽的寒风吹散了。

她跺了跺麻木的双脚，向墙角缩了缩身子。沈归曦怎么还不回来？她一个人在这冰天雪地里站得久了，手脚都快要冻僵了。

如今叶薰正站在靠近城门的一处街市上，说是街市，那也是以前了。如今整条大街清冷得别说人，连一只猫的影子也见不到。放眼望去，只是一片苍茫的白色，覆盖了视线所及的一切地方。无论店铺住宅，还是居民百姓，各家大门都关得紧紧的。已经是黄昏时分了，连胆敢点灯的人家都很少。

叶薰的视线落到街道墙角点点的暗红色上，就在那一天，这里也发生了激烈的巷战吧，残存的血迹依然鲜活刺眼，但她知道，不仅仅是眼前的这些，还有更多，更深的血迹，被掩埋在了这场深深的大雪之下。

转眼离突厥人破城已经过去五天了。这次突厥人入了城，倒是没有像预料之中的杀伐抢掠，反而一反常态地出榜安民。并且士兵也得到严格约束，破户抢掠的事情发生的并不多。除了城内官员和一些门庭富丽的富户横遭毒手之外，平民百姓倒还算安稳。

这样的情形落到叶薰和沈归曦眼中更多了一层忧虑，突厥人这次所谋的看来不仅仅是北方这几座富庶的城池，更不仅仅是储存的粮草金银，而是整个中原天下了。这般井然有序的行军布局，必然是谋划良久，一旦被他们站稳了脚跟，日后势必更难以驱除。

叶薰正想得出神，忽然耳边传来一阵细微的响动。

是巡逻的突厥士兵！

叶薰连忙向后缩进巷子的阴影里，在一堆石料之后掩去身形。

巡逻的士兵从街市上走过。整个市面上寂静地出奇，只余巡逻者脚下积雪与鞋底挤压的“咯吱”声在清冷的空气里回荡。

虽然突厥入城之后，各方面军略内政都迅速有条不紊地展开，但民众的惶恐不是短时间能够消除的。这些巡逻的士兵一过，听闻到声响，四周民居里的灯火立刻熄灭了不少。

这些天来，凉川的天气一直阴沉晦暗，雪花不时飘落，像是整个凉川城民众的心情。破城那天的大雪足足下了一天一夜，那场惨烈的战争就是在这样冰火极端的环境中开始，然后结束。雪却没有结束，洋洋洒洒直至整个城市的血与火都被洁白覆盖。

街市越发阴暗，左右看了一圈，眼见空无一人，巡逻士兵也并未细看便走远了。入城这几天，凉川也曾经出现了数次暴动，但很快就被雷厉风行地镇压了下去，根本掀不起丝毫水花。这次城破地太快，太出乎预料，城中官员以及有威信的头面人物几乎被突厥人以迅雷不及掩耳之势一网打尽了，可能崛起的反抗势力都被扼杀在摇篮里，因此入城没几天，城中秩序就在突厥人手中统合起来。

当然，这一切成就也与领兵之人勇毅果断的手段分不开。

想不到陆谨这家伙看着年纪也不大，心机手腕这么深沉老道。叶薰暗暗想着。

入城之后突厥的各项指令诏书都是以四皇子的名义颁布的。让叶薰知道陆谨他确实是逃过了一劫。也让她忍不住后悔，如果当时自己再大胆地补上一刀，说不定就不会有这次的刀兵之祸了。

念头转到陆谨身上，她禁不住担忧，如果迟迟逃不出去，被那个狡猾又记仇的陆谨发现了自己在这个城里，到时候会怎么处置自己？她可是实打实地捅了人家一刀子啊!

那个爱记仇的家伙在没有进凉川的时候就派人到各个村落搜索自己，被他站稳了脚跟，岂不更要掘地三尺把自己逮出来报复？叶薰越想越觉得前途叵测。

巷外巡逻士兵的脚步声渐渐远去了，巷子里叶薰正想得入神，冷不丁却有人从身后拍了拍她的肩膀。

像是一股凉意顺着肩膀蹿上来，叶薰激灵灵打了个寒战，猛地从地上跳起来。

转头一看，却是沈归曦不知何时站到了她身后。

“你吓死我了！”叶薰放下心来，禁不住气呼呼地瞪了他一眼，“不声不响地就靠过来，背后灵一样。”

“那些士兵还没有走远，我怎么敢大声说话。”沈归曦冤枉地摇摇头，无奈地接受了批评。

“情况怎么样了？”叶薰安定下心神，直奔主题。刚才沈归曦是去探查城门那边的情况，看是否能寻到机会溜出城去。

“没有用，戒备比上一次更加森严了。”沈归曦叹了口气，沉声道。

虽然是预料之中的答案，叶薰还是一阵失望，“竟然又加强了，这么广阔的城墙，难不成他们还能够全部守地一丝不漏吗？”她不甘心地问道。

“今天的戒备更加森严，不仅城门和各处城楼，连巡逻的士兵都增加了不少。”沈归曦皱了皱眉头，缓声道。突厥士兵的行动效率实在是高地出乎他预料之外。这样下去，不用多久，整个凉川城就要被他们彻底掌控，到时候想走更不容易了。

转头看到叶薰失望的表情，沈归曦连忙抛开担忧，改口安慰道：“先不用心急，突厥人此次南下，目标是整个的中原江山，大军不可能长留城中。等他们整备完毕，迟早要挥兵南下，一旦城内的士兵减少，自然会有机可循。”

叶薰点点头，虽然眼下看来，这也只是个虚幻的希望，但此时也别无他法了。

“今晚我们去哪里过夜？”暂时抛开烦恼，叶薰提起眼前最实际的问题。

“从这里往南不远是外务提辖宋大人的居所，刚才我顺道去探看了一遍，已经无人在内，我们就先去暂住一晚吧。”沈归曦建议道。这些天他们都是暗中潜入这些被抄家灭族的凉川官员家中度日。这些人大都已经被突厥人收缴关押，即使是没有遇害的家人，也都逃得一干二净。财物被突厥士兵搜刮一空后，府邸大多被封住。两人潜入里屋过夜，倒也一切顺利，只是生怕被突厥人察觉了有人居住的痕迹，每家都不敢住太久。

眼见夜色渐深，事不宜迟，叶薰和沈归曦动身向外走去。

刚转入街市，忽然前方传来一阵急促的马蹄声。

叶薰一惊，沈归曦已经眼疾手快地一把拉住她，缩回了阴暗的巷子里。

入了街市，马蹄声渐渐放缓，叶薰听出，来的不止一匹马，是很多匹。她禁不住好奇，这个时候敢在凉川的大街上纵马飞驰，只可能是突厥人了，

叶薰借着石料间的缝隙向外偷看，来人很快进入视线，是十几匹骏马，马上的骑兵都是突厥精兵装束，即使相隔遥远也能够感受到那份精干的气势。

十几个人隐约围成一圈，似乎是在掩护着中间的那两匹马。

看这个架势，应该是突厥将领一级的人物入城了。可说是突厥将领又有些奇怪，那两个被围守在中间的人似乎不是突厥人打扮。

视线被阻挡，叶薰偏了偏头，却不料就是这一个轻微的动作，异变横生，她的发髻擦过石料顶部，上面的积雪被不经意地扫下来，恰好落进了她的脖子里。

沈归曦只听到身边叶薰一声轻微的惊呼“啊……”他心神一颤，暗叫不好。

果然，就是这细微的动静，外间十几个突厥兵竟然不约而同地向这边看过来。

被发现了？！

两人心脏同时漏跳一拍。

夜色已深，乌云聚集，连一丝星光都看不见，巷子里黑得伸手不见五指。突厥兵虽然带着灯笼，但也照不透深深的小巷。

离得近的几个士兵调转马头，就要入巷子探查。

怎么办？！

叶薰觉得自己心脏要跳出喉咙了。就在千钧一发的时刻，一只手横过她的腰间，是沈归曦当机立断地揽住她，然后提气屏息，向上一跃，

叶薰惊得险些叫出声来，拼命地捂住嘴，让自己不发出任何声音。

两人藏身的位置本来就是巷子末尾，巷子后方就是一座两层高的小楼后墙，上面还有一扇窗户，窗户万幸竟然是开着的。两人无声无息地翻上了墙，随即沈归曦撑住窗户，拥着叶薰翻身滚落进房里。

两人举动轻微，更有落雪簌簌的掩护，几个突厥士兵并未听到。举着灯笼走地近了，他们向各处搜索起来。

各个角落都寻了一遍，并无丝毫痕迹，几个士兵便料想只是四周房子里的居民无意间发出的声响。几人举着灯笼转过身去。

伏在屋里的叶薰和沈归曦松了一口气。

然而一颗心还没有彻底落下去。忽然一个士兵惊叫一声，“这是什么？”

叶薰的视线立刻隔着窗子落到地上，

遭了！是一只耳坠，叶薰连忙摸了摸耳垂，什么时候掉下去的。

一个突厥士兵弯腰将耳坠捡起，在耳坠旁边，是两个人的脚印。

如今大雪积地甚厚，巷内又几乎无人走过，两人的脚印清晰宛然。

而沿着脚印的方向，叶薰视线一转，禁不住暗暗叫苦起来。沈归曦的轻功距离踏雪无痕恐怕还有一段不小的距离，两人跃上小楼的痕迹清晰深刻，只要这些士兵一抬头就可以看见。

感觉身后沈归曦环在自己腰上的手也不自觉地紧了起来。他也意识到了。

怎么办？

巷外街市一片黑暗，十几个骑兵伫立在巷子口等候着入内搜索的同伴。

被护送的两人静立在中间，都披着厚厚的斗篷，连面容也掩去大半。

看到突厥士兵入内探查，左边的一个低低笑了一声：“行事倒也谨慎，”他说着，转头看向另一人，“这一趟少主长途跋涉实在辛苦了……”

那个被唤作少主的男子斗篷掩地更低，便是从下面仰望，也只能看到一抹秀丽的下巴线条。此时他似乎正在出神，左边那人的话入了耳，却是充耳不闻，一动不动。

左边那人心下疑惑，他掀高了斗篷，是一个面容古旧的中年男子，眉宇间透着精干强干，他凑近了低声呼唤道：“少主？少主？”

被唤作少主的人这才如梦初醒般回过神来，低低答了一声：“嗯……无事。”

“这一路少主辛苦了。”中年人叹道，他们一路赶得甚急，几乎数天没有好好睡一觉了，也难怪自家主人分神。

“不碍事。”那个少主随意地摆了摆手，阻住了中年人的话，然后转向身边的突厥士兵，用突厥语低声说了几句。

那领头的突厥士兵神色微有惊讶，他虽奉命接应护送这两位入城，但对两人的来历也不甚清楚，一路之上，两人神神秘秘，连脸都不愿意露出来，更别提谈话交流了。此时竟然开口吩咐，确实让他有些意外。

但上面已经说了这两位是贵客，自然不能怠慢，突厥领队随即向着巷子里的几个士兵喊道：“不用搜索了，抓紧时间赶路。贵客急着入府休息。”

几个突厥士兵正欲重新查看，听见前方传来的呼喊。他们纵然心中还有疑惑，但上司有令，不得不从，立刻掉头走了。

那声呼唤是突厥话语，趴在上面的叶薰也听不明白，但看到下方士兵的行动，料想是他们的长官等得不耐烦，催促他们起行上路吧。

真是万幸……叶薰这才感觉自己的心脏恢复了活力，重新跳动起来。

身后沈归曦也松了一口气。只是心中也禁不住生疑，那十几个突厥兵竟然都能够听到叶薰细微的惊呼，可见武功都不凡，必是突厥军中的精锐了，他们这趟护送的人是谁？

松懈下来，叶薰感觉自己后颈一阵发冷，是刚才落进里面的冰雪还没有取出。她伸手挠了挠后领子。

沈归曦轻笑一声："先别动，我来就好。"说着指间轻挑，帮她把细碎的冰粒扫去，顺口笑道："就这点子雪，竟然险些断送了我们性命。"

听了这话，叶薰心里一沉，自己刚刚在巷子里惊呼出声，真的只是因为被这些冰雪意外淋到吗？还是……

她回想起一瞬间映入眼帘的那个背影，被围守在中间披着斗篷的那个人，虽然厚重的斗篷几乎掩去了全部身形，但是那背影却让她从内心深处感觉到一丝莫名的熟悉。

"怎么了？"察觉她神情有异，沈归曦问道。

"没什么。"叶薰抬头笑了笑。不过是惊鸿一瞥，也许只是自己的错觉而已，这样想着，叶薰抛开了那些不着边际的疑惑。

"对了，这里是哪里？"叶薰猛地想起这个问题，连忙看向四面。

两人被逃过一劫的兴奋占据心神，差点儿忘了此时他们的举动完全是私闯民宅。

而且刚才迫不得已之下，沿着窗户就直接翻了进来，对这里究竟是什么人家也根本一无所知。

放眼望去，这间屋子不大，但布置也算精巧，正中是一扇楠木框架的苏绣折叠屏风，左侧一面梳妆台，散放着几支钗环玉饰。再往后，鹅黄色幔帐掩映下摆着一张绣榻，幔帐下摆垂着的几根流苏随风轻动。

看来这应该是一间女子的闺房了。

幸好刚才没有人！想到这个，叶薰忍不住要擦冷汗了，两人慌不择路之下翻进了房子，万一要是房里有人，惊恐之下喊叫出声，那两人……

今次纯属走运！叶薰暗暗想着。一边走到屋子另一头的窗户上，向外瞧了一眼。

外面是合围的走廊。沿着走廊看去，可见不少屋子，规模建筑式样大致相同，偶尔两三间里透漏出烛光。高挑的正堂大梁上悬着花灯，虽然没有点亮，但那花灯式样精巧华美，让叶薰看着有点奇怪，这建筑规模，怎么看也不是普通的民居。更像是客栈，或者说是……

沈归曦依然伏在窗边查看下面街市的动静，过了片刻，转头低声道："那些突厥兵已经走远了，我们离开吧。"

"也好。"不能在人家房里久留。尽快照着原路翻下去，然后去计划中的宋大人家借宿才对。

叶薰转身向沈归曦走去，刚迈开没几步，耳边竟传来一阵细碎的脚步声。

有人来了！

来不及翻窗下去，叶薰连忙跃到屏风后面，沈归曦也及时隐入暗处。

门"吱呀"一声开了，一个窈窕的身影缓缓走了进来。

她手中持着一盏烛台，橘黄色的小火苗在半截蜡烛上跃动不止。昏黄的光线弥散开合，映照在她秀丽的面容上。

那熟悉的容貌映进了叶薰的视线，叶薰大吃一惊，连隐藏形迹也忘得一干二净了，脱口惊呼道："金菱？！"

走入门内的年轻女子正是金菱，与叶薰一起被卖进沈家的金菱。她怎么会在这里，这里是什么地方？

猛地听到本该空无一人的房中发出动静，金菱也吓了一跳，险些连手里的烛台都扔了，待她定神看清楚来人，神色同样震惊，不敢置信地呼道："叶薰？！"

夜色已深，乌云浓聚，整个凉川城都透着一股子清冷。本是各家灯火闪耀的时间，如今却只余下几点细碎的亮光，浮在茫茫深沉的夜色中。绝大多数民众都选择沉寂在黑暗里，恐惧着未知的命运。

城内如果说有什么地方灯火最亮的话，就是原本的沈家府邸，也就是现在四皇子殿下的行辕了。

因为那一场不合时宜的大雪，整个沈家府邸只是后花园的相关院落被焚烧殆尽，前院楼阁屋舍一应完好。破城之后理所当然地成了突厥军的大本营。

此时沈家气派的大门前守卫更加森严谨慎。雪地严寒，依然有数队巡逻兵交叉不停地巡视府邸四周，没有遗漏任何死角。

一行十几个骑兵风尘仆仆地赶到了目的地，巡逻的士兵凑上前去想要盘问，当先的骑兵提高了灯笼，将手里的通关文碟与腰牌一亮，士兵立刻知机地退下，打开府门。

十几个骑兵拥着中间两人径直进了府邸。

主屋暖阁里，炉火烧得通红透旺，侍从林立，只是四面的陈设简单了不少。一个高挑挺拔的身影此时正坐在桌前，对着手中的信笺沉吟不语。

直到一个亲信侍从匆匆走近，在他耳边低语数声。他才放下手里的信笺，抬起头来。四面通透的灯光之下，深刻俊朗的面容一览无遗，正是化名陆谨的突厥四皇子诃鲁靳。

“请他进来。”陆谨语气平淡地吩咐道。

不一会儿，侍从领着一个身披斗篷的客人走了进来。

陆谨起身相迎，分宾主落座，侍从奉上茶水。

来人信手抬起一盏茶，微微抿了一口。

陆谨视线在他的斗篷上转了一圈，随意地笑道：“屋内炉火正盛，叶将军难道还怕冷不成？”

来人浅笑一声，回道：“干的既然是见不得人的勾当，自然是小心一些的好。”

陆谨亦忍不住笑了，他话里的意思他自然明白，当即抬手一挥，四面侍立着的随从纷纷躬身告退。屋内转眼之间就只剩下在座的两人了。

来人这才从容脱下斗篷，斗篷下的面容秀丽俊美，温润如玉，眉宇间却掩着一份锋锐的光芒，正是行踪成谜的萧若宸。

第七章
孤鸿寒影

“日前分别，甚为挂念。今日一见，殿下病情似乎已有起色，可喜可贺。”萧若宸一脸关切地首先慰问起陆谨的伤势。

“多谢叶将军挂怀。偶尔染疾罢了，我等武人身在战场，受过比这严重的伤病多了，区区小疾，何足挂齿。”陆谨不在乎地摆摆手笑道。仿佛他只是被划破了胳膊，而不是生死一线地挣扎了十几天。

叶薰那一剑险些生生要了他的性命，但对外生怕动摇军心，不敢外传，先是说操劳过度，感染风寒。虽然他贵为主帅，所能够得到的治疗看护都是最好的，但身为主帅，军务繁忙也是第一，尤其在突厥刚刚占据了凉川的当下。这些日子他伤势又有复发的迹象，却只得硬撑。眼前的叶宸敌友未明，自然不能在他面前露了破绽。

萧若宸也不再试探，只是诚恳地叮嘱：“我见殿下脸色依然有些憔悴，只怕是军务太过操劳。突厥万千子民都在期待着殿下的功业，殿下千万保证身体啊。”

“军务操劳倒说不上，在下脸色不好，其实是……”陆谨轻叹一声，四两拨千斤地岔开话头，“实在是因为面对将军时，心中有愧啊。”

萧若宸惊奇起来，“在下与殿下精诚合作，何来惭愧之说？”

“叶将军对我突厥大军网开一面，又指点凉川各项要务细节，助我大军甚多，我岂能不谢？可我与将军约定的条件却迟迟未能完成，所以心中有愧。”陆谨沉声道，语气颇为无奈。

萧若宸挑了挑眉，问道：“日前将军传来信息，不是说已经成功击杀柳拂虹这个心腹大患了吗？可是又被她逃了？”

“那柳拂虹确实已经被我突厥高手击毙……”陆谨顿了顿继续道：“只是在火场之中化为焦炭……尸首难以辨认……”

“无妨，突厥军中高手无数，殿下出手安排，岂会有漏网之鱼。”萧若宸信心满满地说道，似乎比陆谨这个主帅更信任他的手下。

陆谨轻咳了一声，继续道：“叶将军放心就好。在下惭愧的是，你我终究与柳夫人故人一场，本来想为其保存尸身，厚加安葬，不料当时火势太大……”

陆谨嘴上说得不紧不慢，心下却隐隐开始疑惑。

他这次能够突入凉川，甚至之前借助挑拨荒人成事，其中得柳拂虹助力甚多，甚至连与眼前这个叶宸合作，也是由柳拂虹牵线搭桥的。

但柳拂虹此人行事诡异，喜怒无测，他迟迟摸不清她所要的究竟是什么。这份怀疑和顾忌很快被叶宸发觉了，或者是他也存着相同的顾忌。总之，在叶宸向他提议对柳拂虹反戈一击，将她一起收拾掉的时候，他只感觉松了一口气。两人一拍即合，共谋了这番卸磨杀驴的阴谋。

实际上，他压根儿不相信火场里面搜索出来的尸首是柳拂虹。柳拂虹的武功他清楚地很，只能够用惊世骇俗来形容了。这样的绝顶高手会莫名其妙得丧命在火场里吗？

突厥破关的消息一旦传开，天下震撼，大周势必要派出援军收复失地。如果不出意外，这支援军该是由沈涯领兵无疑。他与柳拂虹原本约定等沈涯被诱到凉川城，再趁机借助密道，将沈涯和他带领的援军一网打尽。但在和叶宸接触之后，叶宸提出了另一条路，更加符合陆谨的利益。所以，他选择改和叶宸合作。一方面是为大局考虑，另一方面，就是他对柳拂虹始终抱着一种潜意识的恐惧。这个女人的武功实在太高，而且几番接触下来，她的精神看起来也不是很正常，要知道，疯子的逻辑你无法揣测，而当这个疯子还是个绝顶高手的时候，就更加危险了。

所以他一不做二不休，干脆提前自密道入城，先将柳拂虹击杀，攻陷凉川，再安排接下来对付沈涯的事宜。

这次他潜行密道的队伍里尽起突厥所部中最精锐的高手，自信便是靠车轮战，也能生生把柳拂虹累死了。

可抵达密道出口，迎接他们的却是一场大火。

他本以为那火是柳拂虹为了阻止他们所放的，禁不住惊心柳拂虹竟然如此刚毅果断，判断及时。正担心这次的行动要功亏一篑了，一场突如其来的大雪，却意外将局势彻底扭转。只能说天意如此了。

火场中发现的两具尸首已经被烧成焦炭了，根本无法辨认。而在相隔不远的另一边，还发现了一具面目模糊的尸体，勉强可以分辨出是自己安排到柳拂虹身边帮助她的凉川细作。

是谁杀了他的手下？而柳拂虹到底死了没有？这成了陆谨如今心头的一根刺，须知，像她这样的绝顶高手，万一不顾身份充当刺客，那简直是防不胜防。这种可能陆谨光是想想就觉得心头发凉。

他们两人既然合谋算计柳拂虹，自然都有可能被她报复。而眼前萧若宸却如此淡然地接受了他的解释，连验看尸首的兴趣都没有。

以他的精明，不可能这样大意，如果不是他自己有办法确定柳拂虹确实已死的话，就是他心里存疑，表面不动声色而已。陆谨暗暗想着，或者说，他是觉得柳拂虹真要动手的话也是先拿他陆谨来开刀？

陆谨轻笑一声，在生死线上挣扎了一圈之后，似乎自己也开始变得想东想西，怕死起来了。他摇了摇头，没有继续思考这个问题。

重新瞩目眼前的萧若宸，陆谨客气地笑道："叶将军果然海量，其实本帅说是惭愧，却主要是为了另一件事，唉……"他神色惋惜地摇了摇头：

“我也知道叶将军手足情深，前次叶将军想要接回令姐，可惜机缘巧合，迟了一步，叶小姐已经离开了我们军中。本帅愧疚之下代为寻找，广派探子打听，只是叶小姐至今未有消息，实在是惭愧啊。”陆谨一边说着，一边观察萧若宸的神情。

“无妨。”一脸云淡风轻的笑意，萧若宸道，“各人自有天命，在下相信家姐必能逃脱大难。再说，如今殿下威势遍布北方，相信不久就会有好消息的。”

“正是如此，所谓吉人自有天相。本帅既然答应过了，定会竭尽所能，助将军骨肉团圆。”陆谨也应和着点点头，顿了顿，继续诚恳地道：“虽然叶将军体谅，但在下依然觉得惭愧不已。所以本帅决定为将军布功行册，聊表歉意。”陆谨一瞬不瞬地盯着萧若宸，缓缓说道：“由我们大突厥册封将军为镇南侯，以表将军功劳，而将军既然暂时领兵退至平鄂，那么再加封平鄂太守一职，将军以为如何？”

萧若宸眨了眨眼睛，脸上不动声色，心中却暗骂陆谨这一招阴损歹毒。布功册封，说得好听，实际上是要断他的退路了。一旦被人知道他与突厥人合谋的事情，无论是出于什么样的目的，无论其间他是否捞到了好处，他都免不了要背负千夫所指的骂名了，之后也只能够死心塌地地依赖突厥了。

而且如今他率领关内兵马退至西部平鄂城，失关败退，本就军心不稳，再爆出自己暗中和突厥勾结的事实，只怕自己也要压不住麾下的兵士了。

心中的不快萧若宸脸上没有显露分毫，只是朗声笑道：“立尺寸之功，微末不堪提，岂敢居功自傲，受公侯之封？请恕叶某不敢承担。”

“既然如此，那就等日后再说吧。”陆谨点了点头。

这倒让萧若宸有些吃惊了，他本来还准备了一大堆说辞来免除这项“荣耀”，谁知陆谨竟然这么轻易地就答应了。

他抬头打量着对方，陆谨端坐座上，神态坦然自若，没有丝毫的不快。

难道陆谨是抓住了什么他不知道的关键吗？萧若宸暗暗心惊。当下也不敢深思，继续转过话题，畅谈起来。

这两人年纪不大，但心机之深沉，阅历之丰富，行事只果决，却是连六七十岁的老头子都远远不及的。

一番交谈下来，两人说的看似都是不着边际的客气话，但其中的每一字每一句，都需要细细揣摩，恨不得在肚子里拐上十七八个弯儿才好。

萧若宸出了府邸，已经是凌晨时分，天际隐约透出一线鱼肚白，只是在阴沉的乌云笼罩下，这晨光也晦暗老朽如同暮色般。

他骑上马匹，却没有急着策马，而是转身遥遥望向府内一侧。

天色黑地如泼墨浓描，除了一片黯淡，那里什么也看不见，可即使如此，他依然感觉有一分温馨涌上心头。

那个地方，曾经生活过的地方，那个与她朝夕相伴的地方……看到那里，就像是看到了橘黄色的火光，暖洋洋的感觉涌上心头……外面不知何时又开始下起雪来，银白色的雪花点点飘散，如同那些细腻的记忆，带着纯净的色彩，蒙眬浮动在周围。

“只是现在……”他不易察觉地叹了一声。

“少主？少主？”身边传来的呼唤声打断了惆怅的思绪，萧若宸回过神来，转头安慰地笑了笑，道：“无事，让贺先生忧心了，我们启程回去吧。”

被称作贺先生的正是那个中年人，萧若宸入府密谈，他一直在偏厅等候。当下低声问道：“少主行事一切可顺利？”他们此番入城，主要是为了平鄂驻军的未来走向。

“还好，已经议定了之后两军的进展。”萧若宸淡淡地说道，一边策马向前。他现在势力太弱，根本不能和如日中天的突厥大军相抗衡。而突厥人即将应付北上增援的朝廷大军，也不想在他这只小杂鱼身上多花工夫，所以商谈起来一切顺利。

朝中领军的将领虽然还没有确切消息，但是有九成九是沈涯无疑了，他原本就是总领凉川及北方事务的靖北将军，更兼数次击败突厥。此番突厥入关，不过数月就攻城略地站稳了脚跟，朝政上下震惊莫名，派出来收复失地的，必是他这种有分量，又有实力的将领。

沈涯和陆谨……

“这就是我的机会了。”萧若宸轻声笑道。

争吧，争吧……就让这个天下看看，真正笑到最后的人究竟是谁！

“少主面有忧色，可是有什么担忧的事情？”中年人继续低声问道。

萧若宸瞥了他一眼，他察言观色的本身倒是不错。此人名叫贺骏万，本是萧国丈安排在军中的内线。萧家这种屹立百年，又随同帝国兴起的世家，其势力盘根错节，就算沈涯下手狠辣，这几年来又反复清理，也不可能把萧家数百年的积累彻底清除，尤其是底层的势力，可谓百足之虫，死而不僵。他入了军中，便暗中以这些人为基础，逐渐积累起自己的班底。

当即萧若宸点点头，将与陆谨之间的对谈娓娓道来，只是省去了一些需要保密的细节。讲完之后，他沉声断言道：“若我所料无错，他必定掌握了一些我所不知道的东西，否则不会这么轻易放我走的……”

屋内很快空无一人，陆谨坐在座上，隐隐松了一口气。

他疲惫地靠回身后的软垫，放松下身体。这时，陆谨身后转出一个长须细眉，书生打扮的人，他低声问道：“殿下何不令侍卫击杀此人？以属下所观，此子年纪尚轻，却进退有度，谈吐缜密，心机过人，此时不除，日后恐怕要成大患啊。”

“他背后尚掌握有雁门关败退守军的势力，那些兵马都是身经百战的精锐，不可小瞧了去。”陆谨淡淡地说道，“沈涯的援军不日即到。怎么能另启战端？”

“殿下明鉴，正因沈涯的援军不日即至，属下才建议杀他啊。”那谋士躬身语重心长地说道，“否则，一旦趁着我军与沈涯交战的时候，被他们回师援助沈涯，岂不大事不妙？所以属下认为不如趁此时机先击杀主将，拾掉这股群龙无首的雁门残兵之后，再回头迎击沈涯的大军。”

陆谨却摇头笑了笑，道，“先生只怕有所不知，若是杀了他，那些残兵才真正没有了束缚。”

“啊？”谋士愣住了，“殿下的意思是说此人保证不会支援沈涯吗？可属下方才见他的言谈举止，只怕并无归顺我突厥的意思。纵然此时他惧我突厥势大，不敢相抗，但一旦我军与沈涯交战时候处于下风，只怕他会落井下石……”

“先生放心，到时候我自有方法应对。”陆谨没有多说，挥手阻住了谋士的说辞。一边随手拿起桌面上的一件器物把玩。

那器物在陆谨手中摇摆不定，如同一道交错闪烁的光影。

谋士定神看去，才发现那是一把薄如蝉翼的短刃，凝亮如一泓秋水。

那不是行刺殿下的凶徒所使用的短剑吗？殿下竟然一直留着。虽然对陆谨为何忽然拿起这把短剑莫名其妙，但是谋士也不再出言反对了。他知道自家主人精明隐忍，尤善布局，如果他说能够保证那个叶宸不会反咬一口，那么就是有十足的把握了。

转念想到另一件事，他又禀报道：“属下再加派人手搜索那个叫叶薰的女子，此女行刺殿下，罪不可赦，而且日后也可为筹码来牵制这个叶宸。”

“不必找了，如果不出所料，他的姐姐应该已经找到。”陆谨苦笑着摇了摇头，“我虽然不知道他是怎么找到的，但应该是如此了。”

“啊？”

看到手下疑惑的眼神，陆谨淡淡解释道：“以前我们需借助他的帮忙，他向我们要人，我们自然要好好地送还给他。但此时我军大局已定，用得着他的地方不多，继续合作，那就是谈条件，看局势了。这种情况下，我军若真是寻到了人，绝对不会白白交给他。”陆谨笑了笑，“以他的精明岂会不明白这个道理？还说拜托我继续寻找，只是客套话而已。我刚才看他神态自若，多半是已经寻到了人。”

陆谨说着，嘴角浮起一线笑意，“真是料不到，会有这样……奇异的姐弟。”似乎找不到确切的词汇来形容，陆谨迟缓了瞬间方才说道。

“是啊。”谋士叹了一口气，道，“此子年纪尚幼就有如此胆魄，敢只身前来我突厥大营，未来必是心腹大患啊……”

听出属下的语气依然有劝说自己杜绝后患的意思，陆谨却只是笑了笑，径自把玩着手中的短剑，轻声道：“明明是贵侯千金，竟然……咳咳……”话说到一半，陆谨猛地咳嗽起来，同时腰间传来一阵锐痛。

谋士连忙上前扶住他：“殿下怎么样了？”

“无妨，只是坐了一夜，气血不顺而已。”陆谨苦笑一下，低声道，“去寻医官过来吧，不要惊动太多人。”

“少主，小姐如今还不知在何处？”贺骏万低声问道。

“不必担忧，陆谨应该暂时不会再搜索她了。”萧若宸皱了皱眉头，强自压抑下心头的阴影，沉声道。

贺骏万应了一声，心下还有疑惑，但见萧若宸神色冷峻，又生怕被身边的突厥护卫偷听到，也不敢细问。

队伍如来时一般在沉默中前行。

雪粒纷飞，飘逸杂乱，凛冽的寒风吹打在脸上，带着细微的疼痛，这冰凉的疼痛却像是纠集不散的怨灵，慢慢啃噬着他的内心。

他和她究竟相隔多么遥远？而现在陪伴在她身边的人又是谁？每每想到这一点，萧若宸便觉得一阵心痛。

“少主？”见身边的萧若宸似乎越走越慢了，贺骏万忍不住低声呼唤。他左右看了一眼，众人已经行到来时的那道小巷子了。距离城门已经不远。为防备突厥人反悔，两人应该尽快出城为妙。

“知道了。”萧若宸淡淡地扫了身边的突厥护卫一眼，又向那幽深的小巷回望瞬间，随即策马加快步伐。

晨光自天际洒落，融入这天地一片的混沌之中，高挑坚毅的身影很快消逝在了苍茫无边的大雪中。

呼啸的狂风翻卷而过，雪越下越大，很快地上的马蹄印和巷子中的脚印都被掩去了，平整的雪面不留一丝痕迹，仿佛从来不曾有人来过……

第六卷

未成曲调先有情

第一章

声名鹊起

清冷的初春早晨，天色依然晦暗难辨，太阳刚刚从天边露出头来，寂静的街道上已经传来马车轮子挤压在残雪上的“咯吱”声。是一架彩绘雕花的富丽马车，被当先两匹高头大马拉着驶过街市，街角出来扫雪的杂役们匆匆闪向路边。

马车在一座装饰华美的高楼前缓缓停下。

明明是凌晨时分，楼前依然高高挂着灯笼，暧昧的灯光从大红灯笼里透出，洒在楼门匾额“芳月阁”三个朱红大字上，洋溢着与这个冬天不相宜的喧嚣。隔着敞开的大门向里望去，院内一派流光溢彩，更隐约传来清幽的歌声：“叹红尘，落朱颜，天上人间。情如风，情如烟，琵琶一曲已千年。今生缘，来生缘，沧海桑田成流年……”伴着这缥缈如云的曲调，入目处只一派天上人间、富贵繁华的胜景。

这便是北方无人不知的凉川城第一号销金窟——芳月阁。

马车稳稳停在芳月阁大门口，楼内小厮赶紧迎上来，手脚麻利地帮着放下脚凳，一边向车内的人恭谨地问道：“韩大人您今个儿怎么这么早来了？”

小厮面上彬彬有礼，心里却在纳闷，这个姓韩的老色鬼，上次因为被金菱姑娘拒绝了而勃然大怒，要不是上面还有齐大人，史大人他们为金菱姑娘撑腰，指不定要怎么恼羞成怒呢，只是以后一直没有再上门，今天怎么又来了？而且还一大清早，最诡异的是……小厮忍不住偷偷打量着他，逛妓院竟然穿着官服？这是什么道理。

那韩大人似乎察觉到了小厮的眼光，感觉有几分拉不下面子，虎着脸摆摆手道："今日是来见金菱姑娘的，不知道姑娘可有空闲？有没有做什么新曲子？"

"有、有、有，我们金菱姑娘刚作了一首新词，填了一首新曲……"不过就是不知道肯不肯赏脸见你了，小厮暗暗腹诽着。六十多的老头子还想纳我们阁里的花魁当小妾，也不看看自己的德行。

"嗯，那就先叫燕姨过来吧。"那韩大人吩咐了一声，抬脚步入楼内。

相比于突厥大军急风暴雨般的破关南下，凉川城民日夜期盼的王师援军却并没有如预料中的立即北上。毕竟北方严寒，而今年的冬天又格外森冷。据说白汶城周边河流都结了厚厚的冰层，又覆了雪，便是土生土长的居民都认不出路来。

凉川城内的积雪也一直没有融化，或者刚刚融化就又被冻上，结成又滑又硬的冰层，整个城市像是被冻成了一块冰疙瘩。

眼看着就是开春三月份了，天气却迟迟没有暖和过来。再不回暖，只怕春耕也要被耽误了。一些有年头的老人开始纷纷哀叹，苍天不佑啊！这样的严冬，自大周立国以来就没有见过，只怕是天意了，天意亡我啊！……种种纷杂的谣言给整个被阴云所笼罩的凉川更添了一层愁绪。

在叶薰看来，这样的谣言甚嚣尘上，未必没有突厥人在背后推波助澜的功劳。封建时代的民众本来就倾向于相信天命、运势这些说法。如果人人都认为大周亡于突厥是势不可挡的天命，那么将来的抵抗也会减弱吧。毕竟，突厥南下建国在历史上也不止一次了。

至于突厥在凉川城中的统治，平心而论，也算严整有序。破城不久，各个府司衙门就有条不紊地运作起来。陆谨对凉川城内的官员，可以说将一手大棒一手糖果的政策贯彻到底了，抗命的满门屠戮，归降的高官厚禄，竭尽全力招揽士大夫为其效力。

蝼蚁尚且贪生，在真正的生死考验面前，尤其是全家人的生死考验面前，选择退缩和放弃的人还是很多的。凭借这些对凉州政务熟悉的投降派，同时不断安插自己的人手，新的行政体系很快建立起来。

开春之后，至少在表面上，凉川已经恢复了日常的运作，只是商旅云集，车水马龙的繁华胜景是远远不能和昔日相比了。尤其是整个城池一直处在禁严状态，与外界接触少的可怜。

突厥在攻陷凉川之后不到十天就立刻挥兵南下，占据了扼守南北河道的白汶城。在攻占了白汶之后，突厥暂时停止了攻势，同时彻底封闭了南下的通道。

大批难民在听说突厥入关的消息之后，想要南下逃跑，但因为突厥封路的行动过于迅速，几乎都无法逃出。只有少数动身早的人有幸逃了出去，流落到京畿一带宣扬着突厥大军的威势。

因为实行戒严，凉川城内萧条了不少，高层人士的娱乐活动大幅度缩水，而唯一不变的娱乐业——青楼在这种情形下反而越发兴盛起来。

凉川城最有名的青楼首推芳月阁，而在这新的一年里，芳月阁更是声名鹊起。

青楼扬名，不外乎缘于其中的女子。芳月阁的扬名，正因为这里来了一位才貌兼备的绝代佳人。

在凉川上层的士大夫中，金菱姑娘的芳名几乎已经无人不知，无人不晓了。人人都以能够结识她，听她清唱一曲为荣。

这位名叫金菱的女子，据说出身大周书香门第，只因昏君当道，不得已零落红尘。她不仅生得美貌娴静，雅擅诗词歌赋，而填词作曲的功夫更是当世一绝。连新任的凉川守备等城内名流在听了她谱出的歌曲之后都赞不绝口，连称词曲之妙，天下无双。

“萧师傅，萧师傅，可见到金菱姑娘了？”一个涂脂抹粉的老鸨摇晃着肥肥的身子一边呼唤着，一边上了楼。

屋内一个娇柔的声音传出，“什么事儿？鬼叫什么？”

“女儿啊，你果然在萧师傅这里。”听到这个声音，像是闻到了蜂蜜香气的蜜蜂，老鸨忙不迭地扑到门上嚷着。

大门一开，一抹鹅黄色的身影映入眼帘。是一个身穿百合暗纹曳地长裙的女子，腰间系着青色的波纹宽绶带，几根打着如意结的流苏沿腰垂下，衬得她身材修长、纤宜合度。她正娉婷立于桌前，手里拿着一张纸。此时闻声转过头来，花玉般的容颜配合着飞扬娇艳的气质，让人禁不住眼前一亮。

坐在她身边的是一个青衣书生打扮的年轻人，相比起身边的绝色女子，他风姿气度竟也毫不逊色，清秀如玉直如同画上走出来的一般。

这个男子便是女扮男装的叶薰了。

那一晚，两人走投无路之下，翻身上墙，闯进了房内，谁料竟然在屋里意外遇到了久别的金菱。

“这里是哪儿？你怎么在这里？”诧异地盯着持灯的金菱，叶薰不敢置信地问道。

金菱嘴角一挑，嘲讽地一笑，缓缓说道，“这里是芳月阁。”

芳月阁！

叶薰心里一沉，她刚才从窗户上看到楼内花灯时就觉得这里不像是寻常的客栈，果然所料无错，芳月阁是凉川最有名的妓院。

可是金菱怎么会在这里，她不是被贬到乡下庄子里去了吗？

对她的询问，金菱只是不耐烦地解释道：“那些庄子里尽是一些欺软怕硬的势利小人，哪里会容得下我？辗转几次就被卖进这里了。”

叶薰心下微颤，金菱说得轻松，只怕其中也吃了不少苦头，仔细看金菱的面容，本来秀美的容貌憔悴了不少，白皙的肌肤也变得粗糙了。尤其她还不经意地发现，在金菱脖子上竟然隐约有一道红痕，像是受过伤……

后来叶薰才慢慢知道，金菱因为容貌出色，一到庄子里便遭人觊觎，她只是一个犯错被贬的奴婢，又没有家人后台可以撑腰，到了庄子不到几天便有庄头要强行收她为小妾。心高气傲的她自然抵死不从，被逼急了干脆自缢，只想着一死以保清白。却在险些送掉了一条命之后还是被救了回来。之后又几经纠纷，弄得九死一生，总算没有让人得逞。那庄头恼羞成怒之下干脆以病弱不祥为名，把她低价卖进了青楼。

金菱入青楼的时候已经病得快死了，若不是看她生得貌美，买入时又便宜，老鸨都不愿意给她费银子请医生。也算她命大，就靠着少许药材，在辗转反侧了几个月之后，竟然硬生生挺了过来。

“在鬼门关走过两遭，却都没死成，只怕是老天爷也不想收我这个命硬的。”金菱冷冷说道，仿佛所讲述的不是她自己的遭遇，“本来老鸨见我身体恢复了不少，便想要趁着过年的时候替我开宴招恩客，倒是多亏了这起子突厥人，反而救了我。”金菱冷笑一声，嘲讽地说道。经过了这些波折，她早已经不再是那个单纯傲气，死抱着贵小姐尊严不放的金菱了。她变得更加尖锐，也更加实际了。

问起叶薰这些日子的遭遇，两人只说是从荒人包围里面逃了出来，然后偷偷潜回城里的，金菱也并未起疑。

之后，叶薰与沈归曦就一直留在了芳月阁。金菱表面上冷淡尖刻，却依然帮助两人隐瞒了身份。她嘴上没说，但叶薰知道她对自己当年送别她时候的帮助颇为感激。

身在妓院，叶薰便干脆改扮男装，既是为了安全考虑，也能够少些麻烦。

凉川城破了，但芳月阁却没有破，甚至还有越来越兴盛的趋势。本来金菱的卖身已经势在必行，她也差不多认命了，但叶薰帮她出了个主意。在妓院这种地方，想要逃过这一劫，不外乎两条路：要么你在最低端，丑得没有人看得上眼，说得直接一点就是毁容；而另一条路就是站在最顶端，变成人人追捧的名妓，没有人出得起你的价钱。这个时代戏子妓女的地位虽然远远不能和后世的明星相比，但还是有一定共通性的，至少你达到了名妓这个级别之后，就不再是客人挑你，而是你挑客人了。

前世那些乱七八糟的流行歌曲还记得不少，叶薰逐一写出，挑选其中古风味道比较重的，又和阁里的乐器师傅商量改进了几种乐器，忙碌了个把月竟然真有了成果。

金菱的嗓子比起现代的明星来说也毫不逊色，几首歌一唱之下立刻名动全城。

于是叶薰和沈归曦就名正言顺地留在了芳月阁。她不想出风头引起别人注意，那些曲子，都让金菱说是她自己谱曲填词所作，越发让金菱的名声水涨船高起来，文人墨客纷纷赞誉，达官贵人争先捧场。

至于叶薰和沈归曦留在阁里的名目是乐器师傅。本职工作就是保修金菱那十几箱子的琴筝笛箫。

“女儿啊，是在和萧师傅商议新曲子吗？”进了屋内，胖胖的老鸨擦擦汗，瞅着金菱手里那张纸，笑道。

“是啊，燕姨可是有什么要紧事？”金菱不紧不慢地问道，“这几日我不是早就说了，留在阁里谱新曲子，不见客人吗？”

“乖女儿啊。我岂不知道你是个大忙人，只是这次韩大人亲自过来说有要紧的事情要请你帮忙，我也不好拂他的面子啊。”

“哪个韩大人？”金菱问道。

“呵呵，就是那个……就是那个新任凉川按察使的韩大人呗。”

“是他？！”听到这个名字，金菱厌恶地皱起了眉头。这个韩鸣本来只是个小小的末品县丞，几年前还因为贪污索贿被罢了官。这次突厥入城，他是头一个前去投靠奉承、巴结献媚的，所以很快就捞到了按察使的官位。

那个老色狼对金菱一见之下就垂涎三尺，竟然想要强纳她为小妾。可惜他没有意识到金菱如今的名声地位早已不再是一个简单的青楼名妓了。最终这件事在其余几位官员豪绅的介入下摆平。但自此之后，金菱一听到这人的名字便没有好脸色，就如同现在。

燕姨眼瞅着金菱要发脾气了，连忙说道：“女儿啊，你可别误会，今日韩大人可是专门过来给姑娘赔罪的，还说要请你过府去唱首曲子……”

金菱脸色一沉，冷然道："燕姨就不要说了，我一个青楼女子，怎承受得起他韩大人的赔罪，岂不是要折寿了。至于他的府邸，我更是不敢去了。"

"你可别不相信啊，这次他真是来赔罪的，还带来了厚厚的礼金来。只因为今晚有个大人物去韩大人的府邸赏光赴宴，所以特意来请姑娘过府唱上一曲。"老鸨心急火燎地规劝道，"这凉川城里谁不知道，论嗓子，论曲调，没有人能够比得上我们金菱姑娘呢。"

又是吹捧，又是规劝，眼见金菱依然不为所动，无奈之下，燕姨只好转头看向叶薰，道："萧公子，萧师傅，你也帮我劝一劝，她素日里你的话还能听得一二。"

"是谁要去韩大人家里赴宴？"叶薰一边摆弄着手里的古筝，一边好奇地随口问道。这个韩大人脸皮虽厚，但也很清楚自己不受金菱待见吧，怎么忽然跑来触这个霉头呢。

"这次可是真正的大人物啊。"老鸨压低了嗓子，神秘兮兮地说道，"听说……就是突厥那位四皇子殿下呢。"

"叮咚……"叶薰手一颤，筝音悠扬地传开。

满意地看着两人脸上的惊异之色，老鸨笑道："所以说啊，这次女儿你亲自登台绝不辱没了名声，只管放心去就成了。"眼光落到了叶薰身上，老鸨又劝道，"你若还是担心，我让萧师傅陪你一起去。"

"不行！"叶薰脱口而出。开什么玩笑，这不是让她去送死吗？

"怎么不行？"老鸨奇怪地瞥了她一眼。这种豪门府邸的宴席，连跟去伺候马匹的下人小厮也少不了一份丰厚的打赏银子，素来是青楼里人人抢破头的活计。

叶薰干笑了两声，正想说话。金菱已经翩然道："萧师傅还要替我把乐器调好，准备下个月的登台，这次就不必跟去了。"

"哎呀，我的好女儿啊，你可算点头了！"听到金菱的语气松动，燕姨大喜过望，早把对叶薰的疑问抛到一边，上前就拉住金菱袖子，像是生怕她反悔一般。

金菱将手里的纸张随手抛下，问道，“韩大人在哪里？我赏他这个脸面就是了。”一边说着，径自向门口走去。

“就在楼下，就在楼下……”老鸨连忙跟上，一边絮絮叨叨地叮嘱一些见了韩大人要如何如何，去了韩府要如何如何之类的话语。

眼看两人走远，小小逃过一劫的叶薰松了口气。金菱这一去的安危她倒并未担忧，陆谨这个人虽然危险，但也算是个君子，那个韩大人想必也不敢在他眼皮子底下动什么手脚。

手里的工作差不多完成之后，略作收拾，叶薰也下了楼，向后院走去。

转入后院，正要回两人落脚的小院子，路边走来一个眉目忠厚，小厮打扮的年轻人。

“萧师傅。”小厮躬身唤道。他叫吴纹，本是进城投亲的，可亲戚没寻到却先遇见了突厥破城，战乱之中无奈流落到街角当了乞丐。年前的时候被金菱路过遇见，眼看他快要冻死在路边了，于心不忍，就将他救回了楼里。恢复之后，燕姨看他人还算勤快，就留在楼里充作小厮了。

叶薰停住步子，目光落到他手里的那一包药材上，问道：“今天的药这么早就抓回来了？”

稳定下来，沈归曦长久压抑的伤势不可避免地彻底爆发出来。内力涣散，吐血不止，同时又一次出现了眼睛失明的症状，把叶薰吓得胆战心惊。幸好两人暂时算是安稳下来，有足够的时间慢慢调养。

金菱从阁外请了大夫回来，开了药材。叶薰两人不便外出，就让吴纹帮忙抓药。

“今日药店开得也早。”吴纹憨厚地笑了笑，说道，“而且大夫说了，公子的病情已经差不多痊愈了，只要再喝几次药略作调理就无事了，小的这就熬药去。”叶薰和沈归曦两人对外自称兄弟，分别化名萧岚和萧曦。

“多谢你了。”叶薰笑道。两人简单交谈了几句，吴纹就告辞去厨房帮忙熬药去了。

叶薰推门步入院子，立刻见到正临窗凭栏的沈归曦。他似乎又长高了，只是因为大病一场，显得清瘦了不少。

在院子里一丛丛枯枝的映衬下，那背影也黯淡萧条起来。回忆起自己在沈家府邸无数次见到的那个飞扬跳脱的身影，明明只是不久之前，却仿佛已经相隔遥远了。她轻叹了一声，虽然知道沈归曦心情沉滞难言，却不知道应该如何开解。

一路惊险跌宕的逃亡，两人甚至找不到一个喘息的机会，自然也没有时间多想，或者说，即使是想到了，也没有时间去忧心、去深思。现在终于暂时安全了，也开始关注更多的消息。

得知沈夫人已经死亡的消息是在来到芳月阁的第三天。

突厥将需要搜索的重要人物的画像都贴到了城门处，随同写上的自然是高额的赏银，作为沈家残党的沈归暮和沈归曦都名列其上，却没有了沈夫人的踪影。

原来她已经在突厥入关的当天遇难了。据突厥士兵透露出来的消息说，沈夫人是在雁门关被突厥人所破时，驾车向外逃亡，结果慌不择路，马车翻到而不幸摔死的。

突厥人对于没有能够生擒这样有力的筹码也极为遗憾，奈何人已经死了，只能继续加强对沈家其余人员的搜索了。

得知这个消息，沈归曦陷入了彻底的沉寂之中。也许在发现这次荒人作乱的背后是突厥人捣鬼之后，便已经预料到了这样的结果，但对他来说，这个残酷的消息依然过于突如其来了。之后沈归曦积压已久的伤势突然爆发，恐怕也有心绪紊乱，走火入魔的缘故。

从荒人作乱到突厥叩关南下，这一连串措手不及的变故让沈家在凉州的根基几乎凋零殆尽。宗族支系在荒人的动乱中死伤无数，而丫环仆役也多半遭了柳拂虹的毒手，甚至连沈归暮，也许也已经……叶薰只能够祈祷着手无缚鸡之力的他和雁秋能够与自己同样幸运，逃过这一劫。

听闻她的脚步声，沈归曦回过头来。

叶薰轻声问道："伤势好些了没有？可还有不适的感觉？"一边说着，

一边仔细查看他的眼睛。虽然这一次失明只持续了短短两天就恢复过来，但还是让叶薰忧心忡忡。请来的大夫也算是附近经验丰富的老医生了，对这种突发性的失明却完全束手无策，连病因也寻找不出，更勿论下手医治了。

“还好。”沈归曦点头道，注意到叶薰的目光，他安慰地一笑，伸手帮她把肩头的一片碎纸屑拿下。

他的视线确实是彻底恢复了，叶薰松了一口气，内伤总有养好的一天，这种莫名其妙的失明却让她深为担忧。

看到沈归曦心情已经平静下来，她也不愿多提那些烦心的事情。

“对了，我买了这个东西。”猛地想起自己准备的新道具，叶薰兴奋起来。

“什么？”沈归曦疑惑地问道。

叶薰在口袋里掏摸了片刻，掏出两片毛茸茸的黑东西，抬手就要往沈归曦脸上按下去。

“喂，这是什么？”沈归曦想要躲闪，可惜行动地太晚了，没有躲避开叶薰的魔爪。被一下子实实地按到了脸上。

“哎呀，可惜了，粘偏了。”待看清楚自己的成果，叶薰忍不住爆笑出声。

她弄来的是两撇伪装用的小胡子。沈归曦日常就待在这个偏僻的小院子里养伤，除了见大夫的时候改装一下之外，几乎见不到什么人，所以一直未露形迹。但现在伤势快要痊愈了，自然不能每天都待在这里。两人不是易容术的专家，仅凭着涂黑肤色这种简单的易容改装是远远不够的。所以叶薰专门去街上偷偷买来了这两撇小胡子。

刚刚她想要把胡子按到沈归曦唇上，可惜被他一躲闪，不慎按到了两边，那两道黑黑的装饰黏在腮上，意外地对称滑稽，猛地看上去还真像是一只黑猫。

叶薰笑得几乎直不起腰来。沈归曦无奈地瞪了他一眼，想要伸手揭下那两块膏药。叶薰赶紧一步冲上去打掉他的手，连声道，“小心，小心，千万不要弄坏了。这是从路过的戏班子里买来的，人家早就走远了，若是坏了可没处买去。”

一边说着，叶薰贴近他伸手去揭那两撇珍贵的道具。

戏班子的道具质量意外地精良，那两撇胡子竟如原本就长在腮上的一样，黏合地天衣无缝。

叶薰的指甲盖在沈归曦的腮上轻轻挠了挠。沈归曦不自觉地微微向后仰去，那感觉又痒又麻，像是有细微轻密却连绵不绝的电流正随着她珍珠色的指甲盖传递到自己脸颊上，又传递进心里去。

“别动，你脸一动，我更不好揭了。”叶薰不客气地拍拍他的脸颊，警告道。

沈归曦应了一声，不敢再动弹。他低头望去，叶薰正聚精会神地对付着那两撇顽固的小胡子，她嘴唇微微撅着，调皮的刘海儿散在额头上，衬得她认真的表情格外可爱。长长的睫毛轻轻颤动，像是蝴蝶翅膀扇动起暧昧的细风，扫到他脸上……

等沈归曦清醒过来，忽然发现自己的手竟然不知道什么时候环在她的腰上了。这……似乎是登徒子的行为吧，意识到这一点，他自觉有点脸红，也有点冷汗……应该赶紧放下来，趁着她还没有注意到的时候。可心里明明这么想着，手却完全不听指挥，死死不肯移开……

与胡子奋斗了半天，叶薰终于把宝贵的道具完好无损地回收成功，刚刚松了一口气，立刻察觉到两人的姿势有些不对劲儿。

这家伙的手什么时候这么不规矩地放到自己腰上了？“喂，你……”捍卫自己的合法权益，叶薰立刻提出抗议，不客气地冲着他扬了扬下巴，示意他识相一点。

“怎么了？”明知道叶薰未说出口的意思，沈归曦依然装作不知，厚颜无耻地问道。那架势好像在说：你不说明白，我就不放开；甚至是：你就是说明白了，本少爷也不想放开。

叶薰微微一挣，竟然没有挣开。看来他的武功真的开始恢复了，只是最近是不是对他太好了，竟然敢跟我要起无赖来了。叶薰挑了挑眉，思考着是应该立刻狠狠拧他一把，踹他一脚，还是看在医药费的份上先放过他，等他彻底恢复了再一起算总账？

可是抬头对上他含笑专注的视线时，叶薰却莫名地感觉脸颊有点儿发烫。自己该不会脸红了吧！那实在太丢人了。

想要赶紧脱离这尴尬的处境，可忽然又觉得这样好像也不错，似乎有些顺理成章的东西萌生出来，心里又觉得有点丢面子。

当叶薰的意识还在挣扎在面子问题上的时候，她和沈归曦的距离已经越来越近了。

目测着近在咫尺的距离，叶薰无意识地躲避着他灼热的眼神。

不是吧？他要干什么？难道是……感觉冲至胸口的呼吸紊乱到几乎梗住喉咙，叶薰蓦然有种又经历了深夜逃亡般的窒息感。

就在叶薰觉得自己的心脏快要跳出胸膛的时候，院门外意外地传来一声呼唤："萧师傅在吗？药已经煎好了。"

这平常的喊声此时传入耳内，效果不亚于石破天惊。叶薰像是一只被踩住尾巴的猫，猛地向后一跳，挣脱出去。

赶紧做贼心虚地转头看向门口，发现吴纹只是隔着院门呼唤，并没有走进来。她这才松了一口气。

刚刚自己是鬼迷心窍了，竟然真的要和他……

是色迷心窍？还是脑筋搭错线了？想到刚才的情形，叶薰羞得简直恨不得找个地缝钻进去。摸摸自己脸颊，火烫火烫的，肯定很红。

一边拍着脸颊降温，抬头看去，立刻发现沈归曦的脸色也红得如煮熟的螃蟹般。叶薰禁不住"扑哧"一声笑了，心中的羞恼稍减。"等一会儿，我这就开门。"她冲着外面喊了一声，在背后推了他一把，笑道："先进屋里吧，我去给你端药。"

第二章

池鱼之殃

因为金菱已经决定参加晚上的宴席，叶薰忙碌了整整一天，帮她整理乐器，参考衣着。忙到最后，真有一种穿回古代当经纪人的错觉。下午金菱的车驾离开之后，因为不必跟去赴宴，叶薰独自在偏房整理了一下新写的歌词。眼看华灯初上，暮色已深，她伸了伸懒腰，准备回去休息了。

夜晚正是芳月阁最繁华的时刻，无数富丽精巧的华灯明烛将整个厅堂映照得恍如白昼，环肥燕瘦的各色佳丽如穿花蝴蝶般穿梭在衣着光鲜的客人之间迎来送往。纤腰如束，长袖轻舒，整个大厅一派春意盈盈，软玉温香的妙景。更有无数隔间里传来划拳喝彩的酒令声，伴着吴侬轻软的莺声燕语和娇柔婉转的歌曲琴音传递开来，汇集成风月场所特有的喧嚣曲调。

后院则安静了不少，只偶尔有几个小厮仆妇端着酒菜，匆匆奔走在厨房与正厅之间。花园的林木上悬着通明的花灯，将路径照地明亮清晰。

叶薰快步穿过花园，两人落脚的院子极为偏僻，越往前走人越发少了，灯火也晦暗稀疏起来，只余犹带寒意的夜风吹过枝头，柔软的枝丫随风摆动，树丛间回荡起飒飒的细响。

推开院门，叶薰就看到沈归曦正坐在台阶上仰望着天空。他手里拿着一根折下的细枝，无意识地转动着，似乎正在想什么想地出神。

月亮自天际浮起，如同一弯银白的细钩，划破深沉的夜幕。

从叶薰的角度，只能看到他的侧面脸颊，清淡的月色如细碎的银片，洒落在他的五官上，给他深刻俊美的容颜蒙上一层清辉。

叶薰的眼神不自觉地下移，他的唇上，似乎也浮动着一层清冷的光辉……

在看什么呢？叶薰做贼心虚地赶紧移开目光，可脸颊还是不可抑制地感觉有点发烫。

这时沈归曦转过头来，正与她视线相对。仿佛透过夜色看到了叶薰脸上的红晕，他轻笑着问道："在看什么？"

"没什么……"叶薰掩饰地轻咳了一声，说着走近他身边，问道，"在想什么？看着天空也能发呆。"

"只是在看天上的星星而已。"沈归曦仰望着天空，缓声叹道。

叶薰抬头望去，相比起后世被重重烟尘蒙蔽污染的天空，此时的天幕明净的像是一块毫无瑕疵的墨玉，闪烁着温润细腻的光华。

难怪古人将赏月观星当作一件风雅的消遣。看得入神，叶薰也在他旁边的台阶上坐了下来。

暗夜之下，天与地仿佛融为一体，视线所及，尽是无穷无尽的虚空，其间点缀着无数棋子般的星辰。整个世界都变得宁静而富有诗意起来。在这无穷无尽的广阔空间里，自身的存在仿佛也格外虚幻。

"这样看着天空，真觉得人的渺小……"叶薰不禁抱住腿，把下巴抵在膝盖上，轻声嘟囔道。

"记得古老的传说里记载，死去的人都会变成天空中的星星，你觉得可信吗？"沈归曦缓缓问道，声音轻缓缥缈，一如这洒了满地的月色。

"也许吧。"叶薰轻声道，在这样的气氛之下，她也觉得心情有点莫名地童话起来，"如果真的变成了星星，他们一定会在天上看着我们吧。"

"嗯。"沈归曦嗓音低低地应着，入神地说道，"说不定等我们死去了，也会变成天上的星星，供后人瞻仰……”

“那可不一定。”叶薰脱口而出。

“怎么不一定？”沈归曦有几分奇怪地问道。

“因为……”不不知道应该如何说明，她索性抛开这个烦恼的话题，“哎，想那么多干什么？那一天还远得很呢。”一边说着，她伸手拍了拍他的肩膀，爽朗地安慰道，“别忘了，这么多困难我们都经历过来了，荒人和突厥大军都拦不住我们，还有什么能让我们栽跟头的？这就是所谓的大难不死必有后福……”

“说的也是。”沈归曦轻笑了一声，双手支撑着地面向后仰倒。这样看着天空，心情也逐渐开朗起来。

“那个是织女星吧？！”又盯着天空看了一会儿，叶薰发现了宝贝一样惊喜地叫出声来，指着天空喊道，“对了，还有那个，那个就是牛郎星！”以前在地理课的时候，曾有老师详细指点过这几颗星辰的位置，好奇宝宝的叶薰特意趁着晚上仔细观察了一番，可惜没有现在所见的这么清晰明亮。

“牛郎星？织女星？那两颗星星，名字好像是叫做斗星和……和……”在这方面明显不是好学生的沈归曦挠着额头，绞尽脑汁，也想不起另一颗星的名字了。

但经他一提醒，叶薰立刻想起来，这个世界是没有牛郎织女的故事的。

对上沈归曦疑惑的眼神，叶薰干笑两声，连忙补充道：“是以前在书里看过一个故事……”说着，将牛郎织女的典故娓娓道来。

万籁寂静的夜空下，只余叶薰清亮的声音缓缓回荡。沈归曦入神地看着她的侧脸，一边倾听着故事。

时间仿佛流淌地格外缓慢，月亮将院中的一切都镀上淡淡的华光。说到后来，夜色渐深，点点寒露在脚下草丛里凝结。叶薰打了个寒战，不自觉地紧了紧衣服领子。却有一层温暖适时地从天而降，将她牢牢包裹。是沈归曦的外衣，尚且带着和煦的余温，驱走了初起的寒意。

叶薰抬头望向他。他的目光也如这天幕墨玉一般深邃，浮动着星子的微光。在那异样的光彩中，叶薰清晰地看到了自己的倒影。然后，她听见他轻声说道，“要是真的有那一天，我绝不会和心爱的人相隔这么远，至少也要在一起。”

“那……如果王母娘娘不允许呢？”叶薰偏着头含笑问道。

“管他什么王母王八，我凭什么听她的？”沈归曦挑挑眉，一脸理所当然地说道，“我不想干的事，谁也不能勉强。”

这倒像是他会说的话。叶薰冲着他翻了个不服气的白眼，“大少爷，人要量力而为，不能要求太多……”

“那如果你是那个织女，会甘心和心爱的人一年只见上一次面吗？”沈归曦直视着她，毫不示弱地问道。

“当然不能！”叶薰脱口而出。

“那就是了。”沈归曦逮住狐狸尾巴一样，冲着她得意地一笑。

两人争辩难得会有自己落下风的时候，叶薰没好气地瞪了他一眼，不甘心地挣扎道：“你知道什么？”

含笑望着叶薰，沈归曦轻声说道：“我只知道，如果有一天我们死了，那也一定是距离很近很近的星星……”

他的声音沙哑低沉，却带着一种让人安心的魔力。

轻缓的声音传入耳中，叶薰觉得自己心脏瞬间静止，却又随即跃如擂鼓。这算是什么？告白吗？

她抬头望去，他正专注地望着自己，那眼神几乎要与月光融为一色了。

两人就这么对视了多久？是短短的十几秒钟，还是漫长的十几分钟……叶薰已经无从判断。望着俯身接近的俊美面容，她的呼吸急促起来。他背后的天幕如同深不见底的黑洞，要把整个灵魂都吸收进去。一切都化为缥缈的虚像，天地间只余下那火热的眼神……

感受到粗糙的触感接触到面颊上，战栗的激动传递到心间。叶薰伸手扶住他的肩膀，缓缓闭上眼睛。

灼热的温度印上唇瓣的那一刻，叶薰忽然觉得万籁俱寂，耳边仿佛响起草芽破土而出的声音，那小绿芽儿嫩地像是能掐出水来。

万象更新，点点绿意已经无需隐藏……

淡金色的晨光沿着窗格子投进屋里，破开阴影的笼罩，给被褥绘上浅色的光影。裹成一团的叶薰在睡梦中翻了个身，渐渐清醒过来。

勉强睁开眼向外瞥了一眼，只是晨光初现的时刻，天边一片苍茫，太阳还没有露头呢。正想缩回温暖的被窝继续睡觉，却听见外面传来一阵嘈杂的喧哗。

怎么了？困意渐消的叶薰揉了揉眼睛，侧耳倾听片刻。是从后院侧门那边传来的，听这声响，像是金菱的车驾回来了。

睡意全消，叶薰索性从床上爬起来，换上衣服洗刷完毕就出了院门。

走到花园，就远远看到盛装未卸的金菱被几个丫环簇拥着进了阁楼。外间还剩下一群杂役正围绕着马车行李收拾善后。

一直到凌晨时分才散了席，韩大人府中的这一宴，想必是宾主尽欢了。

叶薰视线一扫，立刻看见吴纹正扛着一箱子乐器在往库房那边走去。她连忙快步跟上，招呼道："吴纹，韩大人家刚刚才散了宴席吗？"

见是叶薰，吴纹客气地应道："是啊，萧师傅怎么这么早就起来了？是担心金菱姑娘吗？"

叶薰不置可否地点了点头，又问道："宴席上金菱她怎么样？听说突厥……有很多的大人物去了？可见到了真人？"

吴纹只当叶薰是担心金菱的演出效果，便笑着安慰道："萧师傅放心，以我们金菱姑娘的才艺相貌，哪个能说不好？天仙也未必及得上我们姑娘的歌曲琴艺呢。"顿了顿，又压低了声音，笑道，"再说，那些突厥人不过是些无知蛮人，能听得懂什么啊？金菱小姐去给他们演奏，真是委屈她对牛弹琴了。"

"满座的突厥人难道就没有一个听得懂的？"叶薰笑着随口问道。她知道吴纹的话有所夸张，当年中原战乱四起的时候，突厥也曾经在中原建国称帝过一段时间，那些武将姑且不论，其皇室贵族的汉化程度都是极深的。

“这个……听得懂的倒还有那么几个。”吴纹挠了挠头发，说道，“比如那个主位上的突厥主将，听说那人还是个皇子呢。哎，不过说起那个人，光看形貌，还真看不出是个突厥人。那言谈举止，真像我们大周的读书人一般，年纪也轻……”

听他说起陆谨，叶薰心里一震，连忙问道：“那个陆……那个突厥皇子怎么样？宴会上表现如何？”

“表现？”

“就是有没有说什么话？谈论什么消息啊？”

“没有吧，我就是看见他和金菱小姐说了挺长时间的。因为离得远，我也没听清楚，不过他好像对金菱小姐的乐曲赞不绝口呢，尤其知道了这些曲子都是我们金菱小姐亲自作词谱曲之后，更是……怎么说呢，简直连看人的眼神都不一样了。”吴纹自豪地说道，“对了，当时有几个座上的蛮子将军对金菱小姐动手动脚地不规矩，还被他呵斥了一顿呢……”

吴纹继续讲述着宴席上的种种，叶薰却有些心不在焉了，只嗯了两声应付着。她是有些失望，突厥对凉川的封锁严密，城外的消息几乎无法传递。她本来还指望着陆谨在宴会上能够说起一些军事布置、南方政局之类的话题呢。

难道整场宴会这些人就没有谈起一点有用的东西？想了想，叶薰又不死心地问道：“那其余的人，有没有说起过什么别的事情啊？”

“没有，都是在夸奖我们小姐的。那个韩大人还当场作了一首诗，叫做什么玉面……青丝……什么照倾国之类的，反正说了一大通。”说着这个韩大人，吴纹脸上浮现起不屑的神情，“哼，这个老色鬼整个晚上都垂涎三尺地盯着金菱姑娘看，别看他现在嚣张，等圣上御驾亲征过来……”

御驾亲征？！

叶薰正听得无聊，这个词汇却突然蹿进耳中。

“什么御驾亲征？你从哪里听来的？”叶薰连忙一把扯住他的袖子问道。

吴纹似乎也察觉自己失言，赶紧看了看四周无人，这才松了一口气，压低声音说道："是我伺候在角落的时候，听末席上两个文官谈论的。好像是说京城那边已经集合了几十万大军，陛下他要亲自率军北上，将这些突厥蛮子杀得片甲不留呢。"

叶薰被这个消息惊地一愣。御驾亲征？！没有听错吧，就那位皇帝陛下？

回想起自己在京城时候与这位陛下的短短会面，怎么看这位老兄的形象距离军事这个词汇都有相当遥远的距离啊。

"为什么不是沈涯将军？"明知没有答案，叶薰依然禁不住脱口问道。

"这个谁知道呢，"吴纹摇摇头低声道，"不过说不定沈涯将军也要一起来的。反正无论如何，这些突厥蛮子的好日子到头了……"一边说着，他扛着箱子进了库房。

叶薰独自一个人站在树下，清晨的雾气带着凉沁沁的寒意弥漫在四周，凉意入骨。对这支北上援军的前途，叶薰忽然升起一股不祥的预感……

不行，不能这么悲观，叶薰赶紧摇摇头，甩开这种想法，俗话说得好，人不可貌相，也许当今陛下英明神武，文武双全……呃，那个体型想要习武是困难了一点儿，但是说不定人家是位帅才，运筹帷幄，战无不胜呢。叶薰充满阿Q精神地安慰着自己，一边向回走去。

大周皇帝即将御驾亲征的消息很快被证实了，三月末，讨蛮檄文从京城向全天下宣告，陛下将在一个月之后亲率二十万大军，北上迎击进犯疆土的突厥蛮夷。

这样轰动性的消息即便是闭塞的凉川百姓也不可能听不到，城里顿时议论纷纷。纵然胆怯突厥人的威势，只敢在角落偷偷低语，但对于王师援军，大家还是充满了期盼。

只是与其说这份期盼是对着皇帝的，不如说是对着大将军沈涯的，毕竟他驻守边关多年，已经数次击败突厥大军，再加上凉州一直是沈家的辖地，无论是理性上，还是感情上，百姓对前来拯救他们的领主都充满了期待。

叶薰已经不止一次听到有小厮在偷偷议论着“沈将军必定能够如何如何……”“蛮子命不久了……”之类的言语。

可惜局势的转变总是出人意料。京城的援军还没有北上，满怀美好期盼的凉川百姓就先挨了当头一棒。

四月初九，突厥的十万援军率先赶到凉川城下，由突厥太子撒兀甘亲自挂帅领兵，南下凉川城来援助自己的王弟了！

大周要收复失地，突厥当然不愿意将到嘴的肥肉吐出来。撒兀甘为当今突厥皇长子，又是皇后所出，位高权重，七岁的时候就被立为太子，至今已经二十多年了。关于此人的传闻极多，据说，他天赋禀异，生俱神力，自幼就悍勇非凡，多年来突厥国内无敌手，比武过招时，往往一拳就能打得对手筋断骨折，更能开二石力之弓，百发百中……还有消息说他好色如命，东宫里妃嫔数以百计，夜御十数女云云……突厥皇帝对这个英武过人的儿子极为宠爱，常常在人前说，“此子勇武，有乃父之风……”

随着这位突厥太子的入城，芳月阁的小厮们时常面带惧色地低声议论起这位传说中的人物。各种传闻入了耳中，叶薰却不以为然，真正两军对垒时候，个人的勇武根本不足挂齿，任他武功多高也双拳难敌四手。但此人能够在突厥稳居太子之位二十多年，想必也不是有头无脑的单纯狗熊，只是不知比起陆谨来如何。

而陆谨对于这位抢走他主帅地位的皇兄又是什么想法呢？回忆起当初在陆谨营帐里看到的那封密信，叶薰绝不相信陆谨与他只是纯粹的兄友弟恭。

无论内心是如何想法，对自己皇兄的到来，陆谨表面功夫做得还是堪称完美无缺。他亲自率部出城十里，礼仪恭谨地将兄长迎进了凉川城内。同时自己搬出了主帅府邸，向天下人表明了退让之意，主从之别。

伴随着撒兀甘入城的，还有他的三千精锐随身卫队。出人预料的是，在战事还没有正式开启的时候，这些士兵就带给了凉川城一场新的劫难，让凉川百姓的生活越发困苦。

相比于陆谨部下的严明有序，这三千精锐显得更富有“草原”风格。在他们进城的不到三天的时间里，城中就有超过百家的富户商贾遭到抢掠，财产洗劫一空，妻女横遭掳掠，其中还包括一些向突厥人示好过的富户名流。

这在原本就被战争气氛压迫地喘不过气来的凉川城内掀起了新的惶恐。陆谨花费了十余天的时间竭力弹压，才让这群饱食的秃鹫回到他们的营地，让凉川的百姓稍微松了口气。

在这样紧张的气氛中，除了那些横行霸道的突厥兵，哪里还有人会有闲情逛妓院。燕姨明智地选择了歇业，整个芳月阁直接锁上了大门。

日常闲来无事，叶薰悄悄打听着突厥人的动向，计算着王师援军的路线。虽然得来的消息少得可怜，但也成为了她和沈归曦最关心的话题。

本以为战事正式爆发前就这样平静而紧张地度过了，却没有料到，人不去找麻烦，麻烦已经自动寻上了门。

“萧师傅？萧师傅？”叶薰正在自己小院的书房里整理曲谱，燕姨却慌慌张张地找上门来了。

“怎么了？燕姨。”看着满头大汗、神色惊慌的老鸨，叶薰放下手里的稿子疑惑地问道。她落脚的院子偏僻得很，这还是老鸨头一次找上门来呢。

老鸨喘了口气，按着胸口急切地问道：“萧师傅今晚可有空？”

叶薰点了点头。芳月阁都关大门了，他们每天都清闲地很。

“老身想请萧师傅劳动一趟，”老鸨不自觉地揉搓着双手，哆嗦着嘴唇说道，“那个杀千刀的突厥太子，啊不，那位太子殿下……刚才又派人来了，说是要请金菱她过去赴宴助兴唱曲子……”

“什么？！”叶薰变了脸色。

也难怪燕姨这么惊慌失措。早在那位太子爷进城当天，觥筹交错的接风宴会上，喝的半醉的太子殿下就当众提起了金菱，说他早就听闻了凉川第一名妓的芳名，仰慕不已，指名要她前去见面献艺。

这种分量的邀请，便是金菱也不敢拒绝，只好匆匆收拾就随车前往了。

在宴会上，那位太子殿下倒是不负他好色如命的名声，对金菱垂涎三尺，动手动脚，更当众说要纳她为侍妾。

金菱一时忍耐不住，讥讽了几句。结果性情暴躁的撒兀甘当场发怒。

如果不是陆谨从中周旋，众官员也纷纷求情，金菱只怕难逃一劫。即便是如此，跟随金菱伺候的十数名仆役丫环也没能逃过大难，被盛怒的撒兀甘寻了借口全部活活打死。

金菱被陆谨的手下送回来时候脸色依然苍白如纸，显然被吓得不轻。可面对如此威势，整个芳月阁，甚至整个凉川都根本敢怒不敢言。之后金菱干脆一直托病不出，燕姨也明智地趁机关门歇业了。

此后大半个月过去了，京城北上的援军已经逼近白汶城，突厥大军也整装待令，大战一触即发。大家都以为那位太子殿下政务繁忙，早已经将金菱忘了，想不到此时又会收到入府献艺的诏令。

“所以啊……”老鸨说完之后，抹了一把冷汗，道：“老身想请萧师傅跟着去一趟，好歹你是个读书人，也能给我们姑娘壮壮胆子啊。”

说完，老鸨满脸期盼地看着叶薰。本来这种事情也轮不到叶薰这些乐器师傅跟随，但自从上次陪伴金菱前去赴宴的仆役全部被撒兀甘打杀之后，今次听说了要去赴这位太子爷的宴席，芳月阁内人人走避不及，连金菱的贴身丫环都胆战心惊，一个个腰酸腿痛，称病不已。老鸨无奈之下，只好寻到了叶薰这里。

“我……”叶薰一阵犹豫，她是很担心金菱没错，可是如果她去了，只怕更加危险，万一被陆谨他们认出来……

“宴会上自然有王府的侍从伺候，你们就是在客房里等候一段时间，不必进去正厅服侍。再说，那个突厥太子明天一早就要率领大军离开凉川城了，想必也不会在出征宴上闹出血光之灾……”老鸨见叶薰没有断然拒绝，立刻忙不迭地鼓励道，“活计儿轻松，赏银也丰厚地很……”

“既然如此，我就和你一起去吧。”没等叶薰表态，她身后传来一个清亮的声音，一个五官清秀，皮肤微黑，蓄着两撇小胡子的年轻人步入房内。

老鸨疑惑地看了一眼，立刻想到，这就是萧师傅那位病重的兄弟吧，看来病已经养好了，想不到也是位不逊于萧师傅的人才啊。她对这些无关紧要的雇工向来不太注意，今日才第一次仔细打量他。

“我们过去？”叶薰转头狠狠瞪了沈归曦一眼，在想什么呢？那些宴会官员有几个没有见过你沈二少爷的？而且你的画像如今还高高悬挂在城墙上呢！

“小生兄弟二人自乡间前来，从未见过皇室贵人，如今有机会见识一下，也算不枉此生了。何况赏银如此丰厚。”沈归曦不理会叶薰的眼色，径自向着燕姨一本正经地说道。

“你……”叶薰语气一滞，这小子又在打什么主意？

听到两人语气松动，老鸨喜出望外地连声道：“正是正是，既然有两位爷相陪，我们家姑娘也能够放心了。”

昔日繁华富贵的沈家府邸今日重新热闹起来，门前车水马龙，人来人往，几乎满城的达官贵人都汇集一堂。

突厥入城之后，一直以沈家府邸为大本营。陆谨入住期间，其中摆设布置一概未动，甚至连大门上“文信公府”的匾额都懒得替换。而撒兀甘入城之后，陆谨自动退让，移居到附近另一位官员的宅邸落脚，这里便成了名正言顺的太子行宫。太子殿下嫌中原的屋子设计太过复杂狭隘，便命人将正厅左右的侧屋和里堂一并打通，合并改建成一间房子，专门用来饮宴庆功，宽阔大气，容纳数百人饮宴都绰绰有余。

此时叶薰正坐在正厅后方的一件侧屋里，这里是专门安置参加宴席的歌姬随从的房间。随同金菱前来的几个仆役都静候在这里。

因为距离正厅不远，外间喧嚣的饮宴歌舞声清晰地传入耳中，等了片刻，叶薰越发不耐烦起来。

她凑到窗口向外望去。外间灯火辉煌，人声鼎沸，与芳月阁的夜晚可谓有异曲同工之妙。只是比芳月阁多出了一列列森严的身影，那是负责护卫的突厥精兵。院子里，回廊处，树林中到处都有他们的身影，手里持着刺眼的刀枪，乌黑的甲胄上闪烁着森森寒光。还有不少正在正厅周围交替穿梭，任何想要接近的人都要经过层层盘查。

“萧师傅，小心被那些突厥兵发现了。”一个压低了的声音传入叶薰耳中。

叶薰转头一看，是一个同来的小丫环，正一脸担心地看着她。

“没事。”叶薰笑了笑，道，“我只是随便看看而已，那些突厥兵远得很呢。”

小丫环顺着半开的窗户瞅了一眼外面，佩服地低声道：“萧师傅真是大胆，只是……还是小心一些的好，万一被那些士兵给发现了，谁知道会怎么样呢？”

叶薰扫视一眼屋内，满屋子人都是一脸正是如此的表情。看来大家都被上一次的厄运给吓怕了。生怕今晚有一点儿行差踏错，杀身之祸就要从天而降。

“唉，只希望宴会早点结束，那个太子不是很快就要出征了吗？还敢这么通宵达旦地喝花酒……”一个小厮低声叹了口气。

“嘘，小声一点儿，小心被人听见啊。”另一个小厮赶紧把指头竖在嘴前，示意道。

“唉，无论那位太子爷想要喝到多么晚，我只希望他老人家不要发什么脾气就好了。”

“指望那位太子爷，还不如指望我们金菱小姐，千万顾惜我们这些下人的性命，让我们有命回去呢。”一个小厮不忿地插嘴道，“这年头，连伺候花酒都要担心性命不保，那些突厥蛮子真是……”

这小厮还没有说完，吴纹连忙板着脸打断了他们的议论，“都说什么呢？还不快住嘴，小心突厥人进来了听见。”

众人不敢再多说，屋里沉默下来。

“对了，萧师傅，你家兄弟呢？”转头望见依然站在窗边的叶薰，吴纹禁不住问道。

“他刚才去正厅送乐器了。”叶薰回答道，一边神色有些忧虑，“只是过了这么久还没有回来？也不知是否出了什么事故？”先发制人地把沈归曦为什么还不回来的疑问打出去，吴纹他们自然无法开口询问了。

“也许是留在那里给金菱小姐帮忙了吧，萧师傅不必担心。”吴纹他们安慰道。

叶薰点了点头，心中却忍不住担忧。

这小子不会干什么傻事吧？

那天老鸨走了之后，叶薰问起沈归曦为何要去参加这场宴席。沈归曦回答她是想来探听一下情报。

“我们总不能老是守在这个小院子里吧，我的伤势如今已经痊愈了，趁机探查一下突厥的军情，也看看能否寻到机会联络到助力，帮我们逃出去……”

沈归曦说得句句在理。叶薰却依然满腹怀疑，“就是这么简单？”凭着这些日子对他的了解，叶薰就知道他心里头一定还有小算盘，绝不是单纯的打听情报这么简单。

“不然还能怎么样？”沈归曦无奈地摊手说道。

“不管你是想去干什么？绝对不许去刺杀那个突厥太子，也不许去刺杀陆谨他们……”叶薰一本正经地叮嘱道。

直到沈归曦第N遍向她诅咒发誓，自己绝对不会因为一时头脑发热，自寻死路地跑去当刺客，叶薰才终于点头同意前来。

到了这里，沈归曦立刻以帮忙送乐器的名义出了院子，至今大半个时辰过去了，还不见回来。也不知道他到底打听出什么消息了没有，可千万不要被人逮住了。

要说沈家府邸的地形建筑，绝对没有人比自幼生长在这里的他更熟悉了。即便是打探不到有用的消息，也能够全身而退才对。叶薰自我安慰地想着。

正想得入神，忽然一声惊呼打断了她的思绪，“啊！小姐的白玉萧怎么还在这里？”

众人纷纷转头看去，一个小丫环满脸惊慌地站在行李旁，手里拿着一支通体莹白的玉箫。

“这是我刚刚从箱子底下翻出来的，”小丫环惊声道：“小姐不是有一首曲子要用它吗？”

众人连忙围上去，一个小厮拍着脑袋急道：“糟了，是放在角落忘记了。”

“不用急，这是最后一首曲子要用的，还有好几个时辰呢，等小姐休息更衣的时候帮她送过去就行了。”吴纹道。

“那……谁过去？”小丫环低低问了一句，众人一时哑然。平时人人争抢的活计儿，此时人人走避不迭。要去和那些突厥兵打交道，想想都头皮发麻。

“那我……”吴纹刚要开口，叶薰打断了他的话，道：“我去吧。”说着从小丫环手里把玉箫接过来。

此时陆谨应该在宴席上，只要别遇见他，自己的男装打扮应该不会有人看破。叶薰暗暗想着，她实在担心沈归曦的去向，决定亲自出去看一趟。

一路倒也平安。只遇见了一队巡逻士兵，见她是个文弱书生，盘问清楚是去送乐器的之后，倒也没有为难。

叶薰一路通畅地来到后堂，向守在院门处的突厥守卫说明原委，守卫便放行了。

后堂都是客房，是专门给赴宴的宾客醒酒或小憩的地方。金菱如今的身份不同一般，这里还专门为她准备了一间屋子，供其更衣休息。

叶薰进了屋，刚踏进房内，立刻感觉一阵异香扑鼻而来，她向四周看去。

这里原本是沈夫人休息的侧间，布置地颇为华丽，雪堆的轻纱帷幕被碧玉钩分挽两侧，正中是一张檀木圆桌上，掐丝珐琅缠枝烛台上燃着数只蜡烛，将房内映照的纤毫毕现。帷幕之后，一张乌木鎏金床榻掩映在流苏幔帐间，床头一只青铜纹狮螭耳的香炉里正燃着不知名的香料。

原来香味是从这里来的，叶薰恍然大悟，却也并未多心，径自走到桌旁将玉箫放下，然后凑到窗边查看四周的动静。

周围一片寂静，这一路上也没有碰见任何异常。真不知这小子跑到哪里去了，叶薰暗暗担忧着。不过没有异常也算是一个好消息了，至少说明他还没有被人发现。

叶薰在床边坐了片刻，也许是门窗一直关着的缘故，细腻入骨的香气弥漫在整个房间里，越来越浓重。闻得久了，竟然有些头晕起来。

她忍不住晃了晃头，感觉清醒了一些，心想：不知金菱什么时候才会过来，与其在屋里干等，不如留下一张字条回去算了。

窗下就是书桌，笔墨齐备，叶薰提笔在纸上写下几句话，寥寥数语告诉她玉箫遗漏的事情。

写完之后，叶薰回到圆桌旁，拿起玉箫，想将纸条压在玉箫底下。可就在这时，她忽然感觉一阵头晕眼花，天旋地转。全身力气像是被什么东西硬生生抽走了，那支轻轻的玉箫瞬间变得重逾千斤，拿在手里竟然不稳了。

她连忙扶住桌子，才没有跌倒在地上。想要站直身体，双腿却软绵绵地使不出丝毫力气。

头脑越来越昏沉，“啪”的一声脆响，白玉箫失力地跌落在地上，碎成两截滚落到桌子底下。

叶薰无力地伏倒在桌子上，只觉得全身发烫，迷雾一样的晕眩感笼罩住神志。

浮动在空气里的香气越来越浓郁。

正有一种奇异的感觉，伴随着这渗入骨髓的馥郁暗香，从内心深处蔓延上来，掀起陌生而敏感的惊涛骇浪……

华灯闪耀，夜色香侬，正厅里宴席正进行地酣畅淋漓，新建的大厅宽广通畅，上百宾客分列左右，中间的空地上十几名长腿纤腰的红衣舞女正翩翩起舞，脂粉香气伴着酒意满厅飘散。穿梭不停的仆役将美酒佳肴源源不断地送上桌，舞女歌姬悠扬的曲调回荡在夜空之上，喧嚣的谈论声中汉语和突厥语夹杂不清。

满场欢腾，只有正中间的主席清净了不少，上面只设了一桌酒席，一个年约三十，身材魁梧的男子坐在案后，手里摇晃着酒杯，心不在焉地盯着场中舞女飘逸的水袖。

仔细看去，他体格粗壮悍勇，一看便知是外家功夫已臻化境的高手，面目硬朗中透着精明，显示此人并非有勇无谋的愚鲁之辈，只是那精明中又流露出一股子阴鸷之气，使人望而生畏。这男子正是如今凉川城的绝对主宰——突厥太子撒兀甘。

他正端着酒杯出神，冷不丁酒席一侧传来一声爽朗的笑声，“王兄看这歌舞如何？”是坐在左边第一席的陆谨开口发问。今日的酒宴他未穿官服，也不是突厥皇子打扮，只是一身普通的文士衫，在满座的官袍战衣之间更有一种格格不入的儒雅温文之气。

撒兀甘回过神来，见是陆谨同自己说话，应付地点了点头，其实他根本没听清楚陆谨说了些什么。

陆谨眼眸中闪过一丝疑惑，面上却不动声色，接着话题扯开去，随口评论起席上的美酒：“中原的酒比起我们突厥的酒清淡不少，臣弟素知王兄海量，生怕喝不惯那些女儿红、竹叶青之流，因此特意选择了城西王家老店二十四年的流金酌，这酒品尝起来……”

撒兀甘心下不耐烦，但不想引人怀疑，也只好装作倾听的样子，“恩啊”了两声算作回答。

两人谈的正“兴起”，从侧门闪进了一个身影，是撒兀甘的近身侍从。

见他进来，撒兀甘眼神一亮，沉闷之色一扫而空。

侍从匆匆走近撒兀甘的耳边低语了数声，撒兀甘神情闪烁起亮色，待视线转到陆谨身上，又已经是一片平和，他轻咳了一声，道：“四弟就先替我照顾招呼一下客人，军中有些事务。”

“可是急事？”陆谨挑了挑眉，随口问道。

“不是，”撒兀甘摆了摆手，“几个不听话的士兵在闹事而已，我去去就来。”

“军务重要，王兄放心去吧。”

撒兀甘立刻起身带着亲随消失在门后。刚出了正厅，他就迫不及待地问道：“事情可顺利？”

“一切顺利，小的刚才安排了一个侍女故意撞到她身上，将她的衣服泼脏了。这样她必然要去客房换衣服了。”那亲随满脸得意地将自己的设计娓娓道来，“屋里那天女合欢散已经点了一个多时辰了，只要闻上片刻，任她贞洁烈妇也抵受不住，到时候还不乖乖地任殿下摆布……”

“哈哈，干得好，本王重重有赏。”撒兀甘闻言大喜，长笑着赞许道。

“上次本王难得看中了她，那个贱人竟敢不识抬举，哼，待本王挥兵南下，大周的公主皇妃都要任我予取予求，何况一个歌妓而已。”想起上次遭到的拒绝，撒兀甘眼中戾芒一闪，“待会儿看本王怎么收拾这个贱人，非要她求生不得求死不能方能解我心头之恨……”

“正是正是，”那随从谄媚地笑道：“殿下能够看中了她，是她几辈子修来的福分……”

……

第三章

桃花幽梦

这是怎么了？

叶薰伏在圆桌上，全身酸软无力，头脑也跟随着身体变得越来越迟钝，直到一声颤抖低微的轻吟从她口中发出。

这声音细弱无力，像是刚出生的小猫在叫唤，可传入了叶薰耳中却如五雷轰顶，

刚刚的呻吟，是自己发出来的？

叶薰简直难以置信，怎么可能？！那声音听起来简直像是……

难道说……

不会这么倒霉吧！难道说自己是中了春药？！

没吃过猪，也看过猪跑路。春药这玩意儿虽然没有亲口品尝过，但服用之后的效果，却早已在无数的小说电视里见识过了。

体会着两辈子都未曾感受过的奇异感觉，叶薰终于肯定，自己是百分之百地中奖了。

对了，是那个香炉！那种香味，难怪闻着不对劲儿。

现在怎么办？

不能留在这里任人宰割！叶薰竭力挣扎着从桌子上爬起来，捂住鼻子，摇摇晃晃向门口走去。可仅仅走了几步，就开始腿脚酸软，只好扶住一旁的屏风。

眼看大门就在面前，可就这几步路的距离，却是咫尺天涯。

力气流失地越来越快，别说抬脚了，叶薰甚至连站都站不稳了，只能勉力支撑着不要让自己倒下去。

就在苦不堪言的时候，忽然一道凉风刮了进来，清爽的空气瞬间灌进屋子，如当头浇下一盆冷水，叶薰瞬间精神一振。

是门被打开了？！

“谁在屋里？”伴着开门的动作，传来一声毫不客气的呵斥。

来的是一个突厥士兵！

叶薰明白是性命攸关的时刻，她不敢露出破绽，强打起精神，装作若无其事的样子，低声道：“这位军爷，小人是芳月阁的小厮，是奉命来给我们姑娘送乐器……”

“送乐器的？既然送到了就赶快出去！这里可不是你待的地方。”那个士兵不耐烦地打断了叶薰的话，驱赶她立刻出去。

屏风隔断了身后的光线，叶薰红地异常的肌肤和满头大汗被漆黑的夜色掩去了不少，而突厥士兵奉命迅速清理这附近的“闲人”，自然没有多余的工夫去细看一个小厮。

叶薰长吸了一口气，终于走出了屋子。那士兵还嫌她走的太慢，在她背后不耐烦地推了一把，“别磨磨蹭蹭的，走远点儿。”见叶薰走得磨蹭又摇晃，他只以为是寻常百姓对突厥兵的恐惧心理在作祟，并未疑心。

借着力道踉跄了几步，叶薰总算有惊无险地离开了这间院子。

正厅的酒宴依然在继续。陆谨持着酒杯轻抿了一口，清淡的酒液划过舌苔，带着辛辣的香味。

感觉已经开始浮现淡淡的醉意，陆谨放下了杯子。他一向很有节制，从来不会让自己真的喝醉。

侧门无声无息的打开，一个随从快步走近，低头在陆谨耳边低语数声。

陆谨闻言眉头一挑，转头神色平淡地扫了一眼场中，眼见无人注意这边，当即站起身来，快步消失在了门后。

出了院子，漫无目的地向前走着，叶薰的头脑越发昏沉，是药力正在体内发散开来。那香料的药力可不是吹一阵凉风就能解除的，尤其她待在屋里的时间太久，药力已经深入肺腑，刚才被寒风一吹，也只是清醒了片刻。此刻药力发挥出来，燥热的感觉绵绵不断地涌上来，叶薰只觉得一阵头昏目眩。

开始时还能够认得路，走了片刻，眼前所有的道路都变成一模一样了，不知不觉间，她离回去的路越来越远了。

沈家府邸终究是居住多年的地方，穿过一道垂花门，叶薰扶住门框停下来，想要仔细分辨路径。可大脑像是被什么东西堵塞了，沉滞地几乎完全不会转动，更有一种奇异的感觉，从身体里源源不断地涌上来，全身又酸又麻。

就在这时候，左边林丛里传来一阵整齐的脚步声。

“是有人走近？”叶薰迟钝地想着，转头向那边望过去。

不好，是巡逻的士兵！

“是谁？谁在那边？！”领头的士兵似乎察觉到远处有人，高声吆喝起来。

被发现了！怎么办？叶薰昏昏沉沉地思考着这个问题，大脑几乎无法运转了。

迷茫中她只知道自己应该立刻躲藏起来，免得被这些士兵们看见。可指令从大脑传递到肢体的效率低地可怜，刚迈开一步，那些士兵已经行动起来了。

“有动静！在那边，在那边……”士兵们高声呼喊着，显然是发现了目标，一队人急急冲过去。

遭了！叶薰一颗心直直沉下去，正在心急胆寒之际，却发现那些士兵所走的方向不对劲儿，整队士兵竟然向另一条道路呼啦啦急奔而去了。

原来不是冲着自己来的。叶薰松了一口气。

继续向前走，随着时间的推迟，药力愈加挥发出来。半昏迷的状态里，叶薰早已不能分辨路径，只全凭着本能向前行走。

整个人都恍惚如在睡梦中，迷茫中却觉得眼前的亭台楼阁越发熟悉起来。不知不觉，她已经走入了后院。

轻车熟路地穿过一丛林木，眼前豁然开朗，一座再也熟悉不过的院子映入眼帘。正是她居住了两年之久的地方——兰蔷园。

所幸这里地处偏僻，距离撒兀甘居所又远，突厥人并未在此留下看守。

推开尘封已久的大门，叶薰摇摇晃晃走过长廊，进了内院。

自从去年秋天离开这里，就再也没有人居住打扫，入目处落红满地、残叶成片。悬空的圆月格外明亮，院中一草一木都纤毫毕现，熟悉亲切。

正是晚春的季节，院中桃花开得荼蘼灿烂，满树枝丫格外放肆，嚣张地伸过横栏。朵朵淡雅却浓烈的红色点缀其上，蔓延渲染，连空气里似乎也浮动着灼热的色彩。

叶薰踩过厚厚的落叶，径直走过回廊，来到一间房门前。

双手轻轻一推，伴着“吱呀”一声轻响，久已无人居住的房门缓缓开启。

月光顺着敞开的大门投入屋里，熟悉的陈设历历在目，可居住在这里的人哪里去了？

叶薰踉跄着步入房中，走过其中。她伸出手去，轻轻抚摸着桌椅床凳。冰冷的硬木触感沿着指间传递到心间，体内的燥热烦闷竟奇迹般缓解了不少。

凝望着这些熟悉的家具摆设，混乱的思绪伴着一种落寞的感觉翻涌而上。

“你现在在哪里？”她轻轻开口问道，鼻子一酸，眼泪几乎要掉下来。

然而话音未落，身后传来一阵响动，叶薰惊异地转过身，就看到了桃花尽头静静伫立的修长身影。

和煦的春风中桃花瓣纷纷扬扬，漫天飘洒，少年就站在花海的那一端，脸上还带着掩不去的疲倦尘土，但任何的风尘疲惫也消减不了他一丝一毫的摄人风光。

仿佛太阳初生，日月同辉。他眸中璀璨的亮光之下，黯淡的夜色也在刹那间变得千妍百丽。一瞬间叶薰有些炫目，仿佛整个兰蔷园的光彩都被这熟悉又陌生的容颜同化了。

这记忆深刻的一幕让叶薰震惊惶惑，她想要抬脚上前，却终于无法承受这一重重压下来的迷蒙晕眩，全身脱力一般向后倒下。

蒙眬之中，她看见院中的少年正箭一般冲进屋里。

然后，她感觉有一双手牢牢抱住她，让她免于跌落尘埃。温暖的怀抱里，一种安心的感觉涌上心头。

"……"她轻轻呼唤了一声，就眼前一黑，彻底陷入深沉的昏迷中了。

夜风夹杂着纷乱的雨滴打在门窗上，发出低低的呜咽饮泣之声。北地的春天依然泛着浓浓的凉意，尤其在西部地势高峻的平鄂城里，即便已经到了晚春，夜晚的风还是清冷料峭。今夜又是个下雨的夜晚，比平时更多了一层森寒。

一阵急风吹过，坐在书案之后的少年不自觉地手一颤，手边的杯子被不经意地碰倒在地上，伴着"啪"的一声脆响裂成数片。

"少主？怎么了？"旁边案上处理事务的属下吃了一惊，连忙走近关切地问道。

"无事，只是被寒风一吹，手抖了一下。"少年抬起头来，安慰地一笑，清雅俊美的面容上隐约带着几丝疲惫，却不减分毫锐意。

被寒风一吹？

属下疑惑地将视线投向封闭地严严实实的门窗，外面风雨是不小，可屋里一直很暖和啊。

转头看向年轻的主君，属下不自觉地愣了愣。刚才是错觉吗？他忍不住有些怀疑自己的眼神了。那一瞬间，在橘黄色的烛火光晕下，素来坚强的少年身影看起来竟然格外伶仃。

但也只是一瞬间而已，再看过去，少年依然是那个理智聪慧地不符合年龄的主君。

“怎么了？”察觉到属下的异样，少年敏锐地抬头问道。

“没……没什么，只是少主您也太过于操劳了，都这么晚了，这几天连续批阅文件也……”

“无妨，”少年略笑道：“马上就结束了，你先下去睡吧。过一会儿我自己会收拾的。”

“这……”属下略一迟疑，还是躬身告退了。虽然想留下辅佐，但他看得出，此刻的少年想要一个人待会儿。

推门出去，细心地关上门，房内又是只属于一个人的空间了。

空气中沉寂着深深的寥落，时间的流淌也渐渐缓慢沉滞下来。少年并未急着处理剩余的文件，而是站起身来缓步走到窗前。

推开窗，细密的雨滴随风穿入，洒落在他的脸上，他却恍如未觉，只是出神地盯着院中的桃树。那里枝头上，有一朵粉嫩的桃花，还只是半开，却不逢时地遇到了这场急促的风雨，正孤零零地在雨中左摇右摆。过了片刻，终于受不住风力，离了枝干的依托，跌落下来。

他闭上眼睛，感受着夜雨带来的丝丝凉意，也细细品味着心中莫名翻涌而上的难受滋味。

这突如其来的伤感是因为什么？这场飘零孤单的夜雨又到底要持续道什么时候呢？

叶薰觉得自己在做一个深沉的梦。梦中的她像是浮在一团柔软的云朵上，失重般飘飘荡荡，不知落向何处，在飘荡的同时，她感觉全身越来越热，火烫地像是要燃烧起来了。更有一种奇异的冲动叫嚣着、翻滚着要从体内翻涌而出，却迟迟找不到宣泄的出口，被压抑的痛苦让她呻吟出声。

似乎唯一的清凉就在身边，她不断地向它靠过去，磨蹭着，拉扯着。渐渐的，知觉恢复了一些，她感到有冰凉的触感递到唇边。她直觉性地张开口，立刻有凉凉的水顺着喉咙滑过食道，流入四肢百骸，缓解了体内的燥热。同时清凉的感觉还洒在自己脸上，额头上，脖颈上……燥热慢慢平息，涣散的神志开始清醒。

又过了不知多久，体内的不适终于缓解下去，这个让她精疲力竭的梦也终于结束了。她睁开眼睛，首先映入眼帘的是一张放大了的面容。

就算和这张脸朝夕相处了这么多时日，就算这张脸从任何一个角度看上去都是一件赏心悦目的事情。但在猛地清醒过来的同时就看到一张距离如此贴近的脸，任何人的第一反应都……惊吓。

叶薰强压住喊叫出声的冲动，眨了眨眼，然后她看清了自己当前的处境，两人正肢体纠缠地躺在……床上！！！

一个女子在睁开眼睛之后见到自己竟然和一个男人毫无隔阂地拥抱着躺在床上是什么反应？

叶薰随即做出了几乎所有女孩都会有的正常反应。“啊！！！”她条件反射地喊出声来。

看到叶薰总算睁开了眼睛，沈归曦先是松了一口气，这个夜晚同样也让他精疲力竭。然而眼中刚刚浮起一丝轻松，随即一道高调的尖叫冲入耳膜。

沈归曦的行动也很像是所有登徒子的必然选择，他眼疾手快地一把捂住了叶薰的嘴巴，把这声惊天动地的尖叫扼杀在了摇篮里。

“别叫……”沈归曦低声喝道，可刚说了两个字，手上就传来一阵刺痛，“啊！你……”是叶薰毫不客气地一口咬了下去。

“干吗咬我？”沈归曦飞快地缩回手，看着指头上那两排清晰的压印儿，低声问道。

“你说呢？”叶薰义愤填膺地瞪着他，他还敢问她？！大清早地一起床看到这种光景，她没有赏他几个耳光就不错了，怎么可能……

“你小声一点儿，突厥人还在外面呢。”听到叶薰声音又有拔高的趋势，沈归曦心急地提醒道。

突厥人？对了，他们这是在沈家府邸！叶薰一个激灵，猛地清醒过来，难怪刚才他捂住自己的嘴不让自己喊叫。

可是发生了什么事情？两人怎么会……

转头看到近在咫尺的沈归曦，叶薰连忙喝道：“反正你先放开我再说。”声音压低了下来，气势却丝毫没有减弱。

“应该是你放开我才对吧。”沈归曦无奈地提醒道。

叶薰一愣，定神一看，这才发现原来是自己八爪鱼一样紧紧缠在沈归曦的身上，具体来说，是自己的大半个身体正压在沈归曦身上，还树袋熊一样死死抱住他不放。而沈归曦则无奈地摊开双手，表达着自己的无辜。

两人贴得这样近，叶薰的脸“腾”地一下子红透了。

视线连忙转到身上。

阿弥陀佛！谢天谢地！衣服还是好好的，或者说，自己的衣服还是好好的。至于沈归曦的衣服嘛……叶薰心虚地瞟了他一眼。衣衫凌乱，襟袖散开，完全被折腾地不成样子了。怎么会变成这样？该不会是被自己弄得吧。

叶薰连忙翻身，想要从他身上爬下来，可就是这么一个简单的动作竟然没有成功，刚起了一半就摔倒在床头。

沈归曦眼疾手快地拉住她，才免得她从床上摔下去。

刚刚情绪太激动，此时冷静下来，叶薰才感觉自己四肢乏力，全身都像是被大象踩过一遍，每一块骨头都酸软不堪。全靠沈归曦扶住她，才缓缓坐了起来。

身上不适的感觉召回了那段不堪的记忆。她终于回想起昨晚的事情，那支玉箫……那间客房……还有那个该死的香炉……

自己中了春药！

“昨晚你是怎么回事？”从桌上替叶薰端来一杯水，沈归曦在一旁问道。

“没……没什么……”叶薰握着被子角，结结巴巴地搪塞道。中了春药？自己怎么会这么倒霉，幸好看起来没有发生什么不可挽回的事情……

这种丢脸又倒霉的事情还是少说为妙，尤其是自己这次不过是当了别人的替罪羊。对了，那个屋子里的春药应该是……

“什么没什么！都中了春药了还敢说没什么！”沈归曦一声怒喝，打断了叶薰的思绪。

“啊，你知道啊，用过？”叶薰抬头吃惊地问道。原本以为春药这种东西，对于这位除了武功什么都不感兴趣的二少爷来说是属于异次元等级的存在，没想到他竟然知道。

沈归曦嘴角抽搐了一下，忍不住低吼道，“你的反应瞎子也能看出来了！先告诉我是怎么一回事？！”

眼看没法隐瞒了，叶薰无奈，只好将这件丢脸到家的事情原原本本地交代了出来，从自己去客房说起，一直讲到昏昏沉沉中遇见了突厥巡逻士兵的危机，她存留的记忆也就到此为止了。

“总之，都是因为你一去不见人影了，不然我用得着去找你吗？”追本溯源，叶薰很快找到了罪魁祸首。

想起这一夜的经历，难受、害怕、憋屈……叶薰心头越发委屈起来，“都是你，要跟着参加什么见鬼的宴席，你那时候去干什么了？”

“我……”沈归曦话语一滞。

“你先说一下，我们怎么会在这里的？”叶薰仰头一口气将手里的水喝干，气势汹汹地质问道。清醒片刻，体内的力气恢复了些许。

沈归曦接过她手里的杯子，又替她端来一杯清水，一边缓缓说起自己昨晚的行动。

“……然后就看到你一个人向着后院走过来，路上遇见了巡逻的士兵也不知道躲藏……”沈归曦一五一十地交代道。

我倒是想躲藏，可已经没有力气了。叶薰暗暗嘀咕道。

“……好在我发现得早，帮你引开了追兵。”沈归曦继续说道。他发现叶薰，正是叶薰停留在垂花门的时候，夜色正深，他虽然奇怪叶薰为什么会来到这里，但紧逼其后的突厥兵却让他无暇思考这个问题。他故意弄出声响，然后引着突厥兵跑向别的道路。直到院墙处，才甩开突厥兵匆匆赶回。至于那些倒霉的突厥兵发现自己一路跟随的是只野猫之后是什么表情，他就无暇留下细看了。

匆匆回了原地，却已经不见了叶薰的身影，他心急如焚，但推敲叶薰的路线，再加上对自家府邸的熟悉，他很快推测出叶薰是回兰蔷园了。

急急奔向兰蔷园，果然一踏进院门，就看见了伫立在这间屋子里的她。

“嗯，那个……然后呢？”叶薰偷眼看了看外面的天色，天空已经蒙蒙亮了。自己进了这间房子顶多是晚上十点钟左右，也就是说，她和他单独在房子里待了一夜。而尤其该死的是，她还中了春药!

现在最重要的问题是……

“你有没有……”叶薰说到一半戛然而止，她本来想问，你没有把我怎么样吧？但又觉得这句话实在是太掉价、太失面子了，于是换了种说法，问道：“嗯……那个，我没有把你怎么样吧？”

沈归曦：“……”

“呃……没有就算了……天色也不早……”叶薰心虚地转移开话题。其实她昨晚上也不是一无所知，蒙胧间，感觉到有人替自己喂水降热，忙了整夜。既然没事，还是赶紧揭过为妙。

可惜沈归曦却没有配合她的指挥棒，似乎是被叶薰一句话刺激到了，他咬牙切齿地慢慢吐出一个字来：“有……”

“啊？！”叶薰闻声一愣，刚才他说什么？！

这个回答太出乎她意料之外，她吃惊地睁大了双眼，看外星人一样瞪着沈归曦。

不理会叶薰的眼神，沈归曦一本正经地讲述起某人昨晚的恶行：“你不仅拉扯着我不放，又是咬，又是挠，还拽我的头发，扯我的衣服……”只有天知道他昨晚上“忍”得多么辛苦。

随着他的讲述，叶薰的脸颊越来越红，听到后来简直要烧起来了。

喂、喂、喂，用得着说得这么明白吗？就算是我给你添了点小麻烦，罪魁祸首可是你自己啊。要不是你四处乱蹿，不见人影，我怎么会跑出来找你，然后中了这种乌龙陷阱……她不满地瞪了沈归曦一眼，暗暗抱怨着。

可就在对上沈归曦视线的时候，她却不经意地在他眼中捕捉到了一丝笑意。

这个臭小子，是故意这么说的，他是在看自己出丑。

叶薰生起气来，好胜心气，她眼珠一转，抚着胸口，学足电视里酸书生的口气，痛心疾首地惊道："啊！想不到小生一时昏聩竟然铸下如此大错！真是罪过罪过啊！玷污了娘子清白……不过不用担心，我一定会负责任的。"说到后来，叶薰忍不住想笑了。

沈归曦彻底被这强大的反击打败了，完全一副不知道应该用什么表情的表情。

看着他呆呆的神情，叶薰心里有点小小的得意。总算扳回一局，她犹自不放弃，继续得寸进尺地伸手捏住沈归曦的下巴，轻佻的扬了扬眉，摆出登徒子调戏小姑娘的专用表情，调笑道："小娘子生得不错，本大爷算是赚了。只是日后小娘子你跟了我，要记得三从四德，五礼七出……"

三秒钟之后，那张俊朗的面容腾地一下子红了，像煮熟的螃蟹。

叶薰心下大乐，挑衅地冲着沈归曦眨了眨眼。哼，比脸皮厚度，你小子可比我差远了。

正在得意的时候，忽然一阵天旋地转。是某人终于忍无可忍了。

叶薰一阵发晕，直到感觉后背抵在柔软的被褥上，叶薰才猛地醒悟，自己竟然被他给……推倒了……

遭了，真的调戏出火气来了。这些日子只见到这只小黑猫越来越老实听话，竟然忘了他也是有爪子的，而且脾气还很火暴。

感受到压在身上的重量，叶薰仰头对上那张不知是被她羞得还是被她气得通红的俊脸。

丹凤明眸里燃烧着深沉灼热的温度，目光化为实质般落在自己脸上，叶薰心慌意乱地错开视线，只觉得两人贴近的地方火烫地让人心悸。时间像是又倒回了昨晚，那种要燃烧起来的感觉……

一瞬间，时间像是停止流动了。叶薰感觉自己的心脏怦怦跳动，伴着他不断贴近的呼吸，越来越激烈，越来越……

漂移的视线不经意地转到窗口，清凉剔透的晨曦微光从窗边透进来，刹那间惊醒了叶薰的迷茫。

她心下一沉，连忙推了沈归曦一把，逃避一样打破两人间的暧昧气氛："快起来，都什么时辰了？而且这里是哪里还不知道呢？"

说到这里，她这才想起，昨晚她昏昏沉沉的，只记得自己来到了一个最熟悉、最安心的所在，就放心地倒下睡觉了，还真不知道这里是哪里呢?

她转头向四面看去。熟悉的桌椅板凳相继映入眼帘，直如当头一盆冷水浇下来，让叶薰心里一颤。

这是她无数次在梦中见到过的房间!

是萧若宸的房间!

身下的床榻也是小宸的，想起无数次推门进来看到他坐在床上刻苦运功的情形，叶薰身体一僵，随即推开沈归曦，飞快地从床上跳了下来。

沈归曦连忙扶她站稳，察觉到叶薰神色有转变，他轻声问道："怎么了？"

"没什么，"叶薰安慰地一笑，道，"失踪了一整夜，他们肯定很着急，我们回去吧。"一边说着，视线却不自觉地飘向屋内的陈设，神色闪烁间带着掩饰不住的留恋。

沈归曦随着她的视线望过去，心下忍不住泛起一种奇异的感觉。

这里记得好像是叶宸的房间吧？奇怪，自己在介意什么，叶宸不是她的亲弟弟吗?

是因为昨晚她倒在自己怀中时候的最后一声呼唤，还是因为躺在床上翻覆不止、肌肤相亲时低低的梦呓?

心里总是有一种不对味儿，像是有一只小猫爪子在挠着抓着……

"你还愣什么？"向门口迈了几步，发现沈归曦动作迟缓，叶薰疑惑地转头问道。

"没……没什么……"沈归曦清醒过来，掩饰地说道，"时间不早了，芳月阁的人也要启程回去了，我们回去吧。"

被他这么一提醒，叶薰猛地想起，惊叫一声："啊，糟了，金菱！那间屋子里的药是给金菱准备的！"

都过去一整夜了，金菱若是中计，岂不是已经……

叶薰心急如焚，事不宜迟，两人匆匆离开了兰蔷园。

一路上沈归曦警惕探路，两人很快无惊无险地回了仆役聚集的侧院。

院子里众人正在收拾回去的行李。马上就要动身返回芳月阁了，叶薰两个却迟迟不见人影，吴纹他们已经急得快要冒烟了。眼见两人从后门拐进来，众人纷纷松了一口气。

"萧师傅你们去了哪里？怎么一夜都不见人影？"

"是啊，我们差点就要出去寻找了。"

面对众人的询问，叶薰谎称两人是被留下在宴席上帮忙，应付了过去，反正吴纹他们也不可能去找突厥仆役们验证。

众人并未起疑，只是在得知两人忙碌了一夜，却没有捞到什么赏钱之后，再一次小小地鄙视了突厥人一把。

"金菱她怎么样了？"顾不上理会这些，叶薰急急拉住吴纹的衣袖问道。

"金菱姑娘啊，还在正厅那边呢。"吴纹回答道。

"还在正厅那边？"叶薰一惊，该不会……她连忙问道："发生什么事情了，怎么还没有回来？"

"也没什么事情，应该还在暖阁与那位突厥四皇子，还有好几位大人一起讨论诗词乐理吧。"吴纹笑道："一更天的时候，金菱姑娘身边的小荷过来替她取衣服，说是不小心沾了残酒，但过了一会儿又说不必了，好像是凑巧遇见了那位四皇子，便命人从库房给金菱姑娘取了一套，然后两人顺道去暖阁那边闲话了。"

原来有惊无险，叶薰总算放下了一颗悬着的心。

只是，仅仅是“凑巧”吗？

算了，金菱没事就好。无论如何，叶薰对陆谨的感观也稍稍改良了一些。

宴席曲终人散，结束了工作，芳月阁的车驾顺利离开沈家府邸。

陆谨与几个手下一同步出正厅，略交代了几句，手下各自领了任务，纷纷离开了。他走过偏厅，正看到有侍从手里持着一管洁白的物件从房间里出来。

那个房间……陆谨略一迟疑，止住了步子。

几个侍从见了陆谨，纷纷躬身行礼。

陆谨示意免礼之后问道：“这是什么？”

“回禀殿下，是一管玉箫，只是已经被摔断了。”侍从一边说着，一边将手里断成两截的白玉箫举高。

陆谨目光扫过，以他惊人的记忆力，立刻认出这是金菱所使用的乐器。

想必是丫环整理的时候不小心摔碎了。他并未起疑，正要离开，却忽然发现侍从的手里还有一张纸，随口问道：“这是……”

“噢，这是在房间桌子上发现的。”侍从察觉到陆谨的目光，连忙把卷成一团的废纸小心翼翼地展开呈上。

陆谨接过来，视线落到字迹上，神色微微一动。

纸上的字迹娟秀清淡，很是顺眼，却怎么看怎么别扭。仔细辨认，他才发现是因为短短几句话里面竟然有很多错别字，数量之多实在是与笔迹的质量不相符合。但仔细一看，那些错别字却都错得分外古怪，若说是错字，偏偏每一个字他都能认识，就像是故意把一个字简略了几笔，还是能够看得出这个字的原型和意思。

好奇怪的纸条，这般别出心裁的偷工减料……

“这是谁写的？”陆谨忍不住抬头问道。

这样简单的问题几个侍从却面面相觑，回答不出。

“怎么了？昨晚谁进过这个房间还不知道吗？”陆谨神色有些不悦。

“启禀殿下，小人们确实不知。”侍从们纷纷无奈地告罪道：“我等只是刚刚奉命前来收拾这些房间的，并不是昨晚的看守。”

“昨晚看守的仆役都哪里去了？”陆谨皱了皱眉头，问道。

“这个……是太子殿下，说他们看守不力，命令全部斩首了。”

“什么？！”陆谨神色一紧，忍不住跨前一步，手中的纸张瞬间在他攥紧的掌力之下扭曲变形。但失态也只是一瞬间，他很快他平静下来，沉声问道：“什么时候的事？”

“就在……好像就在殿下与金菱姑娘他们入暖阁闲话的时候。”侍从想了想，低声回禀道。

“……知道了，你们下去吧。”短暂的沉默之后，陆谨神情已经平淡如初，挥手斥退了侍从。

书房的陈设简单明快，只是粉白的墙壁上并未悬挂通常所见的丹青书画，而是悬着数样寒光闪烁的刀剑兵器。这里原本是凉川一位守备武将的官邸，如今则变成了突厥四皇子的新书房。

“太子只怕是在警告主上了。”一个文士打扮的谋士站在陆谨一侧，捻须叹道，随即神色有些忧虑，“此事主上的处理未免有些失策，为了一个女子而让太子他心生疑窦，委实不妥。”

身为陆谨的心腹，他素来知道自家主上行事之缜密谨慎。为何今晚会有这样多余的举动呢？就算救金菱的过程并无破绽，但这样直接破坏撒兀甘好事的举动也无疑会让他心生不悦，对于陆谨如今的身份处境来说实在是有百害而无一利。

“你放心，他并非心生疑窦，只不过觉得憋气而已。”陆谨轻抿了一口茶水，轻笑着回答道。相比起谋士的忧心忡忡，他倒是轻松写意。

对于自己这位傲慢嚣张的皇兄，他清楚得很。这一次撒兀甘不过是生气自己破坏了他的好事，所以出出气而已。或者说，是在警告自己。无论是有心还是无意，他都要警告他，警告他注意自己的身份，不要有和他抢女人的念头。

是的，就是自己贱婢之子的身份。虽然顶着四皇子的名头，但无论是撒兀甘，还是那些皇兄皇弟，他们从来没有一个人看得起他，从来没有一个人把他真正当作对手，更勿论当作兄弟了。自己体内那一半的汉人血统，让他注定只能够处于这样一个尴尬卑微的地位上，即便是立下了破关南下、攻陷凉川这种奇功，他也永远只能够是一个有用的臣子而已。

这样最好，他现在所最需要的，就是他们的看不起。陆谨轻笑一声，只是不知道撒兀甘在这次出征回来之后，是否依然能够保持这样的心态呢。

“就算这次无事，只是……”谋士迟疑了片刻，终于躬身低声道：“只是属下还是想逾越提醒一句，那金菱固然色艺双绝，但终究只是个末品贱籍，殿下您目标远大，何必……”

“我知道。”陆谨视线低垂，打断了属下的谏言，道，“对于她，我自有计较，你不必多说。”

第四章

狼烟四起

永巍五年春四月末，帝御驾亲征，自京师挥兵二十万，誓师北上，气势锐不可当，突厥太子撒兀甘引援兵南下，长久积压在凉川城之上的战争阴云终于爆发了。

五月初，两军在白汶城周边的河道地带发生了第一场战事，北上的大周兵马获得了开战以来的第一场胜利，也给了雄心勃勃地想要建立不世之功的太子殿下一记迎头痛击。

撒兀甘南下阻截大周兵马，本来想以白汶城为前线。却不料早已被沈涯看破了布置。沈涯在城外河道处布下埋伏，待撒兀甘大军渡河的时候奋起截击。猝不及防之下，突厥士兵损伤无数。趁着突厥兵马退兵调息的空当，沈涯又派人假扮求援的突厥兵马，骗开白汶城门，配合着城内的反抗势力，一举将沦陷大半年的白汶城收复了。

然而突厥精兵的悍勇也非常人所能及，大周兵马奋勇苦战了半日终究无法阻止突厥援兵与白汶城中的驻军会和，只能眼睁睁看着突厥大军后撤往卫城方向。

纵观整个战局，一场战役的胜负其实并无多大影响。但对于北方长久担惊受怕的大周百姓而言，却是上天赐予的福音一般。凉川城中隐隐浮起喜悦的气氛，就算依然在突厥大军的严密统治之下，勃发的希望也压抑不住地露出头来。

而之后的数个月，连接都是大周告捷的好消息，北方数座小城都陆续被收复了。盘踞其中的突厥守军死的死，逃的逃。

或大或小的捷报不停刺激着凉川城民的意识，乐观的氛围越来越浓重，甚至在很多人的印象中，似乎大周的兵马马上就要打到凉川城下，把盘踞在城内的这些碍眼的突厥兵统统杀光了。叶薰已经不止一次在芳月阁听到小厮们低声议论起战事，争相议论着、计算着“还有多少天大周王师就能把这些蛮子赶跑”这种话题。

然而连接的捷报却让叶薰心下疑惑起来。按理说撒兀甘并非无能之辈，其手下突厥精兵的悍勇也绝非寻常兵马所能及。几个月里连续十几次战役，竟然绝大多数都是败退？！

难道真的如同那些议论中所说的，撒兀甘只是个有勇无谋的蠢材，空有一身武功蛮力，完全不通军事？

可是仔细查看他败退的方向……叶薰对着自己绘制的简略地图指点描画起来，从白汶城到卫城，再到锐川，再到平邑寨，再到……这方向似乎越来越向西边了。

岂不是距离凉川越来越远了？叶薰皱了皱眉头。或者撒兀甘是故意示敌以弱，想要将大周兵马引进一个包围圈子里。

可如果他真的是这样布局……叶薰摇了摇头，以沈涯的精明不可能看不破。既然沈涯带着皇帝陛下这样放心地追逐下去了，想必是有十足的把握不会落入陷阱了。

紧张地关注着城外的战事，时间在不知不觉间流过，转眼间秋去冬来。

随着严冬的来临，城外的战事逐渐进入僵持阶段，据说在吃足了沈涯狡计百出的苦头之后，撒兀甘也学乖了，开始放慢步子，稳下身形。虽然大周的兵马时不时传来或大或小的捷报，但再难以有实质性的战功了。

随着暴风雪季节的来临，两军的攻势都不得不停止下来，大有暂时休兵，等到来年再战的架势。

战争终究是遥远的，而日子却是每天都要过的。随着战事停歇，年关逐渐逼近，凉川城内的百姓也渐渐将视线转移到身边，筹备起这个战乱年岁也不可少的喜庆日子。

然而就在这个时候，战局起了让所有人意料不到的变化。

永巍五年十二月二十二日，一个震惊天下的消息传来。

大周御驾亲征的皇帝陛下，战死了！！！

一国之君战死沙场会有什么样的后果？回想起北宋时期的靖康之难，明末时候的土木堡之变……这些史书中记载的战乱里失去国君的例子，都让叶薰对大周的前途产生越来越不好的预感。

未来的大周会变成什么样子？这个问题叶薰无法想象，但至少她知道，这个消息对大周兵马士气上的打击是空前绝后的。无论这位皇帝陛下是英明还是昏聩，是神武还是庸弱，他总是大周的皇帝，是这个国家的统治者，是这个朝代的中心，是任何人都无可替代的。

连凉川城内都不可避免地受到了波及，各种各样的流言纷迭而至。有说皇帝中了诱敌之计，身陷重围，已经战死沙场的；也有说陛下是被突厥兵马给俘虏了，如今正被押解着往雁门关那边去的；也有人对这些传闻不屑一顾，中原帝王统领大军却战死于蛮夷之手，这种事情闻所未闻，必是蛮人见王师势大，故意放出惑众的谣言……

保持着乐观心态的人还很多，毕竟这个消息也只是从回城运粮的补给队伍里面透露出来的。实际上，对于这项荣耀的战功，突厥至今并未真正宣扬，所以很多百姓都认为这只是突厥动摇民心的手段而已。

但叶薰却知道皇帝确实是凶多吉少了。

能够得到精确的消息，还是沈归曦的功劳。当日他坚持跟随金菱去参加宴席，实际上不仅是为了打探情报。沈家长年坐镇凉川与突厥抗衡，在突厥阵营之中自然也安插了不少细作探子。沈归曦那次前去赴宴，就是为了暗中联络这些势力。

这些密探虽然大多都只是仆役护卫之流的底层人士，无法帮两人逃出戒备森严的凉川城，但打探消息，传递情报却最是方便不过。现在两人所能得到的消息自然不是城中纷纷攘攘的谣言所能及的。

大周建国时就曾经击溃突厥，将其逐出中原。立国这些年来，大周守军占据雁门关地利优势，日常边关纷争胜多败少，于是朝中不免对这些“蛮子”逐渐轻视起来。尤其当今皇帝即位以来，突厥内乱不止，一直无暇南顾，而沈涯坐镇北方的数年间又一直是捷报频传，所以在当今陛下的心中，突厥蛮夷无可惧也。纵然此次来势汹汹，也不过是一群有勇无谋之辈。等到他真龙天子御驾亲征，自然能一举荡平蛮夷，扬显圣威。

但真的到了北方，这位从未踏足过战场的皇帝陛下才发觉战事的艰难。纵然以他帝王之尊，在军中依然是御辇华器，金帐宝马，但仅仅是几次急促的行军赶路就让他吃足了苦头，更不要说那些突厥蛮子还喜欢使用夜间偷袭，凌晨攻城之类的卑鄙手段。相比起在京城宫廷的夜夜笙歌，平安和乐，御驾亲征的这半年多简直是无间地狱。

早就有心退回京城，却又生怕被史家文人讽刺劳民伤财无功而返，丢了面子。

终于熬到了年关，突厥人连吃败仗，在皇帝的印象中似乎距离覆灭已经不远了。而且年关大事，朝中的政务也需要处理。有了充足的理由，陛下自然要摆驾回宫了。

鉴于突厥残留在势力依然不小，为避免偷袭，回宫的布置是秘密安排的，路线和启程时间更是绝对机密。

可就是这样机密的行动，竟然还是被突厥发觉，并且截击成功了。

安排保护御驾的侍卫都是百里挑一的精锐，众人拼死护送着车驾杀开血路南逃，奈何还是抵不住突厥大军重重围杀，在长达数天的追击战之后，御驾最终在山地丛林一带失去了消息。

那里正是武陵山向西延伸的地带，地势复杂，沟壑纵横，更兼林木茂密，猛兽横行，据说连经验丰富的老猎户都轻易不敢进山里去。御驾进入其中，只怕凶多吉少。而穷追不舍的撒兀甘已经亲率大军抵达，誓要搜遍一草一木，也绝不让这条肥鱼从手里溜走。

“怎么样了？有新的消息了没有？”叶薰跨进两人落脚的小院子，向屋里的沈归曦问道。

沈归曦正对着那张简陋地图仔细端详着，眉头扭成一个深深的“川”字，沉声道：“撒兀甘还在领着士兵在林中搜索，只是据说已经开始放火烧山了，只怕……”

放火烧山！叶薰心下一沉。从城外传递消息入城也是要花费时间的，放火烧山至少也应该是五六天前的事情了。此时说不定那位倒霉皇帝已经落在突厥人手里了。

“这几天难道就一直无法援救吗？”

沈归曦叹了一口气，“此次突厥人必然是早有预谋，王将军前去救援的兵马在半路上就遭受了伏击。之后突厥的防线也迟迟无法打破……”

叶薰的视线情不自禁地转到地图上，那一片双方对峙的山地被她画上了个醒目的圆圈。就在这个狭窄的范围内发生的变故，如今正牵动着整个大周朝，甚至整个天下的未来走势。

沿着地图向下，此时最有机会扭转局势的人……沈涯，他在干什么？

叶薰的视线无奈地落到另一条南下道路上。根据情报，就在御驾启程的同时，沈涯领军前去接应即将送抵的粮草了。这批粮草是整个大周兵马冬天的给养，关系重大。前些日子突厥一直向东部暗中增兵，打劫的意图昭然若揭。因此沈大人亲自领军接应去了。

这样想来，突厥人的布局简直完美无缺。故意在东边河道摆出打劫粮草的架势，引得沈涯率兵赶往东部。然后袭击南归的御驾，同时安排重兵埋伏在救援的道路上，将匆匆赶来救驾的兵马一网打尽。

领兵救援的王文峰将军也是大周的老将了，统领京城禁军，对皇帝忠心耿耿，此次御驾亲征，他在军中的地位仅次于沈涯。圣上危在旦夕，就算明知突厥人有埋伏也不得不上前拼命了。只可惜至今援军还被阻截在乐川一带，难以进入武陵山脉。

念头一转，叶薰忽然想到，如果皇帝就这么送了性命，这位王将军就算攻破了突厥防线，只怕他也逃不了救援不及的罪名吧？反而沈涯他正奉旨前去接应军粮，逃过了这个罪责。

这也太巧合了！

不仅如此，在这场空前激烈的战乱之中，沈涯所带的兵马几乎没有受到任何打击。突厥人摆出的劫粮草架势不过是个空壳儿，一触即溃。

难道说……叶薰心脏刹那间漏跳一拍，心中忽然浮起了这个念头。

而且仔细一想，突厥人这次的计划如此周详，尤其是他们竟然知道御驾的行程路线，这样详细的情报……若说没有内线，简直不可想象。

她的目光禁不住移向身边的沈归曦，他正在沉思之中，看着地图不知在想些什么。

这几天以来，他时常沉默出神，应该早已经想到了吧。自从得知了柳拂虹的事情之后，他对于自己的血脉，对于自己父亲的野心，应该都能够猜出大概。

如果真是这样，皇帝是绝无生路了，叶薰禁不住摇摇头。一旦皇帝驾崩，沈皇后就是太后之尊，朝中沈涯本就已经大权独揽，如今连在兵权上唯一能够与他勉强相抗的王老将军也要被牵连获罪……那时候岂不……

叶薰睫毛轻颤，视线低垂下去，犹豫了片刻，她终于忍不住开口问道，“如果……”

然而一句话没有说完，外面传来一阵嘈杂的吵嚷声。

怎么了？叶薰和沈归曦面面相觑。两人快步踏出房门，发现外面是几个小厮正惊慌失措向后院跑去。

叶薰一把拉住一个小厮的衣襟，问道：“发生什么事情了？你们要去干什么？”

小厮被她吓了一跳，看清楚是叶薰，连忙说道，“是那个突厥太子回城了，听说……还带着圣上的首级！！！”

“什么？！你说的可是真的？”叶薰悚然一惊，刚刚还在担心的事情竟然这么快变成了现实。

“当然是真的，萧师傅，据说那首级就悬在车门前呢，待会儿回来的大军要从我们后门的那条大街走过了，所以小的几个才到这边来，从后楼的窗户上就能够看见了。”

几个小厮争先向堆积杂务的后楼方向跑去。叶薰和沈归曦对视了一眼，也跟了上去。

一路上又遇见了不少人，神色仓皇地向着这边跑过来，想亲眼见证这惊悚消息的真伪。

“一定是骗人的，陛下英明神武，沈将军又在军中，怎可能……”一个丫环合着双手祈祷着。

“夭寿的，天子是真龙啊，谁敢动刀！”

“哎，你没有听说吗？这个突厥太子是天上的黑蛟精转世啊，专门……”

纷杂的议论声中，叶薰隔着窗户向外望去，凯旋的突厥大军果然正在入城，沿着街道方向蜿蜒成一条曲折的线。因为相隔遥远，领头的马车入了眼中也不过是一个小黑点而已，什么也看不清楚。

可就是那遥远的影像，在叶薰的眼中却意外的清晰。一辈子锦衣玉食，没想到最终却是死在荒山野岭，乱军之中吧。回想起宫廷的那次见面，叶薰对这位皇帝陛下的唯一印象也早已经模糊不清了。可那终究是大周的帝王，他的死亡，将会引起怎样的变局？

击毙中原帝王的功绩传入突厥皇庭，同样朝野震撼。

正逢敦略可汗六十大寿，撒兀甘命人将首级封存，快马返回皇庭，献入父皇座下，以为寿礼。

据说敦略可汗龙颜大悦，对儿子的功绩赞不绝口，连接下了数道旨意褒奖重赏。

突厥帝王的寿辰本来与叶薰他们毫不相干，可这一次的寿诞，却意外地给了两个人渴望已久的离城机会。

敦略可汗早年征战沙场，悍勇无畏，一心想要统一四分五裂的突厥，成为一代英主，等几十年过去了，他真的完成了梦寐以求的功业，人也已经到了年老体弱的时候。慢慢地，他的野心逐渐消磨，同时也越发重视起声色之乐。

中原名妓金菱的名声越来越响亮，她谱出的词曲广为流传，连突厥皇庭的贵人都口耳相传，竞相追捧。敦略可汗听闻之后极感兴趣，今次便专门下了诏书，邀请金大家前去皇庭为其寿诞献艺。

对叶薰和沈归曦来说，这是难得的好机会，凉川门禁森严，单凭个人的能力根本无法逃出去。但两人如果混杂在金菱北上的车队里，顺利出了城，自然是海阔凭鱼跃，天高任鸟飞了。

“这次的曲子就这几首吧。反正是寿诞，总要喜气一些的。”叶薰拿着一摞纸，向金菱笑道。

两人正在书房里为金菱的突厥之行做最后的准备，车驾行李早已经预备停当，还有小半个月他们就要出发了。

“就这样吧。”金菱笑了笑，接过那几首曲子，轻轻按在指头下。她的视线落到叶薰身上，脸上禁不住浮现出一丝寥落，“这次分别，日后也不知能不能再见到你了。你们……真的决定回京城去？”

“自然，北方这么乱，早一天离开也好。”叶薰坦然回答道。

“就是北方这么混乱，所以我才担心呢，”金菱叹了一口气，“等离开凉川，与车队一起北上的那段路倒是好说，可一旦你们两个离开车队，如今处处都是乱军，你们两个人，尤其你不过是个手无缚鸡之力的女子，万一……”说着，金菱抬头瞥了叶薰一眼，手指无意识地敲打着桌面，轻声道：“依我看，不如……暂时不要回京城了。”

“放心好了，”叶薰安慰地一笑，“我们两个逃亡也不是一次两次了，凭他的武功，至少也能护我周全。”

金菱凝望着叶薰爽朗自信的笑脸，神色间闪过一丝不易察觉的阴郁。略微恍惚了瞬间，她下定决心般抬起头来，沉声问道：“叶薰，你是怎么打算的？”

“啊？什么怎么打算的？”叶薰不解地问道。

“我是说……你和他……”金菱迟疑着缓缓说道。

叶薰一愣，立刻明白金菱是在说自己和沈归曦。寄身芳月阁的这一年多以来，金菱几乎没有开口打听过她的任何私事，对隐居的沈归曦更是几乎完全视而不见。不过两人同居一处院落，金菱自然明白他们的关系。

为什么偏偏在这个时候提起这个话题呢？叶薰疑惑的想着。

没等她开口回答，金菱睫毛低垂，神色凝滞地低声道：“这一年多来，我多蒙你的帮助。如今离别在即，我也无以为报，只奉劝你一句，你若是真有心于他，就不要回京城了。”

“不回京城，我们能去哪里？”叶薰摇头叹道。

“天下之大，何处不是乐土？”金菱反驳道，神色间出奇地讥诮尖刻。

叶薰无法理解她突如其来的伤感尖锐，以为她只是不舍两人的离别，坦然笑道，“别担心，等战事结束了，我们自然还有相见的一天……”

“相见的一天？”金菱嘴角勾起一个近乎讽刺的弧度，打断了她的话，怅然笑道：“只怕我这辈子是无法解脱了。”

“金菱……”叶薰愣住了，她话里是什么意思？女子入了乐籍确实是一辈子都难以解脱，也难怪她伤感。可仅仅是如此？还是在感叹别的什么？

金菱却并未理会她的疑惑，望着她继续正色道：“我只劝你一句，你若是不想和他分开，就不要回京城去。相信我，叶薰，京城那里的泥沼，不是你所想象的那般浅，而那里的人，也不再是……你所熟悉的人……”

叶薰心里一紧，只觉得她话中别有深意。正要开口询问，却忽然听到外面一阵喧哗。

两人的谈话被打断，金菱皱了皱眉头，起身走至窗前，向下面的院子里扫了一眼，神色顿时惊疑起来。

“是突厥士兵？！”她转头向叶薰急声道。

叶薰闻言一惊，连忙快步走到窗前，一看之下顿时震惊变色，是精悍的突厥士兵正从门口源源不断地涌进来，不一会儿院子里就站满了全副披挂的精锐武士。

突如其来的袭击打破了芳月阁的平静。当先的士兵持着明晃晃的长枪，驱赶着四散逃逸的丫环小厮，一边高声喊道：“都站在屋里不要动弹，任何人擅自走动杀无赦！”

“这是怎么了？”叶薰惊疑不定地问道，没有人能够回答她。

不一会儿，燕姨胖胖的身子从人群中挪动出来，迎上突厥官兵。她勉强挂起一副笑脸，道：“诸位军爷可是来迎接我们金菱姑娘的？是老身招待不周了……”

金菱已经奉了突厥的诏书，就是突厥王庭的座上客。可是这些士兵怎么看也不像是来迎接她的吧。

果然，燕姨一句话没有说完，当先的突厥士兵一枪横扫，她肥胖的身体就直飞了出去，“砰”的一声重重摔在地上，趴在那里半天没缓过气来。

领头的突厥兵厉声道：“都站着别动，我们是来抓捕钦犯的！敢擅自移动者以同罪论处！”

“钦……钦犯？！官爷啊，您老是不是弄错了？我们芳月阁从来都是做安分生意的……”阁里的大管家被吓得不轻，一把鼻涕一把泪地喊冤道。

领头的士兵没有理会他，径直冲着身后的仆役们厉声喝问道：“芳月阁有两个姓萧的乐师是不是？人在哪里？”

“轰”的一声如当头霹雳，楼上的叶薰险些握不住窗框。

这些突厥士兵是冲着他们来的！

“你赶紧从后门走，我先去拖延他们一段时间。”金菱当机立断地推了叶薰一把，指了指后门。

叶薰清醒过来，转头看看那扇门，又转头看看金菱，有些犹豫，“那你……”

“我又不会公然与他们作对，他们不会把我怎么样的。”金菱安慰道，一边催促着叶薰，“赶快走，不然就来不及了！”

金菱既然接了突厥王令，那些突厥兵想必也不敢太猖狂，自己留在这里反而对她更加不利。意识到这一点，叶薰明白事不宜迟，低声叮嘱金菱两句，转身推开后门就匆匆向楼下跑去。

金菱扶了扶髻侧的珠钗，待听到突厥兵马的喧嚣声接近楼下了，方推开门，施施然走了出去。

“这是怎么了？”她冷冷的目光扫过人群，提高声音傲然问道。

她只淡钗素服，粉黛薄施，眸光流转之间却自有一种天然的富丽风情，纵然面对刀兵凶器，举止神态依然闲适淡雅。冲上楼来的突厥士兵禁不住眼前一亮，纷纷缓下了步子。

楼上的道路本就狭窄，而金菱正站在路中间，完全阻断了众人的去路。有个急躁的士兵统领想要上前推开她，却马上有人凑到他耳边低语了几句，显然是在提点他金菱的特殊身份。

得知眼前女子就是不久之后即将北上往突厥王庭献艺的凉川第一名妓，士兵统领也不敢太过放肆了，只是冷声道：“金菱姑娘请闪开，我等奉命抓捕钦犯，刀兵无眼，小心伤了姑娘。”

话说得颇为客气，金菱却毫不领情，漫不经心地转过身去瞟了身后的房间一眼，方才回头闲闲地问道：“将军说的可是我的书房？恕金菱愚钝，什么时候我们芳月阁与钦犯扯上关系了，又为何要搜我的书房呢？”

“姑娘请让开吧，刚刚楼下的人已经说了，那钦犯之一就在你的房间里。”领头的士兵皱了皱眉，严声喝道。

“这就奇怪了，房间里明明只有我一个人在，难不成诸位口口声声指摘的钦犯就是小女子我。”金菱哑然失笑道。

“金菱小姐自然不会是钦犯，只是……在下奉劝一句，姑娘还是少管闲事为妙，”几句话纠缠下来，对方逐渐看出金菱有心拖延，口气也不耐烦起来：“请金菱姑娘不要忘了自己的身份，安心准备歌舞就行。否则，我等公务在身，只怕……也不得不先说一声得罪了。”话说得依然客气，但其中的意思却明明白白了，识相的话，就立刻让开，否则他们真要不客气了。

金菱对他的威胁却只是回应了冷冷的一声“哼”，完全置之不理，

那统领见金菱并无服软的意思，心下大怒，但知道她终究身份特殊，也不敢造次。他视线扫过金菱身后的大门，顿时冷笑一声，道：“若是房里的人指望从后门逃跑，那是白日做梦，如今我们的兵马已经将整个芳月阁团团包围，除非那钦犯有本事变成了苍蝇蚊子，否则休想从我们面前飞过去。”

后门有埋伏？！金菱闻言顿时变了脸色。

她的反应越发让统领相信人犯就在房中。“所以说金菱姑娘还是让开得好，免得受了连累。”统领说完果断地一挥手。手下的几个士兵立刻上前，就要将金菱推开。

“今日谁也别想进我的房间！”刻意忽略那些逼近的士兵，金菱狠狠地说道。若是后门有埋伏，此时的叶薰说不定已经退回到房间里了，更不能让这些人进入了。

就在这时，楼下门外传来一阵嘈杂的响动，是一群人在逼近，其中有一个低沉嘶哑的声音格外响亮，“人抓到了没有？”

金菱闻声身躯剧震，脸色瞬间变得苍白如纸。她已经听出这是撒兀甘的声音！

突厥太子亲自来到！芳月阁又已经被重重包围！那叶薰她此时……

随着话音落下，撒兀甘魁梧的身影也出现在了芳月阁楼内。

众多带刀侍卫的簇拥中，太子爷派头十足地缓步踏入楼内。毒蛇般森冷的目光扫过跪了一地的芳月阁众人，像是在看一群待屠宰的牲畜。当眼神落到站在道中的金菱身上时，却爆起一丝不易察觉的狠戾。随即瞥了领头的士兵一眼，沉声问道：“人呢？”

低伏在地上的统领连忙颤声回禀道：“人可能……就在屋里，只是金菱

姑娘一直挡在路中间……"

闻言，撒兀甘意味不明地轻哼了一声，视线轻佻地落到金菱身上。

金菱身体忍不住一颤，却依然笔挺着身子寸步不让地直视着撒兀甘。

撒兀甘眼中闪烁起玩味的兴致，神色莫测地逼近金菱。

就在这时，一个身影猛地扑到金菱身边，一把拉住她。竟然是燕姨，身上还挂着刚刚摔倒沾上的泥土，她正满脸堆笑地对着撒兀甘跪拜不迭，一边恭声道："太子爷您老来了，实在是我们芳月阁三生都见不着的福气啊，小人早就……"恭维话源源不绝地奉上，同时狠狠拉了身边的金菱一把，惊叫道，"女儿啊，还不快给太子爷行礼，怎么还傻站着呢？是欢喜得傻了不成？"

一边说着，她大力拉扯金菱。金菱措手不及之下，被她一下子拉到了路边，险些摔倒。

路面立刻空了出来，立功心切的突厥统领一步奔上前去，一脚踢开了房门。

金菱惊叫一声，却已经来不及阻止了。

众人的视线投入房内。清雅的陈设寂静而立，清风呼啸而过，吹起半透明的轻纱幔帐，屋内空无一人。

"这……"视线转到敞开的后门上，统领连忙喊道："人肯定是从后门跑了。"

众人冲过后门，从楼梯上遥望下去，隔着中间的小花园，另一边同样布满了林立的突厥士兵，将整栋阁楼团团包围。而中间除了树木花卉，根本没有一个人影。

"人呢？"撒兀甘低吼了一句，恶狠狠地道，"还不立刻给我搜！"

叶薰推开房门跑了出去，可刚一步抢到楼梯前，居高临下的她立刻远远看见一队突厥士兵正向这边接近。叶薰吓得连忙低伏下身子，躲避在扶手之后。

怎么办？！等自己下了楼跑过花园，正好对上这些突厥兵，那简直就是送羊入虎口啊。紧张地趴在楼梯上，叶薰一时间心急如焚。

要么干脆返回房里躲藏?

可刚向回退了两步，隔着敞开的后门，金菱和突厥人的争吵声就连接传入耳中。

不能回去！突厥人一定会进屋搜索的，到时候甚至还会连累金菱。

正在上天无路、下地无门之际，叶薰忽然感觉衣服下摆一紧，她低头一看，竟然是吴纹猫着腰站在楼梯底下，偷偷拉扯她的衣服。

对上叶薰的视线，吴纹连忙低声道："萧师傅，赶紧跟我来。"一边说着，转身向花园深处走去。

他要干什么?难道他有办法逃过这些突厥兵的搜查?

纵然心中疑惑重重，可事到如今，也别无去路了，叶薰一咬牙，翻下楼梯，落到花园里。

吴纹在前面弯腰潜行，叶薰紧跟在他身后。两人穿过一片枯枝丛，寒冷的冬天里，树木的叶子早已落尽，只剩下深褐色的枝丫肆意横过，擦过脸颊时带起寒风般凄厉的刺痛。

急行穿过几道树丛，吴纹带着她来到一棵大树下。在树根处，吴纹趴下身子，往地面一堆枯枝败叶里掏摸了半天，紧接着一把推开枯枝。

叶薰吃惊地看着凭空出现在眼前的黑洞，像是一张巨大的口，散发着幽幽的寒意。

这是……地道?！

芳月阁怎么会有这种东西?难道说在凉川城里，地道已经成为居家旅行、杀人逃命的必备日用品了不成，以至于连一个妓院也不曾缺少?而吴纹他一个小厮又怎么会知道这条地道的?一时间叶薰觉得脑细胞完全不够用了。

她满脸诧异地盯着吴纹。

"这是小人来芳月阁之后挖的。"没等她开口询问，吴纹已经察觉了她的疑惑，迅速解释道。

是他一个人挖的？！叶薰更加惊异了。“你是谁？”心中的疑惑忍不住脱口而出，一个平凡的小厮绝对不可能有这种本事，挖地道是江湖奇人异士才有可能通晓的技术……

可时间已经不允许吴纹继续回答叶薰的疑问了，隔着层层林木，突厥士兵的身影正在向这边迅速接近。

“时间来不及了！赶紧下去！”吴纹一边急促地说道，一边在背后推着叶薰，“路的尽头是芳月阁左边的小巷子，小姐您出去的时候小心阁外是否有守军……”

纵然心中还有万般疑惑，叶薰也知道刻不容缓了。别无选择，她咬了咬牙，纵身跳下密道。

密道并不深，但激烈的跳跃依然让叶薰着地的双脚一阵发麻。抬手扶住身边的土壁，随即听到上面一阵碎响，地道陷入一片漆黑，是吴纹把入口重新封住了。

不过是隔着一层浅浅的枯枝败叶，却像是生生隔入了另一个世界。黑暗中，泥土的气息占据了嗅觉的全部，湿气透过皮肤刺扰着神经，叶薰禁不住打了个冷战。冬日的天气本来就寒冷，狭窄的地道中更多了一份深入骨髓的阴森。

叶薰在原地站了片刻，眼睛逐渐习惯了地道的黑暗，她试着向前走去。

地道很窄，只能猫着腰前行。好在空气还算新鲜，走了好大一会儿也不感觉气闷，想必其中有通风透气的设置。阴暗的光线使得叶薰无法分辨地道的细节，但也感觉地道的设计颇为精巧。

那个吴纹到底是什么人？叶薰心中的疑惑更深了一层。

慢行了小半个时辰，前方道路消失在眼前。叶薰向上一看，果然有一处平滑的顶层与别的土壁不同。

先侧耳倾听了片刻，四周并无异常的动静，叶薰这才踩着脚下的方石，推开了顶层。

果然是芳月阁楼后东侧的一条小巷子，极为冷僻荒疏，道路几乎被堆积丢弃的杂物掩盖了。

叶薰爬了出来，又将密道出口复原如初。走到巷子口向外看了看，外间空无一人，她终于放下心来。

这次突厥兵来得太突然，直到现在才总算有了一个喘息思考的机会。她立刻想到另一个难题，怎么才能够通知沈归曦呢？

他今天清晨就出门去探听消息了，并不在芳月阁。可如果他恰好此时回来，会不会被突厥人发现？

好在这些突厥人并未隐藏形迹，也只是些普通士兵。以沈归曦的武功，应该能够及时发现敌人才对。

叶薰一边想着，一边转出巷子，向外面街市走去。因为突厥兵的突然袭击，附近的店铺住户纷纷关上了大门，原本行人就不多的道路此时更是人踪灭绝，只余下凄冷的寒风呜呜刮过。

正走在路上，却忽然听到身后传来一阵喧嚣，隐约有“人往那边跑了！快追！”之类的高喊声。

不会吧？已经离得这么远了，叶薰难以置信地回头望去。怎么还会有突厥兵追过来？！他们是怎么发现自己的？

来人的身影依然被高墙挡在后面，但杂乱的喊叫声和脚步声却清晰可辨，确实是追兵无疑。叶薰心头一阵恐慌，怎么办？回去重新躲藏到密道里？可是已经走出巷子这么远了！来不及回去了。

只能往前跑了，只要跑到人多的地方，往人群里隐藏……

叶薰拔腿向前跑去。拐过一条道路，迎面却疾驰来一辆马车，叶薰迅速向旁边躲闪，却因为收势不住，险些摔到那匹高头大马的蹄下。

马匹高高地人立起来，长嘶一声，停在了路边。叶薰惊魂未定地靠着墙壁，勉强站稳身形。

被这短暂的乌龙车祸一耽搁，身后追兵的声音越发接近了。不敢再浪费时间，叶薰转身就要继续向前跑。

可刚刚转过身去，身后却传来一声低低的呼唤：“萧师傅。”

熟悉的声音传入耳中，却是比身后不断逼近的追杀声更让叶薰震惊失色的雷霆霹雳，她不敢置信地回过头去，映入眼帘的正是陆谨温文含笑的俊朗面容。

他的神情温润和善，眼神也清朗明澈，却让叶薰在看到他的第一眼就情不自禁地心底一颤，寒意逐渐涌上心头。

脑中忽然浮现起初次见面时那凌厉明快的眼神，还有再次见面时那精明探究的视线，还有自己一剑刺入他身体时，那紧盯着自己的……复杂到让她无法形容的眼神……如果说有哪个人仅仅因为数面之缘，就能够让叶薰一辈子都难以忘怀的话，那么非眼前的陆谨莫属了。

不过，这个“一辈子都难以忘怀”的印象，绝对不会是什么美好的印象。所以纵然他此时落在自己身上的眼神再和善，叶薰也情不自禁地有些毛骨悚然。

没想到自己会在这个时间、这个地点遇到他。当然，实际上，叶薰也从来没有设想过再一次见到他会是什么样的情形。在她的心底里，压根儿就不想再见到他。甚至每次想到这个人的时候，叶薰也不愿意多想。

也许是第一次，也是唯一一次动手杀人的负罪感作祟，每次想到他，叶薰总觉得有点心虚气短，而亲眼看到他就更加不是什么舒服的经历了，就像现在……

他会把自己怎么样？这次外面搜索的突厥兵就是他派来的吗？这个小气的家伙记得以前就曾经搜查过自己，是为了报那一剑之仇吧？

可是，等等，他刚才叫自己什么？是“萧师傅”，对了，自己现在穿的是男装，说不定……叶薰心思转得飞快，惊疑不定地盯着陆谨。

陆谨却是云淡风轻的样子。他一手轻撩起马车门帘，一手随意地扶着门框，含笑看着叶薰变来变去的脸色。直到身后追兵的声音逼近了，他才温和体贴地建议道：“外间打扰甚多，请萧师傅入车一叙如何？”

第五章

守株待兔

入车一叙?

眼前人礼仪恭谨，姿态温和，怎么看都是一位儒雅有礼的翩翩贵公子，可这话落到了叶薰耳中，却怎么听怎么像是狼外婆在同小兔子说，“小兔子乖乖，把门开开。”

一个曾经被你捅过一刀子，险些小命不保的人这样笑眯眯地看着你，然后满脸温文和善地请你上他的车驾，只要是头脑正常的人都不会乖乖爬上去吧?

可是现在的她……还有选择的余地吗?

“就是在这个方向消失的。”

“仔细搜！一定就在这附近。”

“不能让人跑了！！！”

……

身后的吆喝声越来越响亮，叶薰觉得自己就是一只被一群猎犬追逐的可怜兔子，走投无路之下背后的恶犬越追越近，而偏偏前面还有一只狐狸正挖好了坑，笑眯眯地等着她乖乖往坑里跳，

“萧师傅再不上来，可就来不及了。”陆谨含笑看着叶薰犹豫狐疑的神

情，不紧不慢地提醒道。

叶薰一咬牙，终于跳上了马车。先躲过这一劫再说，身后的猎犬实在太凶狠，而眼前这只狐狸至少还能沟通一下。

陆谨将车帘放下，身后的突厥官兵正堪堪拐入街道。

车内的光线黯淡下来，车外的喧哗却更加响亮。

发现了这辆形迹可疑的马车，逼近的突厥统领立刻向车夫高声喝问道："什么人？立刻停下！"一边挥挥手。手下一拥而上，将马车团团围住。

可车夫的声音却比他更加尖锐高扬："不长眼睛的东西！这可是四皇子的车驾，你们也敢拦截？"

四皇子？！突厥统领心下一惊。围住马车的士兵也面面相觑，不敢上前进一步搜查了。

众人狐疑地打量着马车，四皇子怎么会乘着一驾孤零零的马车出现在芳月阁后门附近？他这些日子不是正因病休养，不理政事吗？

正疑惑着，车内的人已经好心地帮他们解开了疑窦。陆谨掀起车帘的一半，探出身子，扫了周围的士兵一眼，沉声问道："这是怎么了？"

真的是四皇子！认出来人，突厥众兵将连忙行礼告罪。

陆谨不介意地摆摆手，继续皱眉问道："这是怎么回事？你们大张旗鼓地在这里干什么？也不怕惊扰了芳月阁的姑娘。"

这几句话让突厥统领顿时恍然大悟。原来如此，早就听说了四皇子对芳月阁那位名妓金菱青眼有加。想不到这位殿下素日看着严肃，其实也是个风流人物。名义上还在府里养病，私底下过的却是这等偷香窃玉、风流肆意的好日子……回想起方才见到的那名妓金菱的艳色，统领忍不住暗咽口水，真是好艳福啊。

转而对上陆谨疑惑的眼神，统领解释道："我等是奉了军令，此次前来芳月阁搜索钦犯的。"

"什么？钦犯？"陆谨眉头一挑，沉声道："芳月阁什么时候有钦犯了？又是奉了谁的命令，我怎么不知道？"

听到陆谨话中似有问罪之意，统领一时无措。此次他也只是奉命行事，究竟抓捕的钦犯是何等身份，又是何种罪名，他也不清楚。

正僵持着，远处传来一个威严嘶哑的声音："是本太子的命令！谁有疑惑吗？"

众人纷纷让开，在众侍卫的簇拥下，撒兀甘策马缓缓行过大街，接近马车。

"原来是皇兄。"陆谨脸上的不悦顿时一扫而空，礼仪恭谨地笑道："只是不知是什么钦犯？竟要劳动皇兄的大驾？"

"这个我自有计较，你既然身体不好，就不用多管了。"撒兀甘回道，神色之间难以掩饰地闪过一丝轻蔑。

这些日子以来，陆谨在他心目中的地位日渐下降。原本陆谨立下了叩关南下，攻陷凉川的大功，震惊整个突厥皇庭，使得一向默默无闻的四皇子顿时成为众人瞩目的焦点，也让一向轻视他的撒兀甘感到了意外的威胁。因此年后他便急匆匆带着兵马南下增援，名义上说是增援，本就有抢夺功劳的意图。但凉川城终究是陆谨攻陷的，也不好太明目张胆，行事还是要给他一份面子，凉川内政也一直是陆谨在掌控。

但自从他立下诛杀大周帝王的功绩，凯旋回城之后一切就不同了。

陆谨倒也识相，很快交出了手中的权力，让太子殿下安享大权独揽的乐趣。自己则一心一意地在府邸里面"养病"，连前去拜访议事的文官都避而不见，一副安享富贵、不问世事的架势。

"是愚弟不才，让皇兄如此日夜操劳。"陆谨对撒兀甘的冷淡视而不见，依然好脾气地客套道。

撒兀甘扫了陆谨一眼，对他如此简单就拱手让出权利，撒兀甘也曾经起过疑心。但在迅速安插人手，彻底掌控了全部军政大权之后，他终于放下心来。此时就算陆谨心有不甘，也不可能挽回他被架空的事实了。

因此，对这个识相的"好"四弟，撒兀甘也不想太过于为难。视线闪烁间，放缓了面容，笑道："分内之事，自家兄弟何必客气。倒是四弟……如此天寒地冻，怎么不顾身体病弱，有兴致出来了？”

“咳咳……”陆谨轻咳了数声，回道：“只因前几日得了一首新词，想来请金菱姑娘品评品评。”

他是来找金菱的？！难怪如此轻车简行，掩人耳目。金菱这个贱人！想必与他早有勾连了吧？哼，不就是看着这个小白脸生得好吗？一个汉女贱奴的儿子……

想到金菱对自己的冷淡无礼……撒兀甘心里涌起一阵不舒服，强压着怒火，冷然道：“四弟身体不好，没事的话，还是安心待在府里头养病为好。”

“皇兄教训地是。”陆谨姿态诚恳地笑道，“既然芳月阁这里还有事务要处理，愚弟就不打扰了，先行告辞。”说着放下车帘，掉转马头，绝尘而去。

看着马车消失在街道尽头，撒兀甘冷哼了一声收回视线，对着属下怒喝道：“人呢？怎么还没有找到？”

手下一边告罪，一边四散继续搜索去了。

天气越发阴冷，阴郁的乌云凝聚在天上，黑压压的沉滞不散。不一会儿，竟然开始下起雪来。队伍渐渐搜到了别处，街道重新冷寂下来。

就在追兵远去的时候，墙外翻过一道人影，低伏在屋顶上，仔细查看着下方，寻找着牵挂的人。

叶薰松了一口气，软软地倒在靠垫上。

整个对话过程中，她就坐在陆谨的身边，连大气也不敢喘一声，恨不得把自己缩进车壁的木头缝隙里。

尤其刚才对话时，陆谨掀开了半边帘子，另半边帘子不时随风轻荡，叶薰的心脏也跟着这轻薄的帘子蹦极一样跃动不止。只害怕一阵风过，把帘子掀了起来，太子殿下就会立刻发现他们搜捕的钦犯正好端端坐在帘子后面。

好在只是有惊无险，逃过了一劫，叶薰抚着胸口，舒缓急促的心跳。

不经意地抬起头，却对上了一道星辰般明亮的视线，浮动着隐约的笑意。

“唰”的一声，叶薰感觉自己刚刚低伏下的什么又竖了起来。一劫过去，还有一劫在等着自己呢?

随着陆谨的眼神，叶薰回视自身。糟糕，自己的姿势……

意识到这种半躺在车里的姿势实在是太……太大意了，她赶紧坐起来。然后身体僵硬地盯着陆谨，等候他的开场白。

陆谨却一脸闲适，像是完全没有感受到叶薰的紧张，他信手拿起珊瑚小几上白净的青釉细瓷茶具，斟了两杯茶。将其中一杯推倒叶薰面前，体贴地笑道：“萧师傅一路辛苦了，先喝杯水暖暖身吧。”

叶薰略一迟疑，接过了茶水，逐渐冷静下来。反正如今主动权在别人手上，自己想多了也于事无补。

茶水温热清澈，缭绕着淡雅的香气，两人在狭窄的车厢里对坐品茗，单看衣着外貌，皆是翩翩儒雅的贵公子，气度高华，举止悠然，宛如画中走出的一般。若是不相干的人见了这一幕，只怕真要以为是两位久别的好友正在倾心叙旧呢。

陆谨既然没有开口，叶薰也不便多说，她一边小口抿着茶水，一边打量起四周的布置来。

车内的空间不大，布设简洁明快却不失精美。座下铺着厚重的兽皮，几只浅绿绣花的靠枕随意散布其上，淡金的流苏落在毛茸茸的洁白兽皮上，紫檀镂雕的车壁间悬着一盏珐琅缠枝盘扭的黄铜灯台。隔在两人中间的小几上摆着紫砂泥小火炉和一套整齐的茶具，正煮着茶水，也为冬日的车厢带来了宜人的暖意。

天蓝锦绣的帘幕阻断了外界的光线，狭窄的车厢宛如自成一片天地，茶香混合着另一种淡雅的香气钻入鼻端。

叶薰的视线落到角落那只翡翠纹狮螭耳的香炉上，袅袅的轻烟香料正从烟嘴中盘旋飘逸。

“阿……阿嚏……”叶薰禁不住打了个喷嚏。

“刚才外间太冷，可是着凉了？”陆谨放下茶盏，关切地问道。

“不要紧，不要紧。”叶薰连忙摆手说道，阻止他靠过来查看自己。

对她来说，两人对坐品茶的状态已经是极限了，如果再接受陆谨进一步的“关心”，叶薰她真要毛骨悚然，忍不住跳脚了。

好在陆谨也并未坚持，坐了回去，又问道：“萧师傅在芳月阁待了多久了？日子可住得习惯？”

我住得好不好关你什么事儿？叶薰暗暗堵了他一句，但嘴上还是乖乖地回答道：“还好。多谢殿下关心。”

“是我疏忽，萧师傅久在城中，竟然一直未尽地主之谊。”陆谨淡然告罪道。

两人就这么你一言我一句地聊上了天，但聊天的内容却全都是千里之外隔靴搔痒的天气饮食。

马车不紧不慢地向前走着，隔着厚重的车帘，叶薰根本无法掌握行程。路上她也曾侧耳细听，但走了这么久，竟然一直未曾听见任何人声，只有越来越冷寂的车轱辘声响回荡不止。

这一路到底是走到哪里了？耳边缭绕着陆谨轻淡有礼地问答，叶薰心里越发忐忑不定。那种感觉，就像是你已经被架上了刑场，偏偏那位等着下刀砍你头颅的刽子手坚持和你聊他二姑的姨妈的弟弟的表舅的女儿的新衣服。

时间一分一秒地流逝，过得久了，叶薰真有一种冲动，把手里的茶盏直接摔倒陆谨头上，然后跳起来掐着他的脖子恶狠狠地威胁：“你到底有什么企图？老老实实交代清楚！不然再捅你一刀子！”

可惜以上只是想象，所以只能想想而已。叶薰很清楚，真的动起手来，一百个自己也不是人家的对手。

按照常理，陆谨他应该直接把自己拉出去砍了，以报一剑之仇才对。就算不亲自动手，刚才直接放着不管，等她落到突厥人手里也肯定没有好果子吃。

但他不仅没有袖手旁观，反而救了自己。刚刚陆谨和撒兀甘的一番对话她都清楚地看在了眼里。他为什么要救自己？难不成只是单纯地想破坏撒兀甘的计划？叶薰偷眼瞧着陆谨。

陆谨正全神贯注地煮着茶水，伴着“咕嘟咕嘟”的轻响，热气腾起弥散，他俊逸如玉的面容掩映在轻飘飘的白雾之后，也变得虚化缥缈起来……更加看不透他在打什么主意了，叶薰头疼地想着。

只是……回忆起第一次见到的那个灰头土脸却依然气势凌人的小子，真看不出他还有这么贵气优雅的一面，不过才一年多没有见面而已。

正看得入神，忽然陆谨手一颤，身体晃了晃，手里茶杯似乎也拿不稳了，重重地扣在小几上。

“你……怎么了？”叶薰愣住了。

仔细看去，陆谨的脸色有些发白，额头上还有隐约的晶亮。难道说，他所谓的“养病”并不仅仅是单纯的借口，是真的生病了？

是什么病？该不会是……叶薰的视线不自觉地瞄向陆谨腰部。又赶紧心虚地把视线错开了。

实际上，听到陆谨还活着的消息的时候，她虽然非常遗憾，但潜意识里还有一种松了一口气的感觉。从个人角度来说，陆谨似乎并没有对她有过直接的迫害，而自己却捅了人家一刀子。那一刀有多么用力，叶薰清楚得很。仔细想来，真是有那么点儿内疚的。

这么想着，叶薰心下一软，看陆谨的眼神也缓和了不少。

陆谨却没有工夫去注意叶薰的神情，他抬手按住身前的小几，深锁着眉头，似乎在强忍着痛苦。长吸了几口气，脸色才慢慢缓和下来。对上叶薰探究的视线，他温声解释道：“日前在军中受过一些小伤，刚才一时失态，倒是让萧师傅见笑了。”

“呃……没事就好。”对他如此轻描淡写地谈论自己的伤势，叶薰真不知道如何应对了，只好似是而非地回答了一句。

她忽然想到了一个问题，他知道自己是谁吗？

以陆谨的精明，不可能看不破自己的伪装吧。可是他偏偏又不肯揭破这层窗户纸，开口闭口一直叫自己“萧师傅”，方才的对谈也一直未曾涉及过去。纵然叶薰知道其中的希望不过是千万分之一，也不敢行险自己揭破自己的身份。

一旦揭破了，会发生什么事情？至少现在对坐饮茶的悠闲无法保持了吧。

可两人现在的这种相处方式实在是太正常，也太诡异了，或者说因为太正常，所以太诡异了。那种诡异的感觉，叶薰只觉得像是有一只小爪子在自己的心里头挠阿挠阿……

心思百转千折，叶薰想着，这样尴尬的局面，真不如直接晕过去算了。

世上难道真有所谓的心想事成？

想着想着，叶薰竟然真的感到有些头晕乏力，像是困意涌了上来。

不会吧？对着这个一级危险的家伙，自己竟然开始打盹了！是应该恭喜自己神经的韧度又上了一个新台阶，还是……叶薰的视线落到车厢角落的香炉上，又扫过眼前的茶杯……是哪一个……

她无力继续思索这个问题，隔着淡淡的水雾看向陆谨。

白雾越来越浓重，陆谨的面容也逐渐模糊，只余下那一双眼睛，如明亮的星辰，眸光流转之间却透着锐利的锋芒。

“你……为什么……”叶薰喃喃道，终于抵挡不住这翻涌的困意，软软倒在一边。

看着她倒下的身子，陆谨轻笑一声，放下了手里的茶壶。随手推开横在两人之间的小几，欺身上前。叶薰分毫不差地倒在他怀里。

他姿态随意地斜倚着身后柔软的靠垫，仔细端详近在咫尺的素淡容颜。

车厢内寂静如雪，似乎与这个喧嚣的尘世彻底隔绝开来，只有叶薰规律的细微呼吸声回荡在耳畔。

几缕发丝调皮地从她的额头上散落下来。陆谨自然而然地伸出手，将它们掠开。

叶薰似乎睡得并不安稳，身体轻轻动了动，呼吸却一如既往的规律。

陆谨低头看得出神，像是在看怀中的佳人，却又像是透过她，在看着更加遥远的什么。

最终，他轻叹了一声，低声道：“你我之间的缘分，可真是妙不可言啊。”语调间隐约带着淡淡的笑意。

天上的乌云越积越厚重，雪花飘散下来，一开始只是零星散落的细雪粒儿，后来逐渐变成了鹅毛一样大小，从灰暗的天际洋洋洒洒飘落。片刻间地面就积了薄薄的一层，散发着阴冷的寒气。还只是下午的时辰，天色已经阴郁如同夜晚了。

天地间一片寂静，只余下“簇簇”的雪声回荡在长街上。万籁俱寂的时刻，却有一辆马车打破了黯淡的气氛，从深远的街道上急急驶过。

车外清冷寒意，车内却是一派温暖如春，清淡的龙井茶香逸散在空气里，初春新雨般空灵，灯台上圆润的明珠给这个狭小的空间蒙上一层淡淡的光晕，一切恍如梦境般纤尘不染。

这样的气氛中，车内相拥的两人更美的像一幅画，一幅只能出现在梦中的画。

一个俊逸英朗，如旭日东临，一个清雅秀美，如芝兰玉树，唯一美中不足的就是两人竟然都是男子打扮。

陆谨低头看着怀中的叶薰，神色深沉复杂，也看不出在想些什么。正出神的时候，马车忽然一晃。

“怎么了？”姿势不动，陆谨淡淡地问了一句。

“殿下，是前面有人接近……”车夫低声回道。

陆谨挑了挑眉，依然未有动作。他耳中已经听闻到马蹄声正在迅速接近，来人只是单人单骑。

待来人走近，车夫松了一口气：“殿下，是咱们府里的人。”一边说着，停住了马车。

陆谨这才将叶薰轻放到一旁，起身掀开车帘。

来人见了马车，匆匆翻身下马，蹿到车前，行了个礼，急声道：“殿下，杜先生派属下前来请殿下立刻回府。”

“发生什么了？”陆谨沉声问道。

“是前几日太子殿下派去前线的探马已经回府了。”一边说着，来人递上一封信笺，“这是杜先生命属下交给殿下的。”

陆谨跳下马车，接过信笺展开。

纸上不过寥寥数语，却如福祉神谕，让心情刹那间豁然开朗，笑意不自觉地蔓上嘴角。“好！好！好！”他一连叹了三个好字，说到最后一个，声音里竟然有了抑制不住的颤抖。

身边的两个属下不禁有些疑惑，自家主人一向沉稳冷静，是什么消息，竟然会让他有这般欣喜到失态的表现？

陆谨却对周遭一切恍如未觉，有那么一瞬间，他真真切切地听见了心脏中的硬壳在碎裂，然后有压抑了许久的东西喷薄而出的感觉。

没有人知道，他耗费了多少心机，绸缪了多少布局，才终于盼来了今日这个结果。这个他等待了多年的日子，这个他一直隐忍的理由……

然而心神的激荡也仅仅是一瞬间，随即他压下翻涌的兴奋之情，继续沉声问道：“太子如今人在哪里？知道这个讯息了吗？”

“太子殿下还正领着兵马搜索芳月阁一带，前来报信的人也只是刚刚抵达太子行宫。”属下如实禀报道，说罢问道，“殿下您是现在即刻启程回去，还是等……”他的眼神往马车里闪过，“还是等此地的事情处理完毕再……”

“当然是即刻回去。”陆谨脱口而出，却又微一迟疑，转头看了马车一眼。

隔着轻轻晃动的车帘，车内的一切恍如在眼前，竟有一种恋恋不舍的感觉油然而生。

他强忍着掀开车帘再多看一眼的冲动，定下心神。不必心急，反正人已经在他的掌握之中了，日后还多的是机会。他轻笑一声，一切都会顺利起来的，最关键的一步已经成功了。一切都会如同他安排的那样，不久之后，整个天下都会知道，谁才是这莫测世局的真正棋手，

既然已经下定决心，他理智地收回视线，吩咐属下道：“你立刻回禀杜

先生，替我安排入宫求见的事宜。我这就动身回去，”说着，语调轻松起来，略带调侃地感叹道，“盼了这么久的这一幕，怎么能不亲眼见识见识成果呢？”

属下领命而去。陆谨又转身对车夫低声吩咐了几句。

车夫肃然躬身道：“属下一定不负所托，将人平安送到，请殿下放心。”一边说着，为陆谨解下随车所带的坐骑。

陆谨飞跃上马，身影很快消失在了风雪中。

目送着主君远去，车夫又重新坐回到车座上，扬起马鞭。马儿嘶鸣一声，车轱辘转动起来，向前方走去。

已经是黄昏时分，天上的雪不见丝毫消停，暮色渐深，深远的长街越发寂寥。凄厉的狂风卷起地面的雪花抛向天际，与洒下的新雪交融掺杂。

马车在风雪中走了不久，车夫拿起手边的一壶酒，正要喝一口暖暖身子，却忽然听到身后传来一阵风声，夹杂在漫天遍地的呼啸狂风声中也格外尖锐。

有人从背后偷袭？！

刹那间他心神俱震，连忙向旁边闪避。

可惜为时已晚，身体不过挪移了半寸，一阵剧痛在后脑勺轰然炸裂，带着火星四溅的晕眩感。

勉强转过头去，他眼中映入的最后一幕，是一张清秀如玉的容颜和一个翡翠纹狮螭耳的香炉。

怎么可能？！殿下不是说她至少要过十二个时辰才有可能清醒吗……带着难以置信的疑惑，他身体晃了晃，终于没有支撑住，缓缓倒下了。

第六章

不如归去

随着那“砰”的一声，叶薰长长松了一口气。

蹲下去试了试车夫的鼻息，确信已经晕过去了，叶薰才敢放下手里的香炉。然后提高缰绳，停下马车。

如果陆谨见了眼前这一幕，纵然以他素来的沉稳镇静，只怕也要目瞪口呆了。

其实叶薰压根儿就没有中他的迷药。就在上车不久，叶薰打量着车内摆设的时候，她就发现了那个香炉。拜上次误中撒兀甘的春药陷阱所赐，现在的她每见到香炉这种东西都忍不住条件反射地打喷嚏，然后情不自禁地疑神疑鬼。

所以在车里她一直控制着自己的呼吸，同时不易察觉地向车帘处靠拢，尽量使自己吸入的是新鲜的空气。而至于陆谨给她的茶水，她更加不敢喝下了。趁着咳嗽的空当，大半都吐进了袖子里。

但是两人对坐交谈那么久，无论是香气还是茶水，她都不可避免地吸入了一些。使得她很快感觉到有莫名的困意涌上心头。这也恰恰证明了那里面，至少有一样东西是确实有问题的。

意识到这一点，自己再清醒着只怕真要引起他的怀疑了。叶薰干脆顺势假装昏迷，一来可以摆脱这个尴尬的局面，同时也可以降低他的警惕，看看这小子究竟是在打什么主意。

只是没有想到……叶薰忍不住抱住胳膊，又扯了扯衣角。回忆起刚才某人坚实的手臂环在自己腰间的感觉，还有那温凉的手指轻轻擦过自己额头时候带起的细腻战栗……一种难以言喻的滋味涌上心头。

这家伙……叶薰恨恨地咬着下唇。

不过幸好他没有进一步的动作，不然，自己真要坚持不下去了。那种度秒如年的尴尬滋味，叶薰直到现在还感觉全身都不舒服。她实在很感激那个前来通风报信的陆谨属下。

联想到这个人，叶薰立刻疑惑起来，他是来干什么的？虽然整个过程她都躺在车里一动也不敢动，但陆谨与他之间的对话还是一字不漏地进了耳朵。

听起来像是与那个突厥太子撒兀甘有关系。线索太少，叶薰也揣测不出，想了片刻就索性放弃了。哼，管他呢，肯定不会是什么好事。这兄弟两个都不是好东西，亏得她以前还以为某人是个君子呢，叶薰恨恨地想着。转念又想到另一个让她大惑不解的问题——这两人是怎么知道他们下落的呢，到底是哪里露出了破绽？还有吴纹，这个人到底是谁？为什么会帮助自己？

今日一整天的经历实在是太过惊险了，伴着这份惊险，很多从未察觉的细节和隐藏许久的秘密纷纷浮上水面。

正百思不得其解，叶薰脑中灵光一闪，她忽然想起了吴纹在推自己下地道的时候，最后那句话，“……路的尽头是芳月阁左边的小巷子，小姐您出去的时候小心阁外是否有守军……”

小姐？！

他称呼自己小姐？这个词语代表着什么？

仅仅表示他已经发觉到自己是女扮男装了，还是说……那个昔日的小姐身份……

想到这个可能，叶薰忽然感觉一阵寒意涌上心头。洁白的雪花不停地从天空撒落，伴着呼啸的寒风，弥漫在天地间的每一个角落。一种空落落的感觉，如这冰冷的雪粒般填塞入心间，带来刺骨的寒意。

与吴纹相处的这一年多来，她从来没有怀疑过他的身份。甚至现在回想起来，她也找不出任何可以引起她怀疑的理由。这样说来，芳月阁之中，也许不止是他，还有别人……

那种感觉，就好像忽然发觉自始至终，自己都身陷在一个巨大的网中间，却完全无法触摸到身边的线索……

"咚！——咚！"

一声突起的响声打断了叶薰的思绪，是远处尽职的更夫打落更的声音，隐约还有"寒潮来临，关灯关门！"的呼喊声传来。

叶薰强自压抑下心头翻涌而上的不安，没有时间想这么多了，马上离开才是正理。

驾驶马车太过引人注意，叶薰将马车赶入一道隐蔽的小巷子，然后跳下车，准备步行往回走。

先要寻找到沈归曦，然后再想法子出城去。可是去哪里找人，又怎么出城呢？

对了，记得陆谨临走前向车夫交代过几句话，因为声音很低，叶薰也听不真切，只是听见"城外三里处……看守……行事隐秘，不可被人发觉……"几个简单的词语。

这么说来，陆谨是安排这个车夫将自己送出城了。她连忙弯腰在车夫身上搜索起来。果然从胸前口袋里翻出一只金黄色的小铜牌。叶薰一阵欣喜，这正是凉川城的通关令牌。

接下来，只要能找到沈归曦，两人就可以离开这座围困他们许久的大牢笼了。

整条街空无一人，叶薰站在街道中央前后望去，视线所及，尽是无穷无尽的雪花飘散在虚空的夜幕上，天地苍茫，连笔直的通道也融入了漆黑一片的夜色里。

身体上的寒冷夹杂着疲倦感重重袭来，叶薰有一种直接倒头躺下的冲动。一天的波折变故，已经足够让她精疲力竭，而现在又经历了一个多时辰的寻找，却始终未见到沈归曦的身影。

他去太子府探听消息，计算时间应该早已经回来了。可回来之后他会去哪里呢？难道真要进芳月阁探查？望着远处高高的阁楼影子，叶薰犹豫不决。

这段时间她一直在芳月阁附近徘徊寻找。据她观察，阁外的突厥兵马已经撤走了，但阁里的情形就无法掌握了。进了芳月阁，就算是突厥兵都已经走光了，只怕也难保那些老鸨仆役不会去通风报信出卖他们。可是迟迟找不到沈归曦的话……

陆谨安排手下将自己送到城外三里的地方，并不遥远，一夜的工夫足够来回了。以陆谨的为人之谨慎，车夫长时间回不去肯定会引起疑心。最迟明晚，必定会派人搜索。而且一旦等到天亮，想要混出城去，就算手里拿着令牌，危险度也要大增了。

必须今晚出去！

苦苦思索着沈归曦可能会去的地方，叶薰出神地走在路上。

要不就干脆再走一趟密道，入阁里问一问金菱。正想着，冷不防身边传来一阵细碎的轻响。

叶薰吓了一跳，惊弓之鸟般跳到一边。

定神分辨，声音是从身侧的小巷子里传来的。仔细看了看周围，不知不觉间，自己竟然走到当初突厥刚刚破城时候，她和沈归曦一起躲藏的那道小巷子了。

巷子狭小依旧，堆积的杂物甚至比一年前更多了，也更显得漆黑阴暗。

记得巷子的尽头曾经是金菱的房间，如今的金菱成了芳月阁的台柱，自然不可能再居住在这间小屋子里了，屋子早已废弃。

细碎的声音继续传出，叶薰走入巷子。

等她走近了，一团黑煤球猛地从一堆杂物里滚了出来。

借着微薄的雪地反光，叶薰看清楚那是一只小黑猫，睁着圆滚滚的大眼睛，微带恐惧地看着叶薰这个入侵者。

洁白的雪地里，一团纯黑的色泽分外明晰，带着细微的颤抖，它嘴里还咬着什么东西。叶薰仔细分辨，似乎是半块鱼骨头。

“你很冷吧，我也是呢。”叶薰轻声说道，一边蹲下身子向小猫招了招手，“你还有东西可吃，我的肚子可是比你更饿啊。”

小猫却并不理会她的抱怨，只是“喵”了一声，叼着鱼头转身跑开了。

又剩下自己孤零零一个人了，叶薰心中浮动起一种莫名的孤单，感觉自己就像是被抛弃在了这漫天满地的寒冷冬日里。

也许，习惯确实是一种可怕的东西，近两年的时光匆匆流过，不知不觉间，她竟然已经习惯了他的陪伴。尤其是在危机的时候，恐惧的时候，彷徨的时候……她已经习惯于下意识地寻找他的存在，寻找他的安慰了。

因为习惯了那个人的陪伴，因为习惯了有他在自己身边挡风遮雨，孤单的滋味竟然变得这么恐惧难熬起来。

“该死的沈归曦，你要是再不出现，我就抛下你，一个人出城去……”刹那间的冲动涌上心头，叶薰再也顾不得警惕什么突厥兵了，狠狠地高声喊起来。一边喊着，眼眶忍不住发红。

肆虐的狂风中，她的声音被送出很远很远。像是听见了召唤的咒语，一个黑影猛地蹿过房顶。

叶薰还来不及惊叫出声，就被一双有力的手臂紧紧抱住。费力地挣扎开，她才看清楚眼前的人，正是害得她苦苦找寻了一整夜的罪魁祸首。

沈归曦眼眸中浮动着狂喜的光芒，那份毫不掩饰的惊喜神情使得一切的疲惫憔悴都黯淡了下去。

“你……”看着熟悉的面容，叶薰只觉得鼻子发酸，委屈的感觉莫名地涌上心头，她恶狠狠地捶了沈归曦一拳头，大声控诉道：“让你抛下我一个人，让你跑得连人影都不见，让你害得我差点儿被那家伙……而且还……”

口里不停地埋怨着，越说越是委屈，眼泪竟然差点掉下来。叶薰恼火上来，觉得一拳头实在没法抵偿这一晚的惊惧不安，又是狠狠地一拳头下去。

一天担惊受怕的逃亡，一夜孤苦伶仃的寻找，如今终于到了尽头。看到眼前这个人，仿佛是风雪中飘零的孤舟终于发现了停泊的港湾，立刻有一种安心的感觉涌上心头。让她可以毫无顾忌把所有的疲惫惊慌，所有的孤苦委屈统统发泄出来。

叶薰敲打了一阵子，总算出了气，慢慢停了手，靠在沈归曦肩头微微喘息着。

对叶薰这种突如其来的蛮不讲理，沈归曦一开始有些手足无措。但听着她半哽咽的诉苦，他心里禁不住浮起些许自责，更多的却是溢地满满的怜惜。

紧紧抱住她，直到她消停下来，他才苦笑着轻声提醒道，“我的大小姐，你就不能小声点儿，这里虽然偏僻，也是有人居住的。”

叶薰一个激灵，这才想起两人正身处危机四伏的险境。她连忙抬头看向四周，天地间一片寂静，黯淡的暮色填充了视线所及的一切空间。远处偶尔有昏黄的灯火闪烁，隔着迷蒙的暴风雪，也蒙胧脆弱地像是下一秒钟就要熄灭。

幸好风声掩盖了自己的声音，叶薰想着也禁不住有些后怕，刚才真有些激动失控了。

正想着，眼前一黑，视线被什么东西阻断。叶薰扯下障碍物一看，是沈归曦的外衣。

他一边替叶薰弹去肩头的积雪，一边从叶薰手里拿过外衣重新给她蒙上，笑道：“要不是你刚才大喊大叫，我也不会这么快找到你了。”

“可不只是你在找我，我也在雪地里找了你足足两个时辰……”叶薰撇了撇嘴，抱怨道。然而视线掠过沈归曦贴近的容颜，她的声音却戛然而止了。

他的脸已经冻得发青，鬓角带着霜冻，眉毛上还有半融化的冰雪。

“你在这里找了多久了？”叶薰心中浮起一阵暖意，轻声问道。沈归曦有武功在身，这个狼狈的样子，肯定不是短时间的奔波所能有的效果。

“也没有多久，返回了芳月阁我就发现事情不对劲儿……”沈归曦拉住叶薰的手，一边走着，一边说道。

他从太子行宫打探消息回来，走到半路上就察觉到情况不对，芳月阁附近的街道本是凉川数一数二的繁华地界，然而一路上他眼中所见，家家竟然都锁门关窗，连商铺也停止了营业。

越靠近芳月阁，情况愈发明显。他便知道事情有变，不敢再走大路，只循着不引人注目的小道细巷接近芳月阁，翻墙入内。

先去两人居住的院子里走了一趟，发现叶薰并未在内，只余下一群看守的突厥兵在翻箱倒柜。倾听片刻，他得知这些突厥兵竟然是冲着他们来的，心下惊诧莫名。连忙在附近搜索叶薰的行踪，力求在突厥人之前找到她。

“可惜搜索到那边的时候，还是被他们给发觉了行踪。”沈归曦笑道，指了指前面的一条巷子。

视线顺着他的手指望过去，叶薰有点黑线了。难怪她刚从密道里爬出来，就有一大群突厥兵杀到了呢。她还一直纳闷吴纹的地道出口那么隐蔽，怎么会被突厥兵发现了行踪？原来是被这小子给连累了。

不过就算后面没有突厥追兵，前面也有一只狐狸在等着自己，结果依然同样。想起和陆谨相处的短暂时光，她气鼓鼓地“哼”了一声。

“对了，你是怎么逃出来的？”沈归曦低头问道。

“嗯……等出了城我再仔细告诉你吧。”眼看已经走到自己藏马车的地方了。叶薰打断了沈归曦的话，笑眯眯地说道。她的经历可不是一言一语所能够讲完的，出城的时机有限，片刻不能耽误。而且，到底应该怎么说，说哪一些，也是需要她好好斟酌一番的。

晨光自半掩的窗口斜斜射入屋内，给桌椅陈设镀上一层清冷的色泽。空气中弥漫着冷冽的香气，是窗外的梅花在一夜冰雪地催促下豁然绽放。

被雪色反射，原本和煦的晨光也带上了凛冽的寒意，一如太子府如今的气氛。

若要说整个府邸里还有什么地方气氛称得上和缓，那么必定是眼前这间四皇子歇脚的书房了。

临窗底下放着一张大理石条案，陆谨正意态悠然地斜倚在条案旁，修长的手指按在一张纸上，旁边则是笔墨纸砚等文房四宝。他轻轻敲击着桌面，问道："太子殿下还闷在房里吗？"

"是的，"属下恭声回禀道，"先是将传令的士兵推下去斩了，说他谎报军情，所言不实，动摇军心，然后就拿着密报进了屋子，整晚都没有出来。还有一个进去送饭的婢女，也不知为何得罪了太子，被拉出去杖毙了。"

陆谨冷笑一声，没有说话。

旁边的谋士却忍不住捻须长笑，"看来我们这位太子殿下已经失去理智了，只等这消息传入国内，哈哈。"

"王庭那边安排好了吗？"陆谨问道。

"殿下放心，属下早已经安排妥当，也就是这两三天的工夫，大周皇帝劫后逢生的'喜讯'必定能够传入陛下耳中，正好为陛下的寿宴增色。"属下意有所指地笑道。

"嗯。"陆谨神色平淡地点点头，这些细节早已在妥善的安排之下，询问也不过是多确认一遍。

"只是……"谋士略一迟疑，沉声说道："那个叶宸，也着实危险，竟然能够想到这般置之死地而后生的计策。"

"他确实很懂得抓住时机。"陆谨轻笑道，眼眸中闪烁起难以掩饰的赞许和兴奋，"这次的布局，甚至连我也要说一声佩服了。"

这一局，输的人是撒兀甘，也是沈涯，而赢的人是他，也是叶宸。甚至相比之下，叶宸甚至比他赢得更轻松，更畅快，因为他几乎不需要付出什么代价。

这场攸关天下走势的大战之中，战事无数次反复拉锯，从凉川到白汶之间的每一个城池，几乎都被突厥和大周士兵的鲜血染红浸透，留下了无数士兵忠勇的生命。这场战争也让天下人都看清楚了突厥兵马的勇猛和大周士兵的坚定，更让所有人看到了突厥太子的勇猛无匹，看到了大周名将的忠诚智计。

可又有谁会知道，在这些忠诚与勇猛，这些鲜血和生命的背后，隐藏着怎样龌龊的算计和谋划呢？

看似誓不两立的敌人竟然是相互勾结的盟友！

沈涯想要借着撒兀甘的手除去头顶上那位碍事的皇帝，而撒兀甘则渴望立下让他太子之位更加无可撼动的战功，两人几乎一拍即合，大周那位还沉醉在无上功业美梦里的皇帝陛下就这样被自己最信任的爱将送进了陷阱里。

“殿下，属下有一言不知当讲不当讲？”谋士略一迟疑，躬身问道。

“杜先生但说无妨。”陆谨笑道。

“属下认为，那个叶宸不可不防，如今他对我们已经无多大的利用价值，不如趁早剪除他的羽翼，以绝后患。”谋士建议道，“他麾下的兵马大多数还驻留在平鄂城，正可趁机出兵剿灭，而且陈兵西部，对我军尽早掌握北方武陵山一带也有好处。”

陆谨略一思忖，摇了摇头，“平鄂城中的兵马并不多，只怕叶宸也并未看在眼中，才放心离开。而且大周朝中局势尚无法预料，别看沈涯此次吃了暗亏，但此人行事向来缜密，更何况他在大周朝中早已权倾朝野，这次就算是皇帝对他动了疑心，只怕也难以下手剪除。所以叶宸此人尚有用处。”

“可是……”谋士略有迟疑。

“无妨，”陆谨打断他的话，从容笑道，“这天下间，但凡是人，就一定会有弱点，而他的弱点偏偏不巧正好落在了我手里。单凭这一点，也足以让我立于不败之地了。”

谋士还想再说，可见陆谨神情坚决，反对的话语终究没有说出口。其实他心中很是纳闷，自己的主君向来谨慎细微，尤擅揣摩人心。这次怎么会相信单凭一个女子，就能够钳制那个叶宸呢？就算两人是亲生姐弟，可想想汉高祖刘邦，连自己父亲落到敌人手里都可以毫不犹豫地放弃。父子亲情在江山权势面前尚且只是一纸空话，何况姐弟呢。

看着心腹谋士欲言又止的神情，陆谨别过视线，他何尝不知道他在想什么。其实连他自己也很奇怪，为什么就那么笃定掌握了那个女子，就等于掌握了叶宸呢？而且根据打探得来的情报，萧家这对遗孤还不是同母所出。

仅仅是因为叶宸曾经向自己趁机索要这位姐姐，还是……因为她那种奇异的感染力……或者说，仅仅是凭着一种直觉？

直觉，自己竟然会相信这种东西？

他苦笑着摇了摇头，算了，这种事情也无法解释。转而将话题转到更重要的问题上，问道："太子殿下留在芳月阁的人马呢？"

"一直未曾搜索到人，只留下一队人马守在阁里，其余子夜时分就已经返回了。"属下回禀道。

陆谨皱起眉头，芳月阁的那两人，叶薰已经落在了他掌握之中，可是那位萧家二少去了哪里？

他特意将沈归曦的消息透漏给撒兀甘，一是为了不落痕迹地将叶薰纳入掌握之中，二来，就是为了借刀杀人，断绝沈涯与撒兀甘继续同盟的可能。任凭沈涯他多么隐忍，总不能和杀子仇人继续合作吧？

但撒兀甘也不蠢，虽然现在沮丧惶惑，但是一旦等他冷静下来，就会立刻明白，他翻身的机会还是要落在沈涯身上。

"绝对不能让他得到这个机会，只要趁机将那位萧公子格杀在城内，就彻底断绝了他与沈涯继续勾结的希望。"陆谨轻声自言自语道，修长的手指不自觉地敲击着桌上的那张纸条。

那只是一张简单的便条，寥寥数语其中还错字百出。

叶薰恐怕做梦也想不到，就是这样一张无意间留下的简单字条，泄露了两人的行踪，甚至险些断送了两人的性命。

"殿下，"谋士继续尽职地提醒主君道："皇庭那边还有绘纶侧妃为太子进言，也不可不防。她如今圣眷正隆，有她在圣上耳边说情，属下只怕单凭这次的败绩，还是无法彻底撼动太子的地位。"

"我知道，此事我也已经有了计较，"陆谨神色平淡地说道，"只是这种事情急不得，总要慢慢来。"一边说着，他在屋里随意踱着步子，走到了窗前，透过清冷的晨曦，窗外娉娉婷婷的梅花映入眼中。

沉默了片刻，他忽然转头问道："金菱姑娘上京的车驾什么时候启程？"

虽然奇怪自家殿下为何突然提起这个问题，属下还是尽忠职守地回禀道："就安排在这个月底，还有不足十天……"话刚说了一半，门外传来一阵喧哗，打断了他的回禀。

"怎么了？"陆谨扬声问道。

门被猛地推开，一个满身残雪的人踉跄着冲进屋，一头跪倒在地上，惊慌失措地颤声道："殿下，属下该死，竟然被那个女子给跑了……"

"什么？！"陆谨禁不住上前一步，他这才认出，眼前这个形容狼狈的人竟然就是昨日跟随他出去的车夫。

叶薰跑了？！怎么可能？

"怎么跑的？人不是已经晕迷过去了吗？"陆谨沉声喝问道，眉宇间隐隐浮现起怒意。

"这个……殿下，她其实并未昏迷……"车夫向后瑟缩了一下，鼓起勇气将自己被敲晕的经过低声道来。

"……最后，等小人清醒过来的时候，就看见自己躺在一处巷子里，人和马车都不见了，连身上的令牌都……"

"糊涂！无能的东西！你一个堂堂男子，竟然会被一个手无缚鸡之力的弱女子这么简单地击晕。"谋士听了经过，连连跺脚喝骂道。

若不是自家算无遗策的主君语气笃定地告诉他车中的女子已经昏迷不醒，而且会晕足十二个时辰，他又怎么会放松警惕，然后被人有机可乘呢？车夫心中委屈，却也只能惶恐地低头挨骂，连声告罪："小人无能，小人该死……"

"杜先生不必生气，此事是我疏忽了。"陆谨扶着额头，挥手阻止了谋士的喝骂。

被主君打断，谋士立刻醒悟过来，道："殿下，事不宜迟，他们必定是趁着昨晚出城了，马车走不快，我们现在快马追击还来得及。"

"正是如此。"陆谨点点头，立刻雷厉风行地对身边的属下吩咐道：

“你速去查问城门守将，昨夜是否有持着令牌的马车出城？是何时出城，又是去往何方？”

紧接着转向另一人，道：“你立刻会同前锋营，带五百兵马，兵分两路，出城追击！”

……

几条简明扼要的指令交代下去，房内的众人各自领命而去。空旷的房里很快只剩下陆谨一个人了。

她实际上没有昏迷……

在房内缓慢地踱着步子，回味起这个消息，陆谨一阵气闷。如果真的被人逃了，自己与叶宸之间的平衡就要重新计算了。

真没想到，自己竟然也有被人这样耍弄的一天。腰间的旧伤口似乎又开始疼痛起来。扶住身边的书案，陆谨苦笑着坐在椅子上，他怎么就忘记了，那只小猫看起来温驯，实际上爪子利得很呢。

千头万绪纠结在心头，寒风吹过，洁白的碎片随风飘零入窗台，带着丝丝的凉意，落在他的手背上。

是雪花？陆谨低头看向自己手背，不，只是一片晶莹洁白的梅花瓣。

视线落到手下的字条上，瞬间的失神之后，他嘴角忽然绽起一丝笑意，“真是可惜了，若早知道她是装睡，一定……”

第七章

共与孤光

从蒙眬的睡梦中清醒，叶薰舒服伸了个懒腰，坐起身来。

斜长的阳光从车窗透进来，如同细碎的白金，给车内的诸般陈设勾勒上浅淡的光晕。凑到车窗向外望去，入目处尽是漫天满地的洁白，就在自己呼呼大睡的时候，雪已经停了。

外间冷地滴水成冰，车内却依然温暖如春，窗户上晶亮的水晶片儿将车内与车外隔断成两个世界。其实陆谨这小子还是挺大方的嘛，这辆马车陈设精美，布置周到，睡起来又舒服、又宽敞，可真是一份厚礼啊。叶薰心情爽朗的想着。

耳边传来车轱辘挤压在雪地上的“咯吱”声。在自己沉睡的时候，他一直在驾车赶路吧？叶薰一把掀起车帘，眼中立刻映入了那个让她安心入睡的背影。

听到身后的动静，沈归曦放缓了车速，转过身来。伴着他转身的动作，斗篷上的积雪簌簌往下直落。他干脆掀了斗篷，问道：“睡醒了？”

叶薰点点头，禁不住问道，“我们走了多久了？”

“已经快六个时辰了。”沈归曦笑道。

“这么久了？”叶薰吓了一大跳，放眼望去，天边浮动着一抹嫣红的色泽，如秀丽的织锦铺陈开来。马车中所见的那斜斜的光线，竟然不是她意料之中的晨曦，而是日落前的余晖，时间已经是黄昏时分了。

自己竟然睡了一整天！叶薰忍不住脸上有些发红，“你一直没有停车吗？”

“被突厥人发现我们出逃是迟早的事，当然要尽快赶路以逃开追兵。”沈归曦微带调侃地笑道，“既然某人睡得一塌糊涂，当然就要有人辛苦赶路了。”

“某人奔波了一整夜，当然要好好睡一觉了。”叶薰毫不客气地冲他吐吐舌头，理直气壮地说道。一边说着，她用手撑住车板，向前一跳，就跃出车厢，坐到了他的身边。

出了车门，视线顿时空旷起来，枝头上，田地里，满目都是洁白的冰雪，灿烂的晚霞映照下，银红色的雪线沿着远处的山脊蔓延，勾勒出璀璨的珠光。伴着辽阔的视野，心情也爽朗起来，叶薰将手合在唇边，呵着热气，一边兴奋地看着四周。这一望无尽的原野让她无比欣喜地意识到，自己真的已经逃离了那个牢笼，逃离了那个时刻充满着危险的凉川城。

昨晚两人乘着马车直奔城门，亮出了通关令牌。时间已经是下半夜，风雪交加，天气恶劣，守城的士兵都巴不得待在屋里烤火取暖，只是例行公事地盘查了一遍，验明令牌，就匆匆放行了。

两人有惊无险地出了城门，那时候已经快凌晨时分了，两人片刻也不敢耽误，驾着马车匆匆赶路。直到将凉川城高耸的城墙彻底甩在了身后，才终于松了一口气。

在车里休息了没多久，一天担惊受怕、奔波求生的疲倦感涌上来，再加上逃脱大难的轻松，叶薰不知不觉间就倒头睡着了。

没想到这一睡就睡足了一整天，就算车内温暖舒适，自己又劳累了一天，这也……叶薰心中禁不住暗暗咂舌，以前在宿舍里熬通宵的时候也没有睡得这么死过。

她与沈归曦并肩坐在车前，转头看见他握马鞭的手上挂着细微的残冰，心下有些歉意，自己沉睡的这一天里，他一直驱赶着马车不曾歇息吧。

沈归曦并未注意她的眼神，笑道：“初见你一头栽倒，怎么叫也叫不起来，我还以为你受了伤呢，后来发现你呼吸平稳无碍，才放下心来。”他说着，眼中浮起疑惑之色，“昨晚到底发生了什么事情？”

叶薰恍然大悟，自己睡得那么沉恐怕也有陆谨迷香的功劳。当即她将昨天的经历一一道来，从金菱房中出逃开始，一直说到自己上了陆谨的马车。

“陆谨……”听到这个名字，沈归曦明显地皱了皱眉头，视线谨慎起来，等叶薰说到自己晕倒在马车里的时候，沈归曦猛地转过头来，紧盯着她问道：“他没有……没有……”

没有等他问出口，叶薰连忙老实交代道：“那杯茶我哪里敢放心喝下去，大半都偷偷吐掉了，但还是觉得有些头晕，所以就赶紧假装晕倒了。”

沈归曦恨恨地“哼”了一声，握着马鞭的手还是不自觉地收紧了。

看着他的表情，叶薰自然不会多此一举地把后面某人吃豆腐的事情老老实实交代出来，直接将话题跳跃到陆谨与属下的对谈上。

沈归曦初时还没有在意，听了几句，脸上气愤的神色一扫而空，变得郑重深思起来，“当时他说的是‘太子府的传令兵回府’了？之后他也去了太子府？”

“是啊。”叶薰点了点头。

“那当时他的表情……”沈归曦急忙问道，话说了一半才意识到当时的叶薰不可能看到陆谨的表情，转而问道：“当时他的语气如何？有没有什么特殊的地方？”

“好像很兴奋的样子。”叶薰略一思索就肯定地回答道。虽然看不见陆谨的神情，但那一连三四声的“好”字却是声声入耳。

讲到这里，叶薰也禁不住疑惑起来，陆谨是得知了什么好消息吗？而且从他话里的意思，这消息似乎与那个撒兀甘有关。

“是不是发生什么事情了？”看到身边的沈归曦陷入深思，叶薰忍不住问道。

沈归曦唇角略微上扬，勾起一个苦笑的弧度，“是有一个消息，你听了可别太吃惊啊。”

“什么消息？”叶薰好奇地睁大了眼睛。

“圣上他……御驾已经回京了。”

御驾回京？！叶薰愣了三秒钟才反应过来这句话到底是什么意思。

“你是说那位已经死了的皇帝陛下？他……他……没死？”这个消息实在是太过于出人预料，叶薰话语禁不住有些结巴起来，“那撒兀甘提回来的首级……还有这个消息……还有……”

“圣上既然没有死，首级自然是假的了。”沈归曦叹道，“就算撒兀甘再愚蠢，也不可能故意以假首级充数，必然是被人蒙骗了。”

首级是假的!

“这样的话……”理智接纳了这个让她震撼莫名的消息，叶薰逐渐冷静下来。她立刻意识到，伴着这个消息，恐怕局势要发生意料不到的变化了。

首当其冲的就是那位突厥太子爷。消息一旦传开，他不仅会沦为天下人的笑柄，而且欺君的罪名是绝对逃不了了。听说敦略可汗年纪大了之后，性格越发暴躁，这位太子殿下自求多福吧，叶薰幸灾乐祸地想着。

也难怪陆谨那么高兴呢，压在他头顶上的一座大山终于要倒下了。

不过要倒下的可不仅仅是这一座大山吧。转头看到沈归曦深沉的神色，叶薰心里一沉，她记得，就在前几天，京城里面传来消息，朝中诸多文武大臣纷纷上表，称国不可一日无君，因此奏请嫡出的三皇子元澄登基为帝，尊沈皇后为太后。

本朝一直未立太子，元澄身为唯一一位嫡出的皇子，又有沈涯的势力在背后支撑，这种形势下登基称帝倒也顺理成章，

但也只是在皇帝确实死亡的前提下顺理成章。谁知道他老人家在翘了三四个月之后，竟然又匪夷所思地重新活了过来，这就……

对迫不及待地拥立三皇子的群臣他会怎么看待？对沈家已经主导整个朝

政的现实他会怎么看待？即使这次的危机沈涯表面上看起来没有任何责任。

“提起这个消息时候陆谨的语气怎么样？当时他有没有提到一些特殊的事情？”沈归曦打断了叶薰的沉思，问道。

陆谨的语气？

叶薰仔细回忆起陆谨和前来报信的属下之间的对话。对了，那种感觉，那种口气……陆谨似乎是对这个消息早有预料了！

仔细品味那些话里透露出来的意思，叶薰按住心中的震撼，将她的感觉告诉沈归曦，然后问道，“难不成他早就知道了皇帝未死？”

是因为他看出了首级是假的？不可能，撒兀甘也不是愚鲁之辈，他既然辨认不出首级的真伪，陆谨凭什么能够看出？

这样只剩下一个可能了，就是整个阴谋都是陆谨在暗中主导的。想到这里，叶薰禁不住打了个寒战，若真是如此，那这个人就实在太可怕了。

转头看沈归曦的神情，显然他也是这样的想法。“若不是你刚才提到他的态度和用词，我还想不到这么多呢。”沈归曦摇了摇头，叹道，“只是，以这种手段换来自己的权势。”

叶薰也默然了，陆谨这个人一直让她感觉到危险，但也想不到他竟然会使出这种通敌叛国的手段来争权夺利。幸好自己没有落在他的手里，她暗暗咋舌叹道。

“另外，还有一个消息要告诉你……”沈归曦沉默了片刻，缓声说道，“你听了一定……很高兴。”

“什么？”叶薰条件反射地问道。她觉得自己刚睡醒的大脑已经被这些接二连三的消息震撼到麻木了，但沈归曦接下来的话语却再一次证实了，为什么人们总是说最好的歌手总是在最后登场。

“护送圣上回京城的将领……名叫叶宸。”沈归曦淡然的语气说出了对叶薰来说石破天惊的消息。

叶宸！

是小宸！

猛地获得长久起来最期盼最牵挂的人的消息，而且是昭示着他一切平安的好消息，这让叶薰欣喜若狂，差一点直接从马车上跳起来。心脏充盈着满满的喜悦，叶薰抚着手掌，几乎难以自制地想要放声长笑了。

“听说一回了京城，圣上就下旨褒奖他，将他晋封为正三品的护军参领了……”沈归曦平淡的声音在耳边缓缓传来。

小宸平安回去京城了！还是护送圣驾回去的……

伴着沈归曦的叙述，叶薰逐渐从狂喜的笼罩中冷静下来，疑惑起来，“小宸怎么会护送圣驾回去呢？”

“据说，自从雁门关失守之后，他就一直带着残兵驻扎在平鄂城一带。得知了王师北上的消息后，本来想要立即投奔援助，奈何突厥兵防守严密，一直不得空隙。直到战线延伸到武陵山一带，激战的消息传来，他才带兵想要袭击突厥防线，结果凑巧遇到了身陷险境的圣驾……”讲述到细节处，沈归曦忍不住皱了皱眉头，眼眸中隐约浮现疑惑的色彩，却只是一闪即逝，最后道：“……所以立下了救驾的大功。”

“原来是这样。”叶薰点头称道，初闻消息的狂喜过去，恢复了冷静的思考，叶薰立刻意识到，萧若宸这次的胜利实在是堪称……太轻松，太巧合了，这样辉煌的功劳竟然被他如此轻而易举地捡到了手。

也难怪他……叶薰偷偷瞥了沈归曦一眼，虽然他竭力掩饰，但讲述过程中细微的停顿还是让叶薰发觉了他的心事。

难道其中真的有什么内幕？脑中刚升起这个疑惑，叶薰竟然不由自主地联想到了陆谨身上，一道灵光如闪电般蹿进她的脑海，她打了个寒战。

叶薰赶紧摇了摇头，抛开那些不着边际的猜测，“世上捡钱的人那么多，凭什么不能轮到我们啊？”她暗暗好笑，自己真是太疑神疑鬼了，战场上本来就充满了难以预料的变数，小宸凭空捡了这种便宜那也是他人品好，走运。

不管怎么说，这都是一个好消息，虽然这份消息里隐含的巧合让她隐约感觉到一丝沉重，但与得知他平安的喜悦相比，什么都不重要了。所有纷杂的思绪都被一重重涌上来的喜悦湮没了。他终于遇到了足以展露他才华的机会，立下了足以扬名立万的功劳……其实这些都无所谓，一切都无所谓，只要他平安就好，只要她最重要的宝贝弟弟平安无事，她所要求的也不过如此了。

“想不到他竟然……”旁边的沈归曦神色微微动了动，终究还是开口说了一句。

“竟然怎么样？”叶薰闻声立刻转头，警惕地盯着他，那眼神赤裸裸地昭示道：不许说我家小宸的坏话！

“这么瞪着我干什么？我又没说你那位宝贝弟弟的坏话。”沈归曦无奈地叹道。

“哼，你是在嫉妒吧？”叶薰斜睐他一眼，撇撇嘴道。

“我是有些嫉妒了。”沈归曦苦笑了一声，坦然承认道。

“啊？”叶薰一愣，想不到沈归曦这么痛快地承认了心中的想法，倒让她无话可说了。

“能够立下这样名震天下的功绩，无论他是怎么办到的……咳……”沈归曦微感失言，轻咳一声，继续感慨道，“尤其他只是这样的年纪，已经足够让我自惭形秽了。”

叶薰立刻想到，眼前的人恰好和小宸一样年龄，也难怪他说自己嫉妒。回想起来，这小子整日里喜欢习武弄枪的，想必人生理想也是当个征战沙场的大将军吧。

沈归曦放下马鞭，伸懒腰一样舒展了一下身体，将双手交叉在膝盖上支撑起下巴。马车前行的速度逐渐缓慢，看着前方一望无际的道路，他沉默了片刻，忽然开口道：“其实我真的很佩服他。从他打败我的那一刻开始。”

这句话传入耳中，叶薰微微一怔，低头仔细看着身边的沈归曦。

他正凝望着远方，神情带着郑重，也带着坦率。

对了，以前这两只小鬼还决斗过呢。好像自家老弟放了他的鸽子，结果害得他大病了一场。

想到这里，叶薰忍不住“扑哧”一声笑出声来。

“以前我太幼稚了。”沈归曦自然知道她在笑些什么，自己也笑着说道，“只是我可不会再输给他了，无论是武功，是功绩，还是……”说到后来，他的声音逐渐放低，无法听闻了。

“还是什么？”叶薰禁不住抬头问道，却正对上沈归曦璀璨如星辰的丹凤明眸。

那视线里含着灼热的光彩，牢牢锁定在自己身上。看得久了，连身后流光溢彩的晚霞都失了色彩。叶薰觉得脸上一阵发烫，忍不住错开视线，望向远方。

夕阳西下，一望无际的雪原丘陵之上，不时有隐藏在树丛中的小松鼠探出头来。两人就这样并肩看向远处的黄昏，任马车缓缓前行。

冬日的黄昏总是短暂的，不过一会儿，晚霞黯淡下去，变成银灰色的底幕。看着眼前逐渐归去的暮色，叶薰忍不住轻叹了一声，刹那间就想起了至今依然毫无音讯的那两人。

听到叶薰对着暮色长叹，沈归曦立刻想起了什么似的，连忙勒住了马匹道：“对了，还有一个消息差点忘记告诉你了。”

“什么消息？”叶薰警惕地竖起了耳朵，短短的一个下午，她已经被这些层出不穷的各色消息反复震撼过数遍了。

“这次倒真是好消息。”沈归曦神情带着些许欣喜，笑道，“我哥他平安脱险，已经被父亲派人护送回京城了。”

“真的？”叶薰惊喜地睁大了眼睛，

“当然是真的。”沈归曦笑道，“还有那个雁秋，两人前些日子被我们大周的巡逻兵马发现了，得知身份之后，便将他们送去了白汶城，父亲自然立刻派人将两人护送回京了。”

“这真是好消息，”叶薰大喜过望地拍着手掌，又禁不住问道，“他们两个怎么逃出突厥人包围的？这些日子藏在哪里呢？”

“详细的过程我也不清楚，待日后回了京城，你自己去问就好了。”沈归曦道。

“嗯。”叶薰点点头，想到马上就能够回到京城了，心情轻松畅快起来，忍不住偏头打趣道，“对了，话说刚才，我还是第一次听你叫他哥哥呢。”

“咳……”沈归曦轻咳了一声，有些尴尬地转过头。

“以前你见了他总是没有好脸色，”叶薰却不肯轻易放过他，穷追不舍地控诉道，“不仅他，甚至我们兰蔷园的每一个人，你见了都像是看见死对头一样。还记得以前……”

听到叶薰有翻旧账的趋势，沈归曦心虚地咳嗽不停，就差没有举手投降了。

见他神色实在窘迫，叶薰这才得意地哼了一声，算是饶过了他。

两人并肩坐了片刻，沈归曦缓缓开口道，“其实，以前我是很讨厌他，或者说，是很嫉妒他。”

“嫉妒他？他有什么好嫉妒的，应该是他嫉妒你才对吧？”叶薰有些惊奇了。家人的疼爱，健康的身体，凌人的气势，仆役的恭维……这一切都是属于万众瞩目的沈家二少。就算当初极其讨厌他的叶薰，也不得不承认，那少年的光彩是无比的夺目。相比于温玉一般内敛的沈归暮，那时候的沈归曦就像是一颗宝石，迫不及待地散发自己激烈灼热的光芒。

“怎么说呢？”沈归曦若有所思地盯着车辕前一片洁白的积雪，神色间浮起回忆的感慨：“也许我是在嫉妒他比我得到更多父亲的关注吧。虽然我什么都不缺乏，但是父亲对我似乎总是不及对他。”他皱了皱眉头，似乎不知道应该如何描述，最终只是笑道，“也许只是年幼的孩子太过于敏感了吧。”

“哦，你为什么会这么认为？”叶薰赶紧闪亮着眼睛凑过去，难得听到这小子会这么坦白地吐露心事，秉承八卦精神，当然要打探清楚。可惜刚问出一句，她的肚子却不合时宜地“咕咕”叫了起来。

叶薰身体一僵，寂静地雪地里，那声音分外响亮，沈归曦忍不住哈哈大笑起来。

“笑什么？！还敢笑？”叶薰恼羞成怒地喝问道。

“不敢……不敢了。”沈归曦连忙摆摆手，阻住叶薰扑过来的架势，“我查看过车里，吃的东西还不少，我们先吃点东西吧。正好我有一件要紧的事情同你商量。”

“什么事情？”叶薰问道，抛开了继续追问八卦的念头。

沈归曦抬头看了看天色，笑道，“时间已经晚了，夜间赶路也看不清楚，我们先休息。一边吃东西一边说。”

“好吧。”叶薰点头答应道。可抬头看了看远处的天色，却忍不住问道：“时间还早吧，这就休息，万一……身后有突厥的追兵怎么办？”

“放心好了。昨晚我们出城的时候风雪正大，车轮印很快就被风雪掩盖了，而且……”沈归曦跳下车，从车厢底下的暗格里拿出油纸包裹得严严实实的点心和酒水，递给叶薰，一边说道，“我们现在走的也不是往京城的路线。”

“什么？”刚刚接过来的点心险些跌落到地上，叶薰吃惊地看着沈归曦。他们不是回京城，是去哪里？

“以陆谨的精明，发现我们出逃顶多也不过是两三个时辰之后的事。南下回京城的道路就只有那么几条，马车速度又不快，以突厥的精骑快马，半天之内必定能够追上。就算是在附近村落躲藏，突厥人对凉川周边的统治日益牢固，只怕也难以躲开他们搜索。”沈归曦沉声说道，“所以往南走几乎与送死无异。”

“那我们这是……”叶薰猛地回想起刚才看到的夕阳落下的方向，是在身体的左侧。他们这是在北上？！

仔细想想，要躲避开突厥人的追击，也只能如此了。北上的话，等绕过这一带山地，同样也能够南下抵达京城。只是要多耗费个把月的时间。

叶薰点了点头，“这样走也好，至少路途上没有突厥兵的阻拦，也没有战事。”

“这就是我想同你商量的事情。”沈归曦神色意料之外的郑重起来，“我想顺路去一趟弩扬族。”

“弩扬族？”叶薰愣住了，弩扬族同突厥一样，都是大周北方的少数民族势力，族人尤其擅长骑射，所以中原百姓称呼其为弩扬族。相比起突厥来说，弩扬族的实力弱小很多，常年在大周和突厥之间寻找平衡点，两相讨好以求生存。

百年前，突厥势大，弩扬族便是突厥的附属部族，年年进献子女牲畜，受突厥剥削日重。后来突厥四分五裂，而大周崛起，弩扬族便逐渐脱离了突厥的控制，受中原影响日益加深。四十多年前，上一代族长遣使南下朝拜，获得了东林汗的封号，算是正式皈依大周的属国了。

这一举动自然惹恼了突厥，只是突厥正当势弱，自顾不暇，根本没有余力对外征讨。直到敦略可汗统一了整个突厥，建立皇庭，国威日盛，在三年前挥师东进，连续数次大破弩扬族精锐，使其不得不称臣纳贡。若不是敦略可汗急着南下染指中原的花花江山，弩扬族几乎难逃灭族之灾了。

“你是想要联络弩扬族的势力，夹击突厥人？”叶薰迟疑着问道。可是就凭着他们两个，怎么可能说服弩扬族相信他们呢？话刚问出口，叶薰猛地想到，“对了，你是……”

沈归曦点点头，“事情能否成功很难说，但总要试一试。”

叶薰默然了，如果说要派一个人去联络弩扬族的话，确实没有任何人比沈归曦更合适了，因为他的母亲，也就是沈涯的夫人，正是这一代族长的女儿。

沈涯会专门同弩扬族联姻，只怕也有安定北方，结交域外势力的意思。谁知道突厥偏偏出了个敦略可汗，竟然将原本四分五裂的突厥硬生生给统一了，更又出了一个陆谨，剑走偏锋，竟然叩开了雁门关的大门。如今北方的局势越来越危险，随着大周兵马的失利，突厥人在凉川的根基越发稳固。皇帝顺利逃回京城的消息虽然能够鼓舞低迷的士气，但比较起背后所可能引发的权势斗争，还是弊大于利。

“如果能够说动弩扬族的人马与大周联手，甚至派人偷袭突厥皇庭，正可以迅速挽回颓势。”沈归曦详细讲述着他的计划。

叶薰静心倾听。弩扬族与突厥人确实有深仇大恨，上一代族长就是被突厥的精兵偷袭杀死的，族人对此一直耿耿于怀。只是弩扬族与大周之间也不是没有心结，数年前突厥兵马杀到的时候，弩扬族曾经派人向大周求援，可惜正值皇帝陛下大寿。陛下认定了寿诞期间妄动刀兵为大不祥，绝不能为了这等蛮夷小国的存亡损了他的龙气，因此断然否决了出兵的提议，传令三军紧锁雁门关，对关外的战事置之不理。

人家生死危机的时候，你不去理会。现在轮到了自己惨遭兵燹屠戮了，贸然前去求援自然底气不足。而由沈归曦前去，义理人情之外，还多了一层血缘关系，倒是最恰当不过。

叶薰偏头看了沈归曦一眼。他正坐在火堆边添加着柴火，火堆噼啪作响，照得他神色忽明忽暗。

其实这也是为了沈涯考虑吧，或者说，是为了整个沈家考虑。叶薰暗暗想着。

皇帝这次死里逃生，势必会追究是谁泄露了他南归的路线。以他多疑阴沉的性格，对沈涯不可能不起疑心。只是以如今朝中的局势，他绝对不会，也不敢贸然对沈家动手。

别说沈涯如今权倾朝野，这次的布局他也没有留下丝毫把柄，即便他露出了破绽，让皇帝怀疑他要谋反了，也不可能在这种大敌当前的形势下擅杀大将。

北方接下来的战事应该会交到沈涯的手里。然后呢？

如果皇帝真的动了疑心，京城里面，趁着沈涯在北方对抗突厥的时候，正可以趁机削弱他在朝中过于庞大的力量。等沈涯苦苦征战个三五年之后再返回朝中，说不定他的羽翼党朋都被剪除地差不多了，那时候，再解决这个功高震主的权臣名将就容易多了。

这样说来，沈家的前途岂不是一片黑暗。除非尽快解决北方的战事，返回朝中。权衡之下，联络弩扬族的势力确实是最快捷的方法了。

转而叶薰摇了摇头，自己也想得太容易了，以沈涯的精明，再加上后宫还有沈皇后在，前景如何还不一定呢。

只是，无论从哪方面考虑，即便是为了北方千万无辜的百姓，也应该让这场战争尽快结束才对。

“你准备怎么办？”沈归曦的声音打断了叶薰的思绪。

“什么怎么办？”

“你是决心现在立刻回京城呢？还是……和我一起北上去弩扬族？”沈归曦灼然的视线盯着叶薰，低声问道，“如果你想立刻回京城，翻过前面这座山岭，就是松岭城，沿着清渠河道，我可以先送你回……”

“我跟你一起去！”叶薰脱口而出道。

沈归曦眼中闪烁起难以抑制的喜色，展颜一笑，“这一路可是要翻山越岭，行走不易。”

叶薰白了他一眼，“这个我自然知道，难走的路我们这几年走得多了，有什么好担心的？再说，我们的马车也不是那种半路上会散架子的便宜货了。”叶薰拍了拍身后的车壁，厚实的硬木板传来金铁般钝钝的声音。最后她下结论般爽朗地笑道：“而且，我也正想见识一下大漠的风光。”

……

未来的路程就这么定下来了，两个斗志昂扬的年轻人即将踏足远方那片苍茫的草原。想象着以前在电视里看到过的“风吹草低见牛羊”的美景，叶薰也神往不已。抵达草原就是春暖花开的时候了吧？正是景色最美的季节，躺在车厢里，她臆想着。

也许是白天睡得太多了，翻来覆去怎么也睡不着觉。

陆谨留给他们的马车极为实用，车厢下的暗格里不仅塞满了点心酒水，还有两包木炭，供车内煮茶取暖的小火炉使用。听着车窗外面呼啸的寒风，车厢里越发温暖宜人。叶薰翻了个身，耳边传来沈归曦有规律的呼吸声。

两人之间放着一扇原本装饰在后车壁上的彩绣充当屏风。

他已经睡着了吧？算起来，他已经奔波劳累两天一夜没有合过眼了，而且从明天开始，又是一段新的旅程和挑战，是应该好好休息。

叶薰尽量放轻自己的动作，掀开车帘，出了车厢。

万籁俱寂，冷月当空，清亮的月色映照在遍地的洁白上，连空气都变得分外清冷。

叶薰拢了拢衣襟，漫步在冰冷的月色下，仔细回想起这充满了波折和惊险的两天一夜，回想起白天听到的种种出人意料的消息。

京城……

猛地想到这个地方，叶薰忽然发现，潜意识里，她返回京城的心情竟然不是那么单纯急迫了，明明有一个声音正在心里迫不及待地催促着她，“赶紧回去，那里有你所牵挂的一切”；却又偏偏有另一个声音隐约在心田里回荡，让她情不自禁地退缩，甚至畏惧那个地方。

是因为金菱离别时候的那一番话，还是因为……

明明思念地要命，明明是振奋人心的好消息，可是在听到消息时候，那一瞬间的迟疑是为了什么？

她忽然有一种奇异的感觉，就好像全部的身心都被什么填地满满的，激烈的情绪正左右冲击，叫嚣喷薄，却又好像什么都没有，什么都无法思考，什么都是一片虚无……

车厢里，叶薰看不见的地方，沈归曦睁开了眼睛。

他动作轻缓地转过头，望向车外那抹修长的身影。

凝视了片刻，他不易察觉地轻叹了一声。

是担忧，是陷落，亦或是迷茫……未来，总是一个让人惶惑不已的词汇。

宫阙锦绣

第七卷

山雨欲来风满楼

第一章

狭路相逢

上一次赶路的时候还是银装素裹，而回来的道路已经一片花红柳绿，草长莺飞了。叶薰看着四面生机盎然的绿意，心情逐渐舒畅起来，即便只是简单的时间流逝，竟也带给她一丝莫名的成就感。

与弩扬族的商谈其实称不上一帆风顺，尤其在两人刚刚进入部族之初。看在沈归曦的身世上，他们并未为难，招待也堪称周到有礼。但对于两人提出的出兵支援大周，与如日中天的突厥大军为敌的建议游说却无丝毫兴趣。

不仅因为当年大周的袖手旁观使得弩扬族寒心，更是因为当年惨败于突厥人手中的创伤至今未曾复原，族内已经失去了很多优异的战士和马匹。在看不到实际的利益和胜利的契机之前，他们绝不敢冒险去承受更多的损失。

任沈归曦和叶薰两人想尽了办法，磨破了嘴皮子都无济于事。那位饱经风霜，花白胡子的族长老人有着格外敏锐的世故和精明，看得出他对爱女死亡的悲痛以及外孙到来的喜悦都是真挚而激烈的，但在关系全族生死存亡的大事上，他却绝对不会掺杂一丝一毫的个人感情。

就在两人即将灰心丧气的时候，一个转机却意外帮助两人达成了目标。转机发生在北方的战场上。

皇帝的御驾返回京城之后，出奇地并没有为自己命悬一线的遭遇而大发雷霆，只是颁诏声称自己“误中蛮夷陷阱，幸上有天命庇佑，妖魔辟易，下有将士用命，忠勇捍卫，方能逃脱大难，返回京城”云云，之后连下数道旨意。沈涯如预料中的领大将军一职，总领北方军务，同时下令征召南方的兵马入京，以备支援。

临危授命的沈涯果然不负皇恩，迅速整合北方的兵马，在五月初即大败突厥，扭转了北方战线上大周被长期压制的颓势。

当初大周皇帝死里逃生的消息传入突厥皇庭，敦略可汗震怒异常，只是顾念父子之情，再加上群臣纷纷劝谏“南人狡诈，太子素来忠直，此次只是一时失察”，方按下了怒火，命撒兀甘加紧攻势，誓要将大周帝王真正的首级取来，将功补过。

在这样的压力之下，撒兀甘迫切需要一场胜利来扳回丢失的颜面，急躁冒进的结果就是中了沈涯的陷阱，所率兵马被困在山脉夹道中动弹不得。在猛烈的滚石火舌攻势之下，突厥大军损失惨重，折损精兵八万余人，连撒兀甘本人都被烧伤了，而周军战死才不过数千，堪称突厥入关以来最惨重的败绩。若不是四皇子及时驰援，丧命的人数还会更多。

这一战让撒兀甘本来就跌倒谷底的名声更加飞流直下三千尺，再加上前次谎报军功的欺君大罪，岌岌可危的太子之位终究没有保住。据说，敦略可汗在得知了此次败绩之后，当场在宴席上摔了金杯，怒骂不止，在他戎马辉煌的一生之中，从未经历过这般一面倒的败绩，要不是身边最宠爱的绘伦侧妃温言劝解，差点一怒之下颁下毒酒把这个不争气的儿子赐死了。

饶是如此，敦略可汗也当场革去了撒兀甘的一切地位，连养伤的时间也没有留给他，命他即刻起程回京谢罪。同时又下令集结精锐大军，准备南下御驾亲征，誓要击败沈涯，以雪此耻。

随着大周胜利的消息传扬开来，弩扬族内部的气氛开始有所松动。而敦略可汗的征召令颁布之后，驻扎在突厥各地的兵马逐渐向皇庭集合，弩扬族附近的守军防线变得薄弱起来，这种气氛便更加由暗转明了。

在族长数次与族内长老密谈之后，终于决定派人南下白汶城，与大周商议合作的细节。毕竟以沈归曦的身份是给不出他们任何利益的，真正的商谈，应该是正式使节之间的话题。

既然达成了目的，在这里已经耽搁了两个月之久的沈归曦和叶薰便告辞动身，离开了这片变得越来越青翠的草原，踏上了回京的道路。

六月的太阳已经展露出夏日的炎热，叶薰用手搭起一个蓬子，遮住刺眼的阳光，极目眺望前方的道路，忍不住问道，“还有多久才能够翻过这道山脉啊？我可不想继续住在山里了。”

“还有两三个时辰吧。”说完，沈归曦瞥了她一眼，笑道，“只怕这山里的住客们也巴不得我们快点离开，免得还要遭你叶大小姐的毒手。”

随着夏日的到来，冬天潜伏不出的小动物、小昆虫纷纷露出头来。那些从未见过生人的小动物也不晓得害怕人类，对于经过他们领地的外来客格外好奇，探头探脑，有些大胆的还直接跳上车子。

叶薰一开始还兴致勃勃，但走到后来逐渐烦恼起来。尤其忍无可忍的是前天早晨，竟然有一只胆大包天的松鼠趁着他们不防备的时候跑进了车里。

在叶薰的印象中，松鼠是一种极其可爱的动物，是值得好好珍爱保护的。但是如果这只松鼠吃光了你喜欢的点心，还在你的车厢被褥里将这些点心的转化物作为纪念品遗留了下来，你无论如何都很难再喜欢它了吧。

拎起那只撑得直打饱嗝的松鼠，叶薰真恨不得直接把它烤了当晚餐。用力捏着它蓬蓬松松的大尾巴，直到那只可怜的松鼠被她捏的“吱吱”乱叫，手舞足蹈，叶薰这才出了口恶气，将它扔在地上。逃脱大难的松鼠吱溜一声跑掉了。

知道沈归曦是在打趣自己这件事，叶薰没好气地白了他一眼。

沈归曦朗声一笑，加快了车速，行过郁郁苍苍的森林。太阳下山之前，两人果然翻过这座山岭，赶到大道旁的驿站上。

总算到有人烟的地方了，叶薰兴奋地跳下车子。然而进了驿站，里里外外却见不到一个人。屋子里面的细软摆设，甚至小巧一些的家具都不见了，乍一看上去，像是被人洗劫过一样。

“四面并无打斗的痕迹，应该是驿丞自己搬走了，”沈归曦转了一圈之后说道，“而且看那层厚厚的灰尘，至少走了半年多了。”

“应该是害怕突厥人杀过来，所以偷偷收拾家当，弃职南逃了吧。”叶薰叹了一口气，北方的战事持续时间越久，百姓的日子就越不得安稳，连这样偏僻地方都不可避免地受到了波及。

然而不用露宿终归是一个好消息，两人将房间略作收拾，又把被褥从马车里搬出。叶薰收拾起床铺，而沈归曦负责准备晚饭。

叶薰很快就将一切收拾停当，走出房间，正看到沈归曦坐在门前的台阶上，对着一堆树枝忙碌。

因为灶台那边的厨具都不见了，他干脆在院子里生起了火。听见身后的响动，沈归曦拍了拍身边的台阶。叶薰走到那里坐了下来。

夜色渐深，星辰灿烂，两人并肩坐在火堆旁。晚间的风带着丝丝清冽的凉意，吹散了白天的燥热。山间虫鸟的鸣叫隐隐传来，伴着近在咫尺的噼啪燃烧声，融合成一种静谧安宁的氛围。

沈归曦正聚精会神地翻动着手里的木棍，上面的山鸡已经烤的金黄油亮，不时滴下大粒的油脂，火焰跃动不止，光线映照在他俊美的侧脸上，勾勒出刚毅而不失细腻的线条。

叶薰看得出神，她忽然发现，两人虽然并肩坐在台阶上，但他的肩膀竟然比自己高出了不少。是什么时候出现这样的差距的？叶薰偏过头，望着眼前宽阔的脊背，究竟是在什么时候？那个什么都不懂的顽劣少年成长为值得依赖的男子汉了。仅仅是看到这个背影，也让她莫名地感觉安心。

回忆起自己第一次见到的那个鲜衣怒马，骄奢蛮横的沈家二少爷，简直像是在回忆另一个时空的故事。

火焰“啪”地炸了一声，在寂静的夜空中分外嘹亮。

叶薰视线转到眼前的烤鸡上，记得两人头一次弄吃的，是在那片悬崖底下，还是自己动的手，作了一只“叫花兔”，才没让锦衣玉食的二少爷饿肚子。而现在，他的手艺已经比自己强多了……

“烤好了。”沈归曦爽朗的声音打断了叶薰的沉思，他拿起支架，撕下一条鸡腿递给她。

烤肉的香气在鼻端弥散开来，叶薰忽然觉得脸颊有些发烫，深吸一口气，接了过来。

离开弩扬族的时候，他们就已补充了足够的干粮和清水，再加上山间不时打来的野味，这一路的吃喝倒是有滋有味。

咬了一口鸡腿，鲜美的滋味在舌尖上逸散开来，如同说不清楚的感觉在胸口里弥漫起来。叶薰正出神，却见到沈归曦猛地抬起头，犀利的目光透过院墙直视着遥远苍茫的夜幕，脸上闪过怀疑的神情。

“怎么了？”叶薰动作一僵，问道。

“好像有人接近……”沈归曦皱起了眉头。继续侧耳倾听了片刻，脸色禁不住变了，“是很多人……还有马蹄声……”

很多人？还骑着马？难道是突厥兵？！

两人对视一眼，沈归曦立刻起身拉住叶薰，低声道，“我们先到后院躲一下。”同时抬手一掌，劲风熄灭了火焰。

到了后院屋内，沈归曦揽住叶薰的腰纵身一跃，跳到房梁上。

“糟了，马车还停靠在侧院柴房那边呢，怎么办？”叶薰趴在沈归曦肩上，低声急道。马车这么大的物件，在驿站里不可能隐藏地住，除非驱赶到外面山里，

“时间来不及了，人已经到了门边。”沈归曦注意着外面的动静，摇头说道。

叶薰心下一沉，以她的耳力，也能够听见外间那嘈杂而富有规律的行走声了，间歇夹杂着马匹嘶鸣声和兵器清脆的撞击声，这样的声音只有大批的军队才可能产生。

现在只能够祈祷这些路过的兵马不会看中这个简陋的驿站，更不会在这里休息，否则……

希望是美好的，可现实总是太残酷。叶薰脑中刚刚升起这个念头，就听

到一声剧烈的撞击声传来，门被人踢开了。

“有人吗？”一个大嗓门的士兵呼喊着，紧接着一群人拥进了院子。叶薰顺着门口向外望去，黯淡的夜色下，影影绰绰尽是全副武装的精锐士兵，根本数不清有多少人。

“怎么会没有人呢？刚刚明明看见火光了。”

“这里好像有火堆。”

“木柴还热着，刚才果然有人！”

沈归曦叹了一口气，收紧了环在叶薰腰上的手臂。正要带着她从后窗户穿出，却又听到前面传来一个威严嘶哑的声音，“立刻四面搜一搜，有可疑的痕迹速来禀报。”

沈归曦禁不住动作一僵，这个声音……

见沈归曦毫无动作，叶薰暗暗心急，扯了扯他的衣袖，“他们马上就要进来后院了，你发什么愣啊？”

沈归曦侧耳细听片刻，紧张的神情一扫而光，反而扬起一抹笑意，轻声道：“你先别急，来的不是敌人。”

“啊？”叶薰一愣。就在说话的工夫，来人已经进了内院。

“将屋子收拾一下，待会儿将军大人就要到了。”当先的人查看着四周，吩咐道。

这句话清楚地入了耳，连叶薰也愣住了，这声音实在太熟悉了。居高临下地看过去，来人是个高挑精瘦的中年男子，纵然比以前消瘦了不少，但那张熟悉的面孔叶薰还是一眼就认了出来。竟然是万总管！

没等叶薰从惊诧中清醒过来，沈归曦已经揽住她的腰，直接跳了下去。两人稳稳当当地落在万总管面前。

空无一人的房间里猛地跳下两个大活人来，屋内几个士兵都惊叫起来，“什么人？！”一边喊着，“唰”地纷纷拔出刀，警惕地围住两人。

沈归曦转向万总管，笑道：“万叔，是我。”

万总管后退了一步，定神一看，脸色跟见了鬼一般，难以置信地望着沈归曦。两人已经有近两年未曾见面了，沈归曦在这段时间里身材气质都发生了很大变化，但容貌并无多少改变。

万总管上下打量着沈归曦半晌，才惊声问道："是……二少爷？！"一边抬头看了看头顶上的房梁。以他的镇静老练，此时也感觉大脑有些不够用，久已未有消息的二少爷怎么会忽然从这个偏僻山村的驿站房梁上跳下来？

"是我，万叔，我们刚刚从凉川城里逃出来。"沈归曦含笑点头道。万瑞一直是主理沈家事务的总管，更是他父亲的亲信，而且在当年突破荒人包围的战事中，也是他一路护送着他的母亲逃进雁门关的。

见万瑞神情犹疑，沈归曦简单几句话将逃出凉川城，以及前往弩扬族的经历大概交代了一遍。

"二少爷平安归来，真是万幸。"听沈归曦说完，万总管也镇静下来，大喜过望地笑道，"前些日子大少爷才刚刚回了京城，如今二少爷也平安，大将军听了，必定欢喜。"一边说着，他的视线落到叶薰身上，眼中闪过一丝惊异，却不动声色地转移开去，继续询问沈归曦沿途的细节。

听说了沈归曦前往弩扬族联络的事情之后，更是喜出望外，"此番行动大将军本就有联络弩扬族的意思，二少爷的消息来得正是时候。"

"父亲他还好吗？"听到他提起沈涯，沈归曦连忙问道，"还有万叔你们为什么会来这里？"按理说他们现在应该驻守在白汶城与突厥人对峙才对。

"我们是奉军令前来的。"万总管略一犹豫，笑道，"具体的军情，等二少爷待会儿见了大将军再说也不迟。"

沈涯也在！这信息宛如一道惊雷，叶薰身体一颤，脸色苍白了几分。

沈归曦却是满心惊喜，"父亲也在这里？"

"正是，看我这老糊涂，刚刚见了二少爷，竟然把这么重要的事情给忘记了。大将军正在后方的主军营中，马上就要过来了。"万总管一边拍着脑袋，一边转头吩咐旁边的传令兵，"还愣着干什么？快去把好消息禀报给将军！"

士兵诺了一声，正要转身，却被沈归曦喝止住了，笑道："父亲在哪里？我亲自过去吧。"说着拉住身边叶薰的手，准备一起去。

然而接触到叶薰的手，沈归曦动作一僵。印象中温暖的手不知为何变得生硬冰冷，仔细一握，凉凉的皮肤上全是冷汗。

“叶薰，你怎么了？”沈归曦吓了一跳，仔细查看叶薰的脸色，紧张地问道，“怎么这么苍白，是不是着凉了？”

“没……没有，就是刚才跳得太高了，有点儿头晕。”叶薰勉强笑了笑，搪塞道。

“这位是叶薰姑娘吧？”万总管笑容可掬地问道，“若不是刚才二少爷称呼，我差点儿认不出来了，姑娘既然身体不适，如不先在屋里休息片刻，找医官来看看。”

“我不用……”

“也好，拜托万叔了。我先扶她去休息。”没等叶薰开口拒绝，沈归曦已经替她答应道。说完就拉着她到床边坐了下来。

万总管办事效率果然一流，很快医官就被传唤了进来。

花白胡子的老医官替叶薰诊过脉象，笑道：“姑娘只是有些受惊，心绪波动起伏过大，再加上腹虚未食，体虚气短，只要吃些清淡的食物再休息片刻就好了。”

说白了就是担惊受怕加饿肚子的结果，沈归曦明显松了一口气。

“既然如此，就先请叶姑娘在这里好好休息吧，我交代厨房弄点清淡的食物。”万总管笑道，神色不变地在叶薰脸上扫了一眼，然后微一示意，屋内的士兵都跟着他一起退了出去。

沈归曦将他们送出屋外，在门外低声交谈了片刻，方回屋关上房门。

眼看屋里的人走了个精光，叶薰这才感觉狂乱的心跳稍微平息，忍不住责备道，“我又没什么事，你这么大张旗鼓干吗？”

“你刚才脸色那么难看，还敢说没事？”沈归曦摇摇头。

叶薰不想为这种小事争执，没好气地道，“你父亲马上就要到了，你先去见他吧，可不要因为我耽误了时间。”

“父亲他身在军中又不会走远，待会儿再见也无妨，还是你的病情重要。”沈归曦笑道，“再说，我一个人去见有什么意思，自然是你与我一起去见他。”

“我干吗要去见他？！”一句话正戳中了叶薰的心病，把她吓了一大跳。

经过这几个月旅途中的思考，她已经下定决心去面对那些不可避免的纠葛，可现在去见沈涯实在是太过突然了吧，更何况还有被认出旧身份的危险。

明明离抵达京城还有很长一段路，他怎么会凭空出现在这个穷山沟里头呢？叶薰头疼地想着。

沈归曦自然不可能知道叶薰心里头的小算盘，他轻笑一声，道："你当然要去见他。你是我……”他略一迟疑，斩钉截铁地道，“是我未来的妻子，也就是他的儿媳……”

“胡说八道什么，谁是你未来的妻子？”想不到沈归曦冲动之下说得这么直白，叶薰又羞又恼，愤愤然瞪了他一眼。

“我们都见过长辈了，怎么不是我未过门的妻子？”沈归曦狡黠地笑道，“若不是夫妻，那你说你是我什么人？”

“什么人？反正我不过是你们沈家的丫环，我有什么资格去见他。”叶薰只觉得心情莫名地烦躁不堪，随口说道。

对了，差一点儿忘记了，自己好像还有这么一个身份。以这个时代的仆役地位之低下，就算沈涯当场把自己杀了，那也是他的合法权利。这么一想，更不能去见他了。

听了这句话，沈归曦却忍不住扑哧一声笑了，“大小姐，你这个时候倒记起自己是丫环了，一路上对我呼来喝去，颐气指使……”

“我什么时候对你呼喝指使了？”叶薰气势汹汹地打断了沈归曦的“诉苦”。

“好好好，你没有，”沈归曦苦笑了一声，道，“谁敢把你当丫环？真要说起来，我是你的小厮还差不多。”

见叶薰对他的话恍如未闻，神色依然郁郁忐忑。沈归曦神色微动，似乎想到了什么。他沉默了片刻，半跪在床前，按住叶薰的手，温声问道，“你是不是害怕见他？”

瞬间有一种心底秘密被人看穿的刺透感，叶薰惊吓般猛地抬起头，正对上沈归曦卓然明亮的视线。

纯黑如墨玉的瞳孔清晰地反映出她苍白中隐含着惊惶的脸色，反驳否认的话语怎么也说不出口了。叶薰只得低下头，似是而非地含糊道，“是有些……”

“你放心，父亲绝对不会反对我们的事情的。”沈归曦安慰地温声笑道。

“嗯。”叶薰心不在焉地支吾着。

“呵，等你回了京城，只怕要叫那个雁秋当嫂嫂了，”沈归曦欣喜地继续道，“这个消息还是万总管刚刚告诉我的。回京城不久，我大哥就与她定亲了。”

雁秋……和沈归暮？！

这个意外的消息让叶薰大吃一惊，惊异地抬起头来。

“据说还是皇后娘娘亲自赐婚。”沈归曦笑道，“所以，我们也不必担心，等回了京城……”

喂喂喂，这个白痴再想些什么啊？他竟然以为她是在担心……叶薰有些黑线了，她怎么可能会为那种事情而担心？

叶薰狠狠地剜了他一眼，止住了他的长篇大论。

沈归曦无辜挨了这记眼刀，却不知道自己又是哪句话得罪了佳人，只好闭口不说，仰头静望着叶薰。

叶薰却对他满含期待的视线恍如未觉，此时她满脑子里面都是：

女孩子青春期容貌改变究竟大不大？现在的自己和当年京城里面的形象……对了，记得上次见到金菱，就感觉她的容貌成长改变了不少，虽然还是能够认出来。不过自己经历的时间更长，而且刚刚万总管还说险些没有认出她来，应该不全是客套话吧？这几年她早已经不再是那个养尊处优什么事情也不懂的大小姐了，容貌气度应该变化更大……可是，万一……

叶薰心里反复纠结着。唉，烦死了，反正自己不能见他，干脆装病得了，也免得见出意外来。正在左右为难的时候，忽然外面一阵喧哗，隐约有“大人到了……”的声音传来。

沈涯来了！既然打定了主意躲着他，叶薰连忙对沈归曦说道：“你先去见将军吧，我身体不适，以后再说。”一边说着，一边用力把他往外推去。力气之大可全无一点身体不适的样子。

沈归曦还想要反对，但见到叶薰神色坚决，犹豫了一下，也就不再多说了，反正日后机会多的是。

赶走了沈归曦，叶薰独自一个人留在屋里，心情慢慢平静下来。

猛地听到沈涯近在眼前的消息，那一瞬间竟然有一种心惊胆战的感觉，叶薰回想起来也觉得有些好笑，却也有些苦涩，虽然那个电闪雷鸣、山崩地裂的夜晚已经是相隔遥远的记忆了，遥远到让她几乎记不清楚其中的细节，但是那逃亡过程中残留的冰冷和生死一线的恐怖却牢牢地留在了心底，并且与沈涯这个名字挂上了钩。

作为一个成年人的自己尚且如此，那么对萧若宸来说呢？那个夜晚他所经历的不仅仅是恐怖和冰冷，还有更重要的，亲人、家庭、地位……那种瞬间失去了所有一切的绝望，

自己应该怎么办？

长久以来，她不是没有想过和沈归曦的未来，可是却从不敢真正深入地去思考，

他和她中间隔着一个沈涯，一个萧若宸。

这两人对他们来说，都是绝对不可能放弃，也绝对不可能忽略的存在。

她不是萧若岚，也从来没有将自己当做过萧若岚，她对沈涯与其说是仇恨，倒不如说是单纯的恐惧，对拥有这种手段、这种心机的人的一种本能的恐惧和敬而远之。如果脱开这一点，在叶薰看来，沈涯对付萧家的手段虽然残酷，但以他的立场其实并不过分。当时如果得胜的是萧仁，萧国丈的手段只会更加寸草不生。朝政的斗争就是这样你死我活。

虽然她并不仇恨沈涯，但是她却知道，对萧若宸来说，那是一段不可能

化解的仇恨。自己应该如何面对他的感受？

而沈涯一旦知道他们的真实身份，也绝对不会放过他们兄妹的，到时候必定又是一场你死我活的较量。

甚至沈归曦一旦知道了自己那个虚幻的过去身份，又会怎样？

未来会变成什么样子？叶薰苦笑了一声，疲惫地向后仰倒向床榻。从武陵山到凉川城，是逃亡，是求生，也是战场，是一个危机重重、生死攸关的战场；可遥远的京城，却又是一个新的战场，而且是一个比凉川更加险恶，更加情何以堪的战场……

沈涯的营帐并未入驿站，而是和普通士兵一样直接驻扎在了路边。

叶薰一直安静地待在屋子里，四周守卫的士兵知道她身份特殊，也不敢轻易打扰。

沈归曦直到半夜才回来，从他口中，叶薰才知道为什么沈涯会亲自率领大军来到这里。他们是准备绕过东部无量山，偷袭驻守在凉川东部大营的突厥兵，打破突厥对东部的封锁，同时也正可以联络弩扬族。这样计算起来，沈归曦奔波这两个月的成果真是恰到好处，帮沈涯节省了不少时间。

听到这番布置，叶薰也暗暗咂舌，一旦东部大营失守，突厥以凉川为中心的控制力度必定会大大削弱，联合白汶城的驻军，更可以对突厥势力形成夹击包围。

对现在的叶薰来说，这也是一个好消息。兵贵神速，沈涯既然是带兵打仗的，肯定不会在这里久留，这一战也是一场硬仗，至少短时间内他不可能回京城了，倒免了自己夹在中间左右为难。沈归曦也道“明天一早我们就动身，尽快返回京城。”，更让叶薰安下心来。

然而，意外之所以称之为意外，就是因为它总是发生在措手不及的时候。

第二天清晨天还没亮，叶薰就早早地起床，跑去井边打了水准备洗漱。

正端着盆子往回走，数道人影出现在院门口。

叶薰一愣，初夏的晨曦朦胧中带着细细的凉意，眼前一晃，人影已经如迷雾般错开，一个高挑温雅的身影映入眼帘，在四周护卫的簇拥下，显得英姿勃发，卓尔不群。

看清楚来人面容，“哐啷”一声，叶薰手里的盆子跌落到地上。

沈涯！

天知道喜欢赖床的她之所以专门起这么早，就是为了躲开这个灾星，却偏偏在这里一头撞上。这样的运气让叶薰很怀疑自己是不是应该去庙里烧烧香拜拜佛了。好歹你是全军主帅啊，没事起床这么早干吗？

看清楚眼前只是一个不会武功的平凡女子，沈涯身边的护卫们神情松懈下来。叶薰却感觉越发紧张。

晨曦渐朗，隔着清淡流动的雾霭，她对上沈涯的视线。相隔了漫长的五年，印象中沈涯的形象早已经模糊难辨，却在这个意外的清晨重新清晰起来。

依然是儒雅中透着英气的仪表，只是两鬓都已有了花白的颜色，而变化最大的却是他的眼神，更加深不可测，难以捉摸了。如果说以前的沈涯是一片湖泊，让人看不透深浅，而现在的他更像是一片茫然无际海洋，不仅让人看不清深浅，更捉摸不到边际。

感受到沈涯的目光恍如实质般落在自己身上，叶薰一阵紧张，心脏遏制不住地狂跳起来。

竭力让自己的神情脸色保持平淡，她嘴角微动，正要开口说话，沈涯却已经先开了口。他偏过头去，对着身边的万总管问道：“这位姑娘是……”

“这位就是昨天属下向主上提起的叶薰姑娘，”万总管立刻回禀道，“原本是大少爷院里的人，上次武陵山祭祖，荒人作乱的时候，还是她救了二少爷的性命。”

听着万总管的介绍，沈涯转过头来，饶有兴趣地打量着叶薰，笑着问道，“你就是叶薰？就是你救了曦儿？”

“正是奴婢。救了二少爷不敢当，应该是二少爷一路上对我多有救助才对。”叶薰装作紧张地轻声说道，同时低头摆弄着衣角，尽量避免与他的视线单兵相接。

“你和雁秋是好友？”沈涯略一沉吟，继续问道。

“是的，将军。”叶薰不卑不亢地继续低头道。

“当年是与雁秋姑娘一起入府的……”万总管好心地在旁边继续替她补充着细节。

“嗯，”沈涯一边听着，一边随意地点了点头，然后吩咐了一句。“你下去吧。”就转身领着众人自行去了。好像叶薰不过是经过路边时看到的一只小猫，随口问了问就抛在了脑后。

低低答应了一声，叶薰保持着低眉顺目的姿势。直到沈涯一行人彻底走远了，她才敢放松下来。

这一关竟然这么轻易就混过去了？！感觉到自己的心脏重新开始跳动，回想起刚刚的经历，叶薰真觉得有些不现实。抬头望去，沈涯一行人的身影早已经被层层的晨雾湮没，从她的视线里彻底消失了。

紧张的余韵终于随着远去的身影烟消云散，叶薰感觉到一阵好笑。

叶薰啊叶薰，你算什么？你和他不过数面之缘，两人之间完全就是那种偶尔见过一两次面，说过三四句话的陌生人。而且萧若岚一不是什么惊天动地的大美人，二不是什么攸关大局的重要人物。就算她是与他为敌的萧家的小姐，毫无威胁力的她对日理万机、权倾朝野的沈大将军来说，印象也和路边的蚂蚁差不多等级。

真是白白担心了那么久啊。叶薰小小鄙视了一下自己，随即将这次会面抛在了脑后，端起盆子重新去井边打水了。

离开了叶薰落脚的侧院，沈涯一直保持平缓的步子忽然顿了顿，在路边停了下来。他吩咐了左右几句，众人纷纷告退，很快他的身边只剩下万总管一个人了。

“万瑞。”沈涯语调平淡地开了口。

“主上有何吩咐？”万总管连忙上前。

沈涯略一沉吟，问道，“上次交代你的任务，调查那个叶宸身世的进展如何了？”

“京城奉贤县一带的线索已经搜集完毕，同时也派人南下淳州了，相信不日即有消息。”

沈涯摇摇头，沉声吩咐道，“不必费事了，把人召回来吧。”

“啊？”万瑞闻言一愣，惊疑地看着主君，那个叶宸不是他们急需关注的人物吗？这才刚刚派人南下就立刻召回，岂不是功亏一篑？而且这个叶薰看起来和二少爷的关系非同寻常，于情于理，对这对姐弟更加应该仔细调查才对啊。

沈涯并没有解开属下疑惑的意思，他眉头深锁，若有所思地凝视着路边一丛丛越来越茂密的青翠，过了半晌，他忽然沉声问道，“你这次看到曦儿，可有提起什么不该问的？”

听了这句话，万总管脸色奇异地一白，身形不易察觉地晃了晃，却又马上恢复了常态，低声回道：“没……没有。”

沈涯淡淡地应了一声，瞟了万总管一眼，又问道，“据你所见，曦儿与……叶薰之间，关系究竟如何？”

“这个……”万总管迟疑起来，这种小儿女之间的情愫，他也难以描述，思索良久方才勉强找出一个合适的词汇，“应该算是……两情相悦了吧。”

“两情相悦……”沈涯喃喃低语着，像是在细细品味着这个词藻，过了半晌，忽然意外地笑出声来，“哈哈……两情相悦，好一个两情相悦……”低沉的笑声中隐约带着一丝嘲讽，嘲讽中却又透着一丝冰冷的寒意。

旁边万总管疑惑地看着自家主公，完全无法理解他到底是为什么而笑，难道是不喜欢那个叶薰，可是如果论起出身，与大少爷定亲的雁秋姑娘只怕也……他试探着问道，“主公可是在笑那个叶薰不自量力，妄想攀附二少爷？”

沈涯闻言，终于止住了笑意，神情慢慢冷淡下来。短暂的沉默之后，他对万总管低声吩咐了几句。

万总管脸色一变，随即掩去，低声道，“属下明白了。”说罢领命而去。

沈涯独自一人立于路边，转头遥遥望向刚刚离开的驿站，隔着缭绕消散的雾霭，简陋的驿站景致变得模糊起来，如同他变幻不定、缥缈莫测的神情。

与沈涯的会面似乎没有带来任何预料之外的干扰，大军很快拔营出发，而叶薰两人也在同时动身南下了。

如果说这次意外的重逢有什么好处的话，那就是他们终于不用再担心露宿山林了，万总管专门为两人拨出了一条船。

为了不引起突厥人注意，沈涯此次带领的兵马是乘船沿海路北上的，带来的船只都还停靠在登陆的臻江岸边，由专人看守着。在万总管的安排下，两人登上其中的一条。这样沿江而下，总共不过七八天的工夫就能够顺利抵达京城了。

夜色苍茫，月朗星稀，硬木快船轻巧地穿过礁石，行驶在宽阔的江面上，平稳迅捷如履平地。

叶薰推开房门，一眼就看到沈归曦坐在船头上，单手支撑着栏杆，低头凝视着船下的水浪。

叶薰走到他身边，放眼望去，视线所及尽是茫茫的水光，反射着清亮剔透的月色，像是满江的水银在轻摇浅荡。低头看下去，两道银花细剑从船体两侧升腾跳跃，起伏激烈。不时有细碎的小水珠溅上船头，沾湿了栏杆。

“船速很快啊。”叶薰禁不住感叹道，同时又有些担心，“走得这么快，不会有危险吧？”

“船上都是经验丰富的老船工，今晚的天气又这么好，怎么会出事？”沈归曦笑道，“明天就能上岸换乘马车，这个时候就抵达沙家府了。”

一边说着，他从船头上跳下来，站在叶薰身边。

两人并肩站在船头，夜晚的河风清爽宜人，带着湿润的水汽掠过身边。风吹起鬓角的发丝，叶薰拢着头发，一边趴在船头看着下面破开的水花，一边漫不经心地问道，“你有心事？刚刚看到你在出神。”

“我是在想前方的战事，”沈归曦双手支撑着栏杆，望向远方，低声道，“这一场仗，不知道何年何月才能够有结果。而且父亲他此番深入敌后，万一要是输掉了，只怕连……”

后面的话他虽然没有说出，叶薰也明白，深入敌后腹地行动，一旦战事失利，必定九死一生。

但以沈涯的精明，如果没有绝对的把握，怎么可能轻易冒险呢？叶薰对他倒是信心满满，安慰道，“沈将军智勇双全，手下都是精兵良将，你又何必担心？”

“突厥也是百战雄狮，强悍精锐，更何况那个陆谨又阴险狡诈，”提起陆谨，沈归曦依然有一种咬牙的冲动，他继续分析了两者之间的兵力战局对比，最后又轻叹了一声，“倘若这一战还要拖延下去，北方百姓的日子只怕更不好过了。”

叶薰心下恻然，两人北上南下，一路走来，所见过的遭受战事影响而败落的村庄城镇比比皆是。虽然陆谨和沈涯都是精通政务的人才，在战事的间隙，对安定民生极为重视，日常征战布局也尽量不扰民众。但战争终究是残酷的，北方的萧条和衰败还是不可避免。

叶薰偏头看着沈归曦，河面反射的清冷月色映照在他的脸上，俊美的轮廓愈发深邃，配合着认真深思的表情，叶薰心里一动。

“你是想上战场吧，要不是因为还有我在，你就跟着大军一起去了。”她脱口而出道。

沈归曦身形一动，连忙转头道，“别想多了，你没有平安到京城，我岂能放心去别的地方？”

果然，叶薰在心里暗暗想着，从上船开始，就见到这家伙有些神不守舍，果然是想着上战场了。“打仗有什么好的？”叶薰禁不住抱怨了一句。

“打仗是没有什么好处，”看着叶薰郁闷不满的神色，沈归曦无奈地笑道，“只是天下兴亡，匹夫有责，尽快把突厥驱逐出去，还我大周河山，对百姓也是一件功德，再说……”沈归曦略一迟疑，继续笑道，“有人在我这样的年龄都已经是掌管内城禁军，出将入相、扬名天下的名将了，我却依然一无是处，只怕将来去你家提亲，也要被人笑话……”

“谁要你提亲了。”叶薰脸色窘迫起来，转头看了看后面，幸好船员都在舱室里各自忙碌，无人注意这边。

“你不嫁给我，嫁给谁？”沈归曦却全然不顾叶薰的羞恼，继续朗声笑道，“再说，你我都已经见过公婆了，怎么不能算夫妻？”

“谁和你见过公婆了？”叶薰生气地捶了他一拳头，脸颊却忍不住红了。回想起来，两人前去拜见的弩扬族族长就是沈归曦的外祖父，而且叶薰和沈涯也见过面，确实称得上见过公婆了。

捶打在沈归曦身上的拳头意外被他一把握住。他顺势一拉，叶薰就被他拥入怀中。

叶薰抬头，沈归曦的眼中闪烁着炽烈而柔和的光彩。她心里一热，放弃了挣扎出来的念头。

夏日的单衣浅薄，隔着布料彼此的体温心跳都感受得到。静静地偎依在他温暖的怀里，时间似乎停止流淌了。一种安心闲适的感觉涌上心头，如这洒了满地的月色般轻盈舒适，让她只希望就这么静静依靠着，不必去费心思量那些复杂虚无的未来。

静默了片刻，她还是缓缓开口问道，“那等打完了突厥，你准备干什么？继续建你的功业。”

“这个嘛……”沈归曦摸了摸鼻梁，另一只手却更加抱紧了叶薰，“入朝为官的生活似乎很烦人，那些交际应酬也不是我想干的。这几年我们在一起的轻松自在的日子就很不错。”

叶薰忍不住扑哧一声笑了，“哪里轻松自在了，整天逃命还差不多。”回想起和沈归曦相处的这两年时间里，两人几乎都是在逃亡、养伤、躲藏之间度过的。只是幸好养伤的人都不是自己。叶薰稍微有点心虚地看了沈归曦一眼，仔细想想，他几次受过的伤，多半都是因为自己，这样想着，心里反而泛起一阵别样的甜蜜。

“确实是一路逃命，”沈归曦也忍不住笑了起来，“所以我们错过了那么的多好风景，等平定了战乱，首先就要把这些错过的景致好好补回来。到时候我们两人或者驾着马车，或者驾着小船，游山玩水，想去哪里就去哪里。”

“驾着小船，游山玩水，说得轻巧，你会驾船吗？”叶薰忍不住笑道。

“不会可以学啊，”沈归曦耸耸肩道，“驾车不也一样吗，最开始的时候，我还不如你呢，如今我的技术可比起强多了。”

看着沈归曦微带得意的笑容，想到这个无可辩驳的事实，叶薰只能白了他一眼以示抗议。

沈归曦继续笑道，“听说沿着前面不远处的另一条河道，可以直通入海。这辈子我还从来没有看过大海呢，等那个时候，我们一起去海边。”

“大海有什么好看的，”叶薰摇摇头，“不就是那个样子。”

“听起来，你看过？”

“我当然看过。”叶薰理所当然地说道。

“哦，什么时候？”

“呃……这个……”叶薰一时语塞，她总不能说是上辈子吧。

“反正我就是看过，不许你不信。”想不出怎么回答，她干脆要赖起来，直接斩钉截铁地说道，一副“我就是有理”的模样。

沈归曦轻笑一声，无奈的拉起她的手，放在唇上轻啄了一下，“好，我信，你说的话，我都相信。”调笑之中却又带着格外的认真。

听着这样甜腻的话语，感受着手上传来的灼热，叶薰脸上红晕渐深。

“而且日后我还想再去一趟弩扬族，我们一起去见外公。”沈归曦继续轻声说道，嗓音低低。

“好啊，”叶薰轻声点头道。回想起大草原上的那段日子，她也怀念不已。也许是宽阔的环境天生会让人的心情变得轻松爽快，细数着青翠草地上生动的牛羊，遥望着地平线尽头明艳的落日，夜晚坐在篝火旁烧烤羊肉，清晨时踏过清凉的溪流观看日出，这样的生活，叶薰分外向往。

“等到时候，我们还可以继续向北，去看看传说中的丝绸之路，看看那些异国人……”沈归曦的声音渐渐低沉，如梦呓般回荡在耳畔。

感受着他的胸口微微起伏，两人的心跳声似乎融为一体了。叶薰鬼使神差地转过头，捧住他的脸，在他愣神的瞬间，她将唇深深印在那些甜蜜的话语中。

失神只是一瞬间，随即叶薰感觉沈归曦揽在她腰间的手收紧了。

呼吸变得灼热起来，唇舌缠绵索求之间，叶薰清晰地感觉到他的心跳正在不断加速，体温也在升高。

她揽住他的肩膀，闭上眼睛，快船破开水浪，细碎的水声传入耳中，像是拍打在她的心里。伴着这一吻，身边清凉的河风仿佛也变得格外缠绵悱恻。

月光勾勒出两人宁静伫立的影子，天地间一片空灵，一切都已凝滞静止，只余下时光悄无声息地缓缓流淌……

回到舱里，叶薰躺在床上，唇齿交集的余温似乎还残留在心底，带着重重的悸动，让她心跳加速，翻来覆去总也睡不着觉。

想到遥远的未来，想到近在咫尺的京城，又想到这些年的波折，她心里洋溢着满满的幸福和信心，可是幸福和自信之上却又偏偏笼罩着一丝阴霾，像是冰火交织、光暗环扣，交叠压在内心深处。

这样反复纠缠，直到后半夜，叶薰才终于睡过去。

刚刚睡了不久，身体莫名涌上来一阵难受，像是晕船恶心的感觉。昏昏沉沉地睁开了眼，叶薰想从床上爬起来，却一个不稳，险些摔下去。

瞬间清醒过来，叶薰吃惊地看着舱室四壁的摆设正在左摇右摆，纷纷跌落到地上。是船在晃动？！怎么了？

耳边传来呼啸的风雨声，难道遇到暴风雨了？！

她扶着床栏跳下来，匆匆穿上衣服，想要出去看看情况。正走到门前，忽然整个船体一颤，像是撞到了什么东西，伴着一声巨响，整个舱室歪斜向一边。

叶薰一下子失去平衡滚到地上。幸亏她闪避及时，才没有被倒下来的物件砸到。

看这情形肯定是触礁了！怎么会这样？用力攀住床柱子，叶薰想要站起身，可舱室的歪斜越来越重，同时耳边传来一阵诡异的“汩汩”声。

她头皮发麻地转头望去，果然在舱室一角破开了一个大口子，冰冷的河水正从那里滚滚涌入。

河水瞬间到了脚踝，钻心地冰冷，而且因为河水冲击，裂口越来越大。

必须尽快离开这个房间，叶薰一咬牙，踩住床柱用力一蹬，跳到歪斜的墙壁处，然后攀着墙壁的凸起，爬到了已经扭曲变形的舱门前。

门闩已经被跌落的架子砸坏，叶薰用力一推，舱门就打开了。

屋内积水越来越多，整个船体都在下沉，叶薰赶紧扳住房门，进了过道。

外面的人怎么样了？看情形受损比较大的是自己这一边的船体，而沈归曦的房间在另一侧，不知道情况如何了？

叶薰心急火燎地通过过道，伸手一推，过道尽头的大门竟然一动不动！

她心下一惊，通往甲板的大门不是一直开启着吗？记得自己上甲板的时候还开着的，怎么会突然关闭了？上不了甲板，自己岂不是要被困在这个封闭的小舱室里等死了吗！

“有人吗，有人吗？！”叶薰用力敲打着大门喊叫起来，希望引起外面的人注意，可甲板上传来隆隆的响声，夹杂着船员的惊叫，将她急促的敲门声彻底掩去了。

敲了没几下，叶薰就觉得脚下一阵发凉，她低头一看，是舱室里的水已经溢到了过道里。

叶薰魂飞魄散，拼命地敲击起大门。转眼间，水已经淹到她小腿了。

“叶薰，叶薰！”耳边终于传来熟悉的呼唤声。是沈归曦，叶薰一阵狂喜，有救了！

正要出声回应，叶薰忽然听到身后传来一阵剧烈诡异的水声。她转头一看，一个黑影猛地从水里蹿出来，带起一片飞溅的水花。

是什么大鱼钻进了舱里吗？叶薰目瞪口呆。

那黑影却没有如预料中地落回水里，而是踩着楼梯向前一个飞扑，瞬间到了叶薰面前。

直到那双湿漉漉的手捂在自己嘴上，叶薰才猛地醒悟过来，这是个人。只是他全身上下都裹在一身油光发亮、浑然一体的黑衣服里，连眼睛的部位都是两片晶片镶嵌，咋看上去，简直就是一条乌黑的大鱼。

“你……”叶薰惊叫一声，话还没有说完，那黑影已经捂住她的嘴，另一只手托住她的腰，“咕咚”一声跳下了水。

冰冷的河水包围住全身，叶薰浑身颤抖，口鼻被人死死捂住，河水并没有灌进去，但窒息的感觉让她晕眩昏沉、头疼欲裂。

黑暗的河水中，叶薰感觉自己正被这个黑衣人拖着游过舱室，沿着裂缝向船外游去。

他要把她带到哪里去？叶薰拼命挣扎，可那黑衣人的衣服也不知道是什么材料制成，手脚踢打在他身上，滑不留手，根本没有任何效果。

叶薰眼睁睁看着自己被拖离了舱室，船体在身后变成一个黑沉沉的影子。前半部分撞到了礁石上，一半浸泡在水里，一半还搁浅在石头上，像是一条上了钩的大鱼。

黑衣人在水里灵活地像是天生的游鱼，托着叶薰很快浮上了水面。然后他松开捂在叶薰嘴上的手。

新鲜的空气灌入叶薰口鼻，清冷的温度让半昏迷的她精神一振，缓过一口气，叶薰立刻开口：“你……”

刚刚说出一个字，那只讨厌的手又捂上来，将叶薰即将出口的疑惑死死地封在了肚子里。

叶薰立刻明白，他刚才松手只是担心自己淹死而已，并不是单纯的想要救人。意识到这一点，她立刻扳住黑衣人的手，想要脱离他的束缚。

“叶薰，叶薰……你在哪里？”就在两人挣扎间，呼啸的夜风将急切的呼唤声送入耳边，是沈归曦往这边寻过来了。

黑衣人也听到了他的声音，有些紧张起来，拖着叶薰往礁石后面游去。

叶薰心急之下，也顾不得三七二十一，一口对着捂在自己嘴上的那只手狠狠咬下去。

齿畔泛起铁锈的味道，耳传来一声闷哼。黑衣人没有料到叶薰咬得这么狠，不防备手一松。

“在这里！我在……啊……”叶薰拼命地大声喊叫。可惜刚喊了两声就感觉头上一沉，河水铺天盖地涌上来，是黑衣人情急之下一把将她按进了水里。

河水一下子从口鼻灌进来，叶薰被呛得差点昏过去。

她的力气根本敌不过黑衣人，扑腾了两下子就觉得手脚酸软，窒息的感觉让整个胸膛都要炸裂开来，难过之极。黑衣人趁机拖着她向后方游去。

叶薰遗留在水面上的短促喊叫声很快被狂风吹散了，只余下细微的回音传递开去。然而就是这样细微的声音也足够了，正在焦急地四处探望的沈归曦猛地转过身，睁大了眼睛，侧耳细听了瞬间，立刻喊道，“我听到那边有声音，赶紧把船划过去！”

“二少爷，只怕是错觉，眼下风雨这么大，而且那边水流太急……”手下忍不住劝谏道。他们现在正在一条狭窄的小船上，狂风暴雨中如同一叶左摇右摆的浮萍，随时都有沉下去的可能。

“立刻划过去！听到没有？”完全听不进任何辩解，沈归曦一把抓住船夫的衣领，力气之大，船夫忍不住痛叫出声。

明白不能与此时的二少爷辩解，船夫只好打起十二万分的精神，划船进入那片水流湍急的危险地带。

铺天盖地的大雨倾盆而下，前半夜还明朗的月亮此时早已经掩入了云后，四周漆黑一片，沈归曦立在船头，焦急地四处探视搜索着。

大船触礁之后，他立刻冲到叶薰所在的舱室破开大门，却见到灌满河水的舱室里已经空无一人，只余下一道巨大的裂缝，激流涌进的河水形成漩涡，吞吐不停。他立刻想到叶薰是被水流卷出去了，当机立断命令准备小船，下河搜索。

但河面上风雨太大，小船本来是备用逃生的，行驶速度又慢，左摇右晃了一圈就是找不到人，沈归曦心急如焚，只恨不得变成一条鱼跳下水去。

经过一晚的变故，又被冷水浸泡呛入，叶薰的体力早已耗尽了大半，此时被黑衣人制住，连挣扎的力气也没有，勉强摆动了几下手脚，对黑衣人隔靴搔痒一般毫无作用。

身边水流出奇地湍急，水面上漩涡处处可见，穿行在不同方向的水流中，叶薰感觉像是有无数双手在拉扯着自己，要将两人一起卷入那深不可测的黑暗里。但这样复杂的水流对黑衣人来说却像是飞鸟入了熟悉的山林，他轻车熟路地在密集的水流间借力畅游，间歇让叶薰获得一些新鲜空气，却再也没有留给她喊叫出声的机会，两人很快扎入了水底深处。

"二少爷，使不得啊！"船上的随从随着沈归曦的动作不时惊声尖叫。

大雨之下，小船内积水越来越严重，几乎要沉下去，全身湿透的沈归曦却对这些恍然未觉，她不会游泳，她就在这附近，这两个无比清晰的念头占据了全部心神，让他分不出丝毫精力去思考别的。他站在飘摇的小船上亲自摇浆，来回焦急地寻找着，动作之激烈好几次险些让原本就不稳的小船翻过来。

"叶薰，叶薰……"河面上急促的呼唤声传入水中。。

傻瓜，我在这边，就在你身边啊！叶薰心中呐喊着，她正被黑衣人钳制着游过船底，从他身边错身而过。

隔着水面看到他慌乱焦急的影子，叶薰恨不得立刻有瞬间移动的法术，能够破开眼前这层薄薄的水幕，让他看清楚自己。

两人之间相隔不过是这三尺清水，可就是这三尺水幕和苍茫夜色，阻隔了所有的希望。

心中的呐喊终究无法穿透狂暴的风雨，叶薰眼睁睁看着自己被拖着离开他的身边。

小船歪歪斜斜地向着另一边驶去了。

冰冷的河水里，叶薰觉得全身都要冻僵，心中浮起一阵深深的恐惧，眼泪不争气地流下来。肺部的空气越来越少，她终于忍受不住，昏迷了过去。